GENEVA LEE

GAME OF

Passion

GENEVA LEE

GAME OF Passion

Roman

Band 2

Deutsch von Charlotte Seydel

blanvalet

Die Originalausgabe erschien 2016 unter dem Titel
»Sin never Sleeps« bei Ivy Estate, Kansas City.

MIX
Papier aus verantwortungsvollen Quellen
FSC® C014496

Verlagsgruppe Random House FSC® N001967

1. Auflage

Redaktion: Susann Rehlein
Umschlaggestaltung: © Johannes Wiebel | punchdesign,
unter Verwendung von Motiven von Shutterstock.com (© Lauritta, © f11photo)
WR · Herstellung: sam
Satz: Uhl + Massopust, Aalen
Druck und Bindung: GGP Media GmbH, Pößneck
Printed in Germany
ISBN 978-3-7341-0482-4

www.blanvalet-verlag.de

Später

Es ist so leicht zu lügen und so schwer zu verzeihen. Seltsam, wie trügerisch selbst eine einfache Farbschicht sein kann, bis man sie im richtigen Licht sieht. Ich wusste nicht, was mir lieber war – eine hübsche Lüge oder ein reuiger Sünder –, bis jetzt.

Man hat den Raum umgestaltet, damit er edel und modern aussieht. Alles ist weiß und minimalistisch – klare Linien und abstrakte Kunst. Doch noch immer hängt abgestandener Zigarettenrauch in der Luft. Dies ist der Beweis, dass Vegas als Stadt aus der Zeit gefallen ist, vielleicht hat sie auch nur den Bezug zur Realität verloren. Wäre da nicht dieser säuerliche Geruch, der meine Nase malträtiert, würde der Raum sogar luxuriös wirken. Die Renovierung diente einzig dem Zweck, die Gäste davon zu überzeugen, dass das Hotel den deftigen Preis wert ist, der hier für ein Zimmer verlangt wird. Eine einzige Täuschung.

Wenn meine Mom und Hans nächsten Monat die Abrechnung meiner Not-Kreditkarte bekommen, werde ich in ernsthafte Schwierigkeiten geraten. Aber wenn meine jetzige Situation nicht als Notlage zählt, dann weiß ich auch nicht.

Die Hände im Schoß gefaltet, sitze ich auf der Bettkante und warte. Es ist absurd, nervös zu sein, aber schließlich habe ich mir noch nie jemanden aufs Zimmer bestellt. Bis vor einigen Tagen bestand mein einziger Kontakt zu Callgirls in den Flyern, die auf den Gehwegen herumliegen und über die ich mit meinen Schuhen gelaufen bin. Dennoch fühlt es sich irgendwie unvermeidlich an. Ich stecke zu tief drin, um den Spuren nicht nachzugehen.

Doch dieses Zimmer in diesem Hotel, in dieser Stadt, ist nichts anderes als eine Illusion. Denn das Einzige, was Touristen nie zu sehen bekommen, ist die Wahrheit. Die Verdorbenheit steckt Las Vegas tief in den Knochen, es ist geschwächt von Gier und Exzessen. Darüber kann auch kein edles Hotelzimmer hinwegtäuschen.

Als es an der Tür klopft, schrecke ich zusammen, stehe auf und streiche mein Kleid glatt, als müsste ich bei ihr Eindruck schinden. Dann öffne ich die Tür und sehe in vertraute, aber überraschte Augen. Der Schock in ihrem Blick wandelt sich schnell in Zorn.

Ich trete zur Seite und mache eine einladende Geste. »Willst du nicht hereinkommen?«

Kapitel eins

»Vergiss die Sonnencreme nicht«, ruft Mom quer über die Terrasse. Wachsam lauert sie unter der breiten Krempe ihres schwarzen Sonnenhutes und lässt mich nicht aus den Augen.

Wenn doch Sonnencreme das einzige Problem wäre. Seufzend nehme ich das Fläschchen mit Sonnenschutzfaktor 50, das sie mir jeden Morgen hinstellt. Ich verteile die Creme auf den Beinen und meide vorsichtig die Wunden, die nach jenem »Vorfall«, wie sie es nennt, noch immer nicht verheilt sind.

Es ist erst zehn Uhr morgens, doch ich habe mich schon zweimal eingecremt. Das ist typisch Palm Springs. Wenn *du* in der Sonne nicht vergehst – deine Sonnencreme tut es auf jeden Fall. In mancherlei Hinsicht ist diese Stadt in der Wüste Las Vegas sehr ähnlich, insbesondere was die Hitze angeht.

Doch was einst der exklusive Spielplatz Hollywoods war, ist jetzt eher eine Rentnergemeinde.

Hier kann man nicht viel machen, und deswegen komme ich gerne zu Besuch. Es ist eine Erholung von dem unermüdlichen Treiben in Las Vegas. Doch wegen der Umstände, die zu meiner vorzeitigen Abreise zu meiner Mutter geführt haben, ist diese permanent in Alarmbereitschaft. Ich komme mir vor wie ein Rockstar mit Bodyguard – allerdings ohne die mit diesem Dasein verbundenen Annehmlichkeiten. Unter ihrer Aufsicht gibt es keinesfalls Sex, Drugs and Rock 'n' Roll.

Ich lege mich auf den Liegestuhl und schließe die Lider. Auch mit geschlossenen Augen spüre ich die Hitze der unaufhaltsam aufsteigenden Sonne und das gleißende Licht, das auf mir brennt.

Palm Springs ist für mich ein Ort der Entspannung – normalerweise jedenfalls. Aber von Zen ist in diesen Tagen wenig zu spüren. Auf dem Glastisch neben mir vibriert mein Handy. Ich brauche die SMS nicht anzusehen, um zu wissen, von wem sie stammt. Es gibt nur zwei Menschen auf der Welt, die überhaupt auf die Idee kämen, mir eine SMS zu schicken. Und einer von beiden hat vor Wochen das einzige Telefonat, das man ihm zugestand, dazu benutzt, jemand anders anzurufen. Was ich ihm noch nicht einmal verübeln kann. Nach seiner Festnahme wegen des Angriffs auf meinen Vater hatte ihn die Polizei in Gewahrsam behalten und die Ermittlungen zum Mord an seinem Vater fortgesetzt. Ohne juristische Fachkenntnisse bin ich für Jameson West nutzlos. Und da mich meine Mutter vom Krankenhausbett aus direkt nach Kalifornien verfrachtet hat, ist es mir unmöglich, ihn zu unterstützen. Aufgrund meiner Abwesenheit und mit meinem Verdacht, dass er ein Mörder sein könnte, habe ich mich bestimmt als Freundin des Jahres qualifiziert.

Mein Vater hatte sich einer Neuregelung des Sorgerechts nicht widersetzt, war mir jedoch seit unserer letzten Vater-Tochter-Auseinandersetzung aus dem Weg gegangen. Deshalb weiß ich, dass die SMS weder von ihm noch von Jameson stammen kann – bleibt nur noch Josie übrig. Während ich mich aufrichte, greife ich nach den Bändchen meines Bikinioberteils und verknote sie fest in meinem Nacken. Ich nehme Sonnenbrille und Handy, doch sobald ich die Füße auf den glühend heißen Beton setze, erscheint Moms Gesicht unter ihrem Hut.

»Trink etwas Wasser«, rät sie.

»Mach ich«, verspreche ich und gebe mir Mühe, nicht allzu sarkastisch zu klingen. Wenn sie nicht langsam lockerlässt, werde ich ihrer Bitte entsprechen, indem ich mich ertränke. Der Wasserdruck wäre bestimmt längst nicht so belastend wie ihr Genörgel.

Eine leise Stimme in meinem Hinterkopf erinnert mich daran, dass sie Angst hat.

Da ist sie nicht die Einzige, meldet sich eine andere Stimme zu Wort.

Na toll. Jetzt streiten sich sogar schon meine inneren Stimmen.

Vor den Glasschiebetüren bleibe ich kurz stehen, weil ich von der Erinnerung an die berstenden Glasscheiben und an die Scherben eingeholt werde, die mir schmerzhaft in die Haut schnitten. Ich schüttele die Bilder ab.

»Alles okay, Emma?«, fragt Mom.

Ich schlucke und nicke. »Alles in Ordnung, aber ich würde gerne etwas mit dir besprechen.«

Sie lässt Oprahs jüngste Buchklubempfehlung sinken und wendet sich mir zu. »Ja?«

»Es ist nur … Ich habe Dad versprochen, diesen Sommer da zu sein …«, hebe ich an und verschweige, dass ich mich nicht mehr an mein Versprechen gebunden fühle, nachdem ich unbeabsichtigt seine Faust abbekommen habe. Gedankenverloren streiche ich über die gelblichen Überbleibsel des Blutergusses, den ich ihm zu verdanken habe. Es mag ja sein, dass der Schlag Jameson gegolten hat, aber getroffen hat er mich. Er kann von Glück reden, dass nach dem Zwischenfall in jener Nacht niemand gefragt hat, woher die Verletzung an meinem Bauch stammte. »Und deshalb glaube ich, dass ich nach Belle Mère zurückmuss.«

Sie schürzt die Lippen, als hätten meine Worte einen unguten Beigeschmack, dann schüttelt sie langsam den Kopf. »Ich halte das für keine gute Idee. Nach allem, was da vor sich geht …«

»Und genau deshalb muss ich zurück«, unterbreche ich sie. Damit musste sie rechnen. Sonst bin ich nie länger als zwei Wochen in ihrem Resort in Palm Springs geblieben. Und jetzt bin ich schon fast einen Monat hier. »Ich bin schon viel länger hier als sonst.«

»Und die ganze erste Woche warst du mit Schmerzmitteln vollgepumpt«, erinnert sie mich.

»Aber jetzt geht es mir gut.« Ich verschränke die gebräunten Arme vor der Brust, der Bronzeton ist ein weiterer Beweis, dass ich lange genug am Swimmingpool herumgelegen habe.

»Du bist nach wie vor herzlich willkommen«, sagt sie, ganz so, als fühlte ich mich aus Anstand zum Aufbruch verpflichtet.

»Sieh mal, Josie braucht mich. Der Laden braucht mich …« Ich höre lieber auf, bevor ich noch Jameson auf die Liste setze. Mom muss nicht wissen, dass es mich trotz allem, was bei ihm zu Hause passiert ist, auch seinetwegen nach Vegas zurückzieht. Ehrlich gesagt bin ich mir noch nicht einmal sicher, ob er will, dass ich nach Belle Mère zurückkehre.

Und auch wenn meine Mom es nicht zugeben mag – die eigenartigen Vorkommnisse, die meine kleine Gemeinde heimsuchen, beunruhigen sie. Man braucht keinen Abschluss in Psychologie, um auf die Idee zu kommen, dass sie diese harsche Realität lieber meidet.

Sie streift den Hut vom Kopf und wischt sich den Schweiß von der feuchten Stirn, dann mustert sie mich mit einem prüfenden Blick. Ich schaue in ihre kalten smaragdgrünen Augen wie in einen Spiegel. »Hans und ich haben uns unterhalten. Wir glauben, es wäre das Beste, wenn du dein letztes Schuljahr hier absolvierst.«

»Hier?«, frage ich ungläubig. »Und was ist aus ›es wird Zeit, übers College nachzudenken‹ geworden? Gibt es in Palm Springs überhaupt eins?«

»Hier und überall in Kalifornien. In Los Angeles gibt es jede Menge Möglichkeiten«, unterbricht sie mich.

»In Los Angeles?«, explodiere ich. »Kommt gar nicht infrage. Auch wenn es dir nicht gefällt, aber ich habe ein Leben da drüben in Belle Mère.«

»Ein Leben, das du fast verloren hättest«, sagt sie ausdruckslos.

»Es war ein Unfall«, erinnere ich sie, auch wenn es mir eiskalt den Rücken hinunterläuft. Ich war zu geschockt gewesen, um die Wahrheit zu sagen, deshalb war ich bei der Story geblieben, die Monroe West über jene Nacht verbreitete: Leighton war betrunken gestolpert und hatte mich mit sich gerissen, woraufhin wir beide durchs Glasfenster auf die darunterliegende Terrasse gestürzt waren. Es war mit Sicherheit leichter, die Polizei zu schmieren, damit sie über den Alkoholkonsum und die Party Minderjähriger hinwegsah, als Ermittlungen in einer weitaus schwerwiegenderen Angelegenheit zu verhindern. Niemand hatte die Geschichte angezweifelt, obwohl Leighton immer noch im Koma lag.

Aber vor mir selbst kann ich die Wahrheit nicht verleugnen: Man hatte uns gestoßen. Mom wusste das nicht. Wahrscheinlich wusste Monroe es auch nicht, obwohl sie sofort eine passende Geschichte für die Rettungssanitäter parat hatte.

»Unfälle geschehen nie einfach nur so«, sagt Mom. Aus dem Schauer, der meinen Körper überläuft, wird ein eisiges Frösteln. Meine Mutter redet nicht von mir und dem, was im Penthouse der Wests geschehen ist. Sie redet von Becca.

»Ich komme schon klar«, verspreche ich ihr geduldig. Ich kann nur hoffen, dass es mir gelingt, mein Versprechen zu halten.

»Darüber reden wir später.« Sie nimmt erneut das Buch zur Hand und richtet ihre Aufmerksamkeit auf die Seite mit dem Eselsohr. Ich bin wieder abgemeldet, frei bin ich aber nicht.

✦ ✦ ✦

»Wann kommst du nach Hause?«, fragt Josie, sobald FaceTime die Verbindung hergestellt hat. Die eine Hälfte ihres Kopfes ist zu Bantuknoten frisiert, das restliche Haar wild gelockt. Josie ist – genau wie ihr Haar – ein Musterbeispiel für Gegensätze. Einerseits klar und vernünftig, andererseits mit einem Hang zur Wildheit, der sich jedes Jahr stärker in ihrer Persönlichkeit durchsetzt. Ich lasse mich mit meinem Computer aufs Bett fallen.

»Hallo erst mal.« Der Schein der Nachmittagssonne macht es schwer, das Bild zu erkennen, deshalb krieche ich ans Kopfende des Bettes.

»Das ist eine ernsthafte Frage, Em. Ich möchte, dass du nach Hause kommst. Ich brauche deine Hilfe.«

Als ich die Panik in ihrer Stimme höre, ziehe ich die Brauen hoch. Eigentlich braucht Josie Deckard überhaupt nichts – jedenfalls nicht von mir. Etwas Bestätigung könnte nicht schaden, oder vielleicht ein Anruf ihres abwesenden Vaters, aber sie ist ganz bestimmt nicht der Typ, der andere um Hilfe bittet.

»Was ist los?« Falls sie nicht gerade einen melodramatischen Moment hat, bin ich vielleicht doch gezwungen, meine Drohung wahrzumachen und Palm Springs so bald wie möglich zu verlassen.

»Hier geht es drunter und drüber«, sagt sie. »Leighton liegt immer noch im Koma, und sie haben halb Belle Mère vorgeladen und wegen des Mordes an West verhört.«

»Wenigstens suchen sie noch nach dem Täter«, werfe ich

ein. Man braucht keinen höheren Abschluss in Forensik und Kriminologie, um zu erkennen, dass das FBI bereits seinen Sohn für den Mord an Nathaniel West verantwortlich macht. Darüber will ich gar nicht länger nachdenken, denn ich muss daran glauben, dass Jameson West unschuldig ist. Ich habe ihm versichert, dass ich davon überzeugt bin, und in jenem Augenblick war es auch so. Auch weil er mein Freund ist. Oder jedenfalls war. Diesbezüglich bin ich mir jetzt nämlich nicht mehr so ganz sicher. Geistesabwesend streiche ich über die allmählich verheilenden Schnitte auf meinem Unterarm. Jameson kann Leighton und mich nicht durch dieses Fenster gestoßen haben, was in meinen Augen für ihn spricht. Wenn jemandem so viel daran lag, uns zum Schweigen zu bringen, dann hat er mit Sicherheit etwas zu verbergen. Allerdings hatte ich aus Leighton nicht herausbekommen, wen sie schützte. Ich hatte nur belauscht, wie sie Monroe zusicherte, niemandem etwas zu erzählen. Ich war davon ausgegangen, dass sie von Jameson sprach, doch sie kam gerade noch dazu, mir zu sagen, dass sie Jonas schütze. Danach hatte jemand uns beide durch ein Glasfenster gestoßen. Dass die Wests mörderische Partys veranstalten, kann niemand bestreiten.

»Es ist nicht nur das«, unterbricht Josie meine Gedanken. »Hast du dein Handy?«

Ich halte es hoch, und sie stößt einen tiefen Seufzer aus, der garantiert kein Zeichen ihrer Erleichterung ist.

»Ich habe dir über Instagram eine Nachricht geschickt«, sagt sie.

»Hast du einen Schnappschuss deines Mittagessens mit mir geteilt? Und einen Link mit Übungen für die Bikinifigur dazu gepostet?«, frage ich trocken und entsperre währenddessen mein Handy.

Ich klicke auf den Link, den sie mir geschickt hat, und gelange zu einem Nutzer-Account, den ich noch nie zuvor gesehen habe. Doch auch wenn mir der Name nichts sagt – *The Dealer* –, gibt es dort jede Menge Fotos von Leuten, die ich kenne.

»Sieh dir mal das fünfte von oben an«, sagt Josie leise. Mein Blick wandert zurück zum Screen, und ich sehe, wie sie verzweifelt die Augen schließt. Nachdem ich das Foto gefunden habe, brauche ich einen Moment, bis ich etwas erkenne, weil die Aufnahme so verschwommen ist. Offensichtlich wurde es aus größerer Entfernung aufgenommen. Jemand anders würde das Mädchen mit der wilden Haarmähne und der zierlichen Figur vielleicht nicht wahrnehmen, aber ich erkenne meine beste Freundin, wenn ich sie sehe. Den Mann, mit dem sie zusammen ist, kann ich jedoch nicht identifizieren.

»Was soll das?«, frage ich verwirrt.

»Das ist Tom«, sagt sie. »Vielleicht auch Aaron, ich kann mich nicht erinnern. Es ist auch nicht wichtig.«

»Es ist wichtig genug, dass du mich dafür am helllichten Tag anrufst, um mich anzuflehen, nach Hause zu kommen. Wer ist dieser Kerl, Josie?«

»Was glaubst du denn?«, fragt sie und betont jede Silbe.

»Oh.« Allmählich dämmert es mir. Obwohl sie mich ständig hängen lässt, um sich mit irgendwelchen Zufallsbekanntschaften abzugeben, habe ich sie bisher noch nie in Aktion erlebt. »Habt ihr beide …«

Plötzlich wünsche ich mir, wir würden *Onkel Otto sitzt*

in der Badewanne spielen, damit ich den Satz mit etwas Unschuldigem oder Harmlosem beenden könnte. Habt ihr beide… ein Kätzchen gerettet? Habt ihr beide… Minigolf gespielt? Aber vor meinem inneren Auge ziehen Bilder auf, die der Autorin von *Fifty Shades of Grey* die Schamesröte ins Gesicht treiben würden. »Ja«, antwortet sie und erlöst mich von meiner Qual.

»Wie konnte das jemand fotografieren?«, frage ich. Josie mag einen Vaterkomplex haben, aber dumm ist sie nicht. Ein paar Selfies würden nicht nur ihr Leben, sondern auch das dieses Mannes zerstören. Sie macht keine Fotos von ihren Eroberungen, und sie lässt sich von ihnen auch nicht fotografieren.

»Guck dir das mal genauer an«, flüstert sie. Ich scrolle durch die Uploads, und mir wird klar, dass es sich nicht um die typischen narzisstischen Fotoserien eines Teenagers handelt. Keine Selfies. Kein Versuch, den ganzen Tagesablauf zu dokumentieren. Alle Fotos auf diesem Account zeigen andere – Leute, die wir kennen. Jedes Foto ist eine eigentümliche Mischung aus Fotojournalismus und Überwachungskamera.

»Weißt du, wer diese Fotos gemacht hat?«, frage ich sie.

Ich kann den Blick nicht abwenden. Die Bilder machen süchtig, und ich ertappe mich bei der Frage, ob ich auch noch zu sehen sein werde. Die Fotos sind mit Initialen und einer Ortsangabe versehen, weiter nichts. »Meine Mom wird mich umbringen«, grummelt Josie und übergeht meine Frage.

»Wie sollte sie sie überhaupt zu sehen bekommen? Deine Mutter ist ja nicht gerade ein Profi, was Social Media betrifft.«

Um sie nicht noch mehr zu verunsichern, gebe ich lieber nicht zu, dass ich nachvollziehen kann, warum sie so entsetzt ist. Die Fotos enthüllen eine Facette von Josie, die sie vor der Öffentlichkeit verborgen hält. Wenn dieser ganze Account voller Fotos gleichaltriger Bekannter aus Belle Mère ist, könnte es sein, dass schon viele Leute einen Blick darauf geworfen haben.

»Wie hast du das überhaupt herausgekriegt?«, frage ich.

»Der Account hat sich bei mir als Follower eingetragen«, sagt sie. Sie macht eine Pause, als ringe sie mit sich, ob sie mir noch mehr erzählen soll. »Der Account ist auch Follower von Monroe, Hugo und Jameson.«

»Jameson«, wiederhole ich. Ich bekomme es mit der Angst zu tun. Was für Fotos sind wohl von ihm zu sehen?

»Hast du schon mit ihm gesprochen?«, fragt Josie.

Ich schüttele den Kopf. »Also folgt er euch allen, aber das heißt noch nicht …«

»Emma«, unterbricht Josie mich, »deinem Account folgt er auch.«

Unsicher, ob ich nach meinen eigenen verfänglichen Momenten suchen möchte, die womöglich jemand mit seiner Kamera eingefangen hat, lege ich das Handy auf den Tisch. »Warum tut jemand so etwas?«

»Um mein Leben zu zerstören«, behauptet Josie sofort. Anscheinend hat sie lange darüber nachgedacht.

»Es ist doch nur ein Foto …«, fange ich an, aber sie fällt mir ins Wort.

»Das sagst du so«, kreischt sie. »Wenn meine Mom diese Bilder sieht, werde ich ohne Aussicht auf Bewährung den

Sommer über in die Mädchenakademie von Bellevue gesteckt.«

»Das hier ist nicht *Hamlet*«, unterbreche ich sie. Hätte ich doch nur ein paar Hundert Beruhigungspillen vorrätig. Josie steht offenbar kurz vor einem Nervenzusammenbruch, während ich in Palm Springs versuche, der Realität aus dem Weg zu gehen. »Deine Mom wird dich schon nicht ins Kloster stecken.«

Josie lässt sich nach hinten fallen und ist für einen Moment nicht mehr zu sehen. Das Bild wird schwarz, und ich versuche, die aufsteigende Panik zu unterdrücken. Dann baut sich das Bild langsam wieder auf. Ich entdecke ihre vertraute gepunktete Bettdecke und das Kissen, das sie sich an die Brust drückt. Als sie schließlich wieder etwas sagt, ist ihre Stimme ganz leise. »Du kennst nur die angenehme Seite meiner Mutter.«

»Wenigstens hat deine Mutter eine angenehme Seite«, knurre ich. »Meine Mutter ist ausgerastet, als ich ihr gesagt habe, dass ich darüber nachdenke, Palm Springs zu verlassen. Ich werde sie ziemlich umgarnen müssen, damit sie sich wieder beruhigt, wenn ich fahre.« Dass sie von mir verlangt, dauerhaft in Kalifornien zu bleiben, behalte ich für mich. Jetzt ist nicht der geeignete Zeitpunkt für zusätzliche schlechte Nachrichten.

»Pass auf«, fährt Josie fort und lenkt meine Aufmerksamkeit wieder auf ihr Problem, »meine Mom ist cool, aber sie will unbedingt dafür sorgen, dass ich einmal ein besseres Leben habe als sie.«

»Ich bin mir ziemlich sicher, dass das alle Eltern wollen«,

stelle ich klar. Auch wenn meine eigenen Eltern sehr seltsame Vorstellungen davon haben, was ein besseres Leben ist, so weiß ich doch, dass sie ihr Herz grundsätzlich am rechten Fleck haben.

»Lass es mich etwas klarer ausdrücken. Ihr liegt wahnsinnig viel daran, dass ich nicht schwanger werde.«

»Kannst du ihr das zum Vorwurf machen?«, frage ich.

Sie schüttelt den Kopf, und einen Moment ist der Monitor von ihren wilden, widerspenstigen Locken ausgefüllt. »Nein, das kann ich nicht. Weißt du, sie war erst neunzehn, als ich geboren wurde, und das hat ihrer Karriere als Tänzerin sehr geschadet.«

»Weiß sie, dass du …« Ich beende den Satz nicht und schaue durchs Fenster auf die ruhige Oberfläche des Swimmingpools draußen. Die Frage zu stellen, fällt mir nicht leicht, denn im Grunde kenne ich die Antwort nicht einmal selbst. Als Josie anfing, sich auf ältere Typen zu spezialisieren, habe ich versucht, das nicht an mich herankommen zu lassen – bis sie mit einem unserer Lehrer schlief. Danach habe ich sie gebeten, die pornografischen Details für sich zu behalten. Es fällt mir leichter, eine Mathearbeit zu schreiben, wenn ich mir dabei nicht immer vorstellen muss, wie meine beste Freundin das Gesicht von Mister Barrett beim Orgasmus nachmacht.

»Weiß sie *was*?«, fragt Josie.

»Weiß sie, dass du Sex hattest?«, frage ich hastig.

»Die Liste der Gesprächsthemen, die zwischen meiner Mutter und mir tabu sind, ist lang und umfassend. Sex steht dort an erster Stelle.« Josie presst die knallroten Lippen zusammen, bis nur noch eine dünne Linie übrig bleibt, und verzieht bei der Vorstellung das Gesicht. »Wenn sie es wüsste, wäre ich schon im Kloster, wie du es ausdrückst. Ich meine, ich muss die Pille in einer Bonbondose verstecken.«

»Damit ist die Frage beantwortet.« Eine Million anderer Fragen gehen mir durch den Kopf. Mit wie vielen Männern hatte sie Sex? Warum? Benutzt sie Kondome? Hat sie schon mal einen Test gemacht? Irgendwie schaffe ich es, mir alle diese Fragen zu verkneifen.

»Weiß *deine* Mutter, was du treibst?«, fragt Josie, obwohl sie weiß, dass es auf der Liste meiner sexuellen Eroberungen erst einen Eintrag gibt. Ich war total ehrlich zu ihr, was mein erstes – und einziges – Mal anbetrifft. Und selbst da gab es nicht allzu viel zu berichten.

»Ich hatte nicht das Bedürfnis, ihr von meinem jämmerlichen ersten Mal zu erzählen, schließlich habe ich ja selbst vor mir so getan, als sei es nie geschehen«, erinnere ich sie. Mit Hugo Roth zu schlafen, war eine überstürzte Reaktion auf eine furchtbare Situation. Ich meine, gibt es eine bessere Methode, sich an seinem fremdgehenden Freund zu rächen, als mit dessen bestem Freund zu vögeln? Allerdings würde ich mich mit dieser beachtlichen Erkenntnis nicht gerade um einen Studienplatz bewerben.

»Ich glaube nicht, dass meine Mom irgendeinen der Männer, mit denen ich zusammen war, bei uns zu Hause dulden würde.«

»Vermutlich nicht, schließlich sind sie genauso alt wie ihr eigener Freund«, erinnere ich sie.

Josie klatscht sich an die Stirn. »Ach, das habe ich dir noch gar nicht erzählt. Die haben sich letzte Woche getrennt. Männer nerven.«

»Und wie geht es deiner Mom?«, frage ich ernsthaft besorgt.

»Sie hat einen ganzen Tag lang geweint. Dann hat sie Lippenstift aufgetragen und jemand Neues kennengelernt.« Josie zuckt mit den Schultern, doch ihre Worte triefen vor Zynismus. Der Apfel fällt nicht weit vom Stamm. Die Deckards pflegen eine nonchalante Einstellung zur Philosophie, der die meisten Männer in Las Vegas folgen: »Flachlegen und fallen lassen«. Diejenigen unter ihnen, die auf Dauer hierbleiben, sind normalerweise keine herausragenden Vertreter ihrer Spezies. Jedenfalls nicht die Singles unter ihnen. Und die anderen sind Touristen, deren Anwesenheit ebenso temporär ist wie ihr Glück im Spiel.

Ich nehme mein Handy und starre wieder auf die Instagram-Fotos. Josie ist deutlich zu erkennen, und obwohl derjenige, der uns diese Fotosammlung beschert, sie nur mit ihren Anfangsbuchstaben kennzeichnet, ist es alles andere als anonym. Ich scrolle durch die Handvoll anderer Fotos, die hochgeladen wurden. Hugo Roth schleift ein bewusstloses Mädchen durch den Korridor. Monroe West blickt schuldbewusst über den Rand einer schwarzen Sonnenbrille, als wüsste sie, dass sie beobachtet wird. Keines der Fotos ist direkt belastend. Es sind nur unterschwellige Botschaften in ihnen verborgen. Es bedarf keiner großen Anstrengungen, um hinter all diesen Fotos eine Verschwörung zu wittern. Es ist offensichtlich, welche Überlegungen dieser *Dealer* bei seinem beziehungsweise ihrem Publikum auslösen will. Es gibt männliche wie weibliche Stalker.

»Was glaubst du, wer die Fotos gemacht hat?«, frage ich.

»Wenn ich das wüsste, hätte ich diese Person schon erwürgt und ihr Handy gestohlen«, knurrt Josie.

Ich betrachte das Foto von ihr noch ein paar Sekunden lang und konzentriere mich diesmal auf ihr Kleid.

»Moment mal.« Sofort bekomme ich einen trockenen Mund und befeuchte meine Lippen. »Das ist das Kleid, das du in der Nacht getragen hast, als …« Das hat sie anscheinend schon bemerkt, denn sie schluckt nur und nickt. Ich blättere weiter zurück und entdecke das Foto von Hugo mit der Blondine, die über seiner Schulter hängt. Ich erkenne nur einen Teil seines T-Shirt-Aufdrucks: »… im … ritt«.

»Fit im Schritt«, murmele ich und rufe mir noch einmal das T-Shirt vor Augen, das Hugo in jener Nacht getragen hat. Damals hatte ich behauptet, es sei die Vortäuschung falscher Tatsachen. Wenn ich mir dieses Bild anschaue, kann ich zu der Behauptung stehen. »Skrupellos« hätte als Schriftzug viel besser gepasst.

»Was ist denn?«, fragt Josie verwirrt.

»Nichts. Nicht so wichtig.« Es bringt nichts, wenn ich ihr alles erzähle. »Dieses Foto ist auch aus jener Nacht. Warum sollte jemand Fotos posten, die in der Nacht aufgenommen wurden, in der Nathaniel West ermordet wurde?« Als ich von meinem Handy aufblicke, wirft mir Josie auf dem Monitor einen vielsagenden Blick zu.

»Ich habe eine viel bessere Frage für dich«, sagt sie. »Wie viele Fotos existieren noch?«

Kapitel zwei

Von der ganzen Paranoia hungrig geworden, reiße ich mich eine Stunde später endlich von der Fotosammlung los und begebe mich in die Küche. Eine Haftnotiz am Kühlschrank lässt mich innehalten.

Bin beim Friseur und um eins zurück!

Da habe ich das Haus für mich allein und vergeude meine Zeit damit nachzuverfolgen, womit irgendein Perversling seine Zeit verbringt.

Ich seufze, greife nach der Kühlschranktür und erstarre, als sich in der Edelstahloberfläche eine vertraute Gestalt spiegelt. Ich fahre herum und zwinkere ein paarmal, doch er verschwindet nicht, sondern lehnt noch immer im Türrahmen. Zu meiner Verteidigung muss ich sagen, dass er zu gut aussieht, um real zu sein, doch andererseits war das schon immer so. Sein wildes, kupferbraunes Haar ist länger als beim letzten Mal, als ich ihn sah. Er streicht es mit einer weichen, selbstsicheren Bewegung zurück, doch trotz des Lächelns, das seine Lippen umspielt, grüßt er mich nicht. Stattdessen stehen wir nur da und starren uns an. Spürt er, dass etwas zwischen uns steht? Als wir uns getrennt haben, war mit uns noch alles in Ordnung, soweit das überhaupt möglich ist, wenn der eigene Freund in Handschellen abgeführt wird. Doch inzwischen sind die Dinge etwas komplizierter geworden. »Es tut mir leid«, platzt es aus mir heraus. »Ich hätte dich besuchen sollen.«

Seine silbrig blauen Augen funkeln. Wortlos richtet er sich auf und kommt auf mich zu, er streckt den Arm aus, legt eine Hand an meine Wange, und ich schließe unwillkürlich die Augen. Das Kribbeln, das meinen Körper überläuft, wenn er mich berührt, hat in der Zwischenzeit nicht nachgelassen. Jameson West hat mich in seinen Bann geschlagen, seit wir uns zum ersten Mal begegnet sind. Während wir getrennt waren, hatte ich das infrage gestellt, aber jetzt weiß ich, dass ich ihm mit Haut und Haar verfallen bin.

»Lass das«, warnt er mich. Ich öffne die Augen und sehe ihn fragend an. »Du brauchst dich nicht bei mir zu entschuldigen.«

Ich will mich ihm entziehen, doch er umfasst mit der Hand mein Kinn.

»Ich hätte …«, fange ich an.

»Das will ich alles gar nicht wissen«, unterbricht er mich. »Als ich gehört habe, was passiert ist, bin ich durchgedreht. Geht es dir gut?« Er tritt zurück, nimmt meine Hand und betrachtet die frischen rosafarbenen Narben, die meine Haut verunstalten. »Dass ich nicht bei dir sein konnte, hat mich fast verrückt gemacht.«

War das bei mir vielleicht genauso? Hat das Getrenntsein von ihm verrückte Gedanken in mir ausgelöst? So muss es gewesen sein, denn hier, in seiner Gegenwart, kommen mir meine Zweifel plötzlich vollkommen idiotisch vor. Seine Berührung löscht sie aus, übrig bleibt nur die Gewissheit: Was auch immer in jener Nacht geschehen sein mag, in der sein Vater ermordet wurde – Jameson hat sich bestimmt nicht dessen schuldig gemacht, was man ihm vorwirft. Wenn ich in die Tiefen seiner blauen Augen schaue, sehe ich, dass er immer noch Geheimnisse hat – doch wer hat die nicht? Ich muss darauf vertrauen, dass er sie zu gegebener Zeit mit mir teilt. Wir müssen eine Million Dinge miteinander besprechen, doch jetzt, so nah bei ihm, dass ich die Wärme seines Körpers spüre, kommt mir das alles ganz und gar unwichtig vor.

»Hier wohnst du also, wenn du nicht zu Hause bist?«, fragt er und sieht sich in der kaum benutzten Gourmetküche um. Wahrscheinlich sind die meisten Küchengeräte noch in Plastikfolie verpackt.

»Hier ist eigentlich eher meine Mutter zu Hause. Mit Hollywood hat sie sich nie richtig anfreunden können. Es hat sie zu sehr an Vegas erinnert.« Ich frage mich unwillkürlich, wie er es hier findet. Das weitläufige Anwesen meines Stiefvaters erstreckt sich über die abwechslungsreiche Wüstenlandschaft bis zum Fuß der Berge. Jemand anders wäre vermutlich beeindruckt, doch Jamesons Familie besitzt ein Casino, ein Haus in den Bergen und Gott weiß was noch. Ich sollte mir wirklich einmal die Zeit nehmen und ihren Immobilienbesitz googeln.

»Ist sie gerade zu Hause?«

»Sie hat einen Termin in der Stadt«, antworte ich.

Daraufhin stößt er einen tiefen Seufzer aus. »Gott sei Dank.«

Mit einer einzigen schnellen Bewegung streicht er an meinem Oberkörper hinunter, verweilt kurz auf meiner Taille und lässt die Hände dann noch tiefer gleiten. Jameson hebt mich hoch, und unwillkürlich schlinge ich die Beine um seine Hüften. Er neigt den Kopf, hält jedoch inne, ganz knapp bevor unsere Lippen sich berühren. Ich kann schon seinen köstlichen Atem riechen.

»Wo ist dein Zimmer?«, raunt er.

Ich finde kaum Worte, so vielversprechend ist die Situation, in der ich mich plötzlich wiederfinde. Ich befeuchte meine Lippen, dann deute ich mit dem Kopf hinter mich. »Da, den Flur entlang.«

Mehr brauche ich ihm nicht zu sagen. Unsere Münder finden voller Leidenschaft zueinander, während er mich so selbstbewusst den Flur hinunterträgt, als würde er sich schon sein ganzes Leben hier aufhalten. Ich registriere kaum, wie er die Tür auftritt, bevor er mich auf meinem Bett ablegt.

»Ich hoffe, das ist das richtige Zimmer, Herzogin«, sagt er, »denn ich kann keine Sekunde länger warten.«

Ich kralle meine Hände in das vertraute gelbe Laken und nicke.

»Das ist mein Zimmer«, bestätige ich leise. »Und da hinten ist …«

Er zwinkert mir zu. »Den Rundgang können wir später machen.«

Mit großen Augen beobachte ich, wie er sich in den Nacken fasst und das T-Shirt über den Kopf zieht. Seine wundervollen Bauchmuskeln könnten glatt einen wissenschaftlichen Forschungsgegenstand abgeben. Perfekt gestaffelt und tief eingekerbt, laufen sie so zusammen, dass sie den oberen Teil eines spitzen V bilden, das sich vermutlich unter der Jeans fortsetzt, die verführerisch um seine Hüften hängt. Tausende kleiner Schmetterlinge flattern in meinem Bauch, als er sich mit quälender Langsamkeit über mich beugt.

»Ist das okay?«, fragt er. Ich nicke, weil ich meiner Stimme nicht vertraue. »Das sind tolle Neuigkeiten, denn ich male mir schon so lange aus, was ich mit diesem Körper alles anstellen werde.«

»Und was, wenn ich Nein gesagt hätte?«, necke ich ihn, als ich endlich meine Stimme wiedergefunden habe.

»Dann hätte ich andere Mittel finden müssen, um dich zu überzeugen.« Er streicht mit dem Zeigefinger über meine Unterlippe, dann an meinem Kinn hinunter, über meinen Hals und tiefer noch, bis er schließlich im Tal zwischen meinen Brüsten haltmacht.

»Glaubst du, es wäre so leicht, mich zu überzeugen?«, hauche ich, obwohl ich den Drang verspüre, zu keuchen und um mehr zu betteln.

»Bestimmt nicht, aber mir wäre es problemlos gelungen, und ich zeige dir liebend gern ganz genau, wie ich das angestellt hätte.«

»Ich habe doch schon Ja gesagt«, flüstere ich. Diesmal breitet sich das Lächeln über sein ganzes Gesicht aus. Ihm fällt eine Strähne ins Gesicht, und ich strecke die Hand aus, um sie zurückzustreichen.

»Das fühlt sich gut an, Herzogin«, stöhnt er, und ich streiche mit den Fingern durch seine Locken. »Ich habe so viel an dich gedacht. Dich tatsächlich zu spüren, ist, als würde ich aus einem schlimmen Traum erwachen.«

»Ich bin da«, flüstere ich in einem Ton, der noch viel mehr verspricht.

Er senkt seinen Körper weiter ab und bettet die schmale Taille zwischen meine gespreizten Beine. Ich kann den rauen Baumwollstoff seiner Jeans durch mein dünnes Bikiniunterteil spüren. Als ich tiefer rücken will, um herauszufinden, was ich sonst noch entdecken kann, schießen seine Hände vor und halten mich fest. Plötzlich bin ich in einem sehr erotischen Liegestütz gefangen.

»Ich habe mir fest vorgenommen, mir Zeit zu lassen, wenn ich dich einmal in dieser Position habe«, gesteht er. Er beugt sich vor und legt die Lippen auf meine Wange. »Darauf habe ich lange gewartet, Herzogin.«

»Und warum hörst du dann jetzt damit auf?« In mir erwacht ein unbezähmbares Verlangen, und ich versuche, mich aus dem Griff zu befreien, mit dem er mich an den Handgelenken festhält. Er lacht leise, dann lässt er mich los.

»Weil ich es nicht eilig habe. Du sollst Dinge spüren, die du noch nie zuvor gespürt hast. Ich werde den ganzen Abstand überbrücken, der sich in der Zwischenzeit zwischen uns aufgebaut hat, und wenn ich fertig bin, wird kein Zweifel mehr daran bestehen, dass du zu mir gehörst.« Er hebt den

Kopf und blickt auf mich hinunter. »Wenn du nichts dagegen hast.«

»Ich glaube nicht.« Die Frage ist so überflüssig, dass ich leicht die Augen verdrehe. Mein Körper schreit schon die ganze Zeit Ja. Er braucht wirklich nicht mehr zu fragen.

»Wo soll ich anfangen? Bei deinen Lippen?«, überlegt er. Er streicht mit seinen Lippen über meine und lenkt meine Aufmerksamkeit zumindest kurzfristig nach oben.

Ich stöhne meine Zustimmung.

»Oder vielleicht hier.« Langsam wischt er mit dem Mund meinen Hals hinunter und verharrt unter meiner Kehle. Ich stöhne leise und kralle mich noch fester an das Laken. »Siehst du? Und dabei haben wir gerade erst angefangen.«

Ich muss mich total zusammenreißen, um nicht die Arme um seinen Nacken zu schlingen und ihn an mich zu ziehen. Ich weiß gar nicht, was mich davon abhält, außer vielleicht die Tatsache, dass ich immer noch Schuldgefühle habe, weil er im Gefängnis saß – vielleicht ist es aber auch nur Neugierde. Ich will wissen, was er mit mir anstellt, was er mir zeigen will – doch bevor es so weit kommt, höre ich die Haustür knallen.

»Mist!«, fluche ich, stoße ihn von mir, und er landet unsanft auf dem Boden. »Zieh dein T-Shirt an.«

Als er wieder auftaucht, gibt er sich keine Mühe zu verbergen, wie komisch er das alles findet. Er hebt das T-Shirt vom Boden auf und streift es sich über den Kopf.

»Emma?« Moms Stimme hallt durch den großen, offenen Eingangsbereich. Ich sehe Jameson an und mache mich auf einiges gefasst.

»Ich bin in meinem Zimmer«, rufe ich. Dann stehe ich auf, streiche die Bettdecke glatt und deute auf einen Schreibtischstuhl. Ich schnappe mir eine Jeans und ein Trägerhemd, um es mir über den Bikini zu streifen.

»Setz dich da hin«, zische ich leise. Er salutiert mit dem Zeigefinger, setzt sich prompt auf den ihm zugewiesenen Stuhl und nimmt eine unverfängliche Haltung ein.

»Emma, ich dachte, wir könnten …« Als sie in mein Zimmer kommt, verschlägt es ihr die Sprache. »Äh, hallo.«

Jameson nickt zur Begrüßung. »Sehr erfreut, Sie kennenzulernen, Mrs. von Essen.«

Einen Moment bleibt sie wie angewurzelt stehen und betrachtet ihn, dann schüttelt sie den Kopf, als wolle sie sich aus ihrer Erstarrung lösen. Freundlich lächelnd sagt sie: »Vivian.«

»Vivian«, wiederholt er. Doch der Zauber, mit dem Jameson meine Mutter bezirzt, reicht nicht aus, um mich zu schützen. Sie wendet sich in meine Richtung und wirft mir einen fragenden Blick zu.

»Mom«, taste ich mich zögernd vor, um gleich hinterherzuschicken: »Das ist Jameson West.«

»Ah. Der berühmte Mister West.« Ihre Stimme klingt etwas gereizt. Sie pflegt zwar nicht dieselbe Feindseligkeit gegenüber den Wests wie ihr Exmann, mein Vater, doch sie heißt sie auch nicht gerade in der Familie willkommen.

»Ich fürchte, mein Ruf eilt mir voraus.« Er steht auf und streckt seine Hand vor.

»Ich habe schon viel von Ihnen gehört«, bestätigt sie, als sie seine Hand schüttelt. Ich zucke zusammen. Wenn das wahr ist, dann hat sie es jedenfalls nicht von mir erfahren.

»Mom«, warne ich sie.

»Stimmt doch«, beharrt sie und zuckt mit den Schultern.

»Ja.« Jameson blickt rasch zu mir. »Ich glaube, Ihr Mann verhandelt gerade mit der Paramount wegen eines Films über meinen Vater.«

»Darüber weiß ich nicht allzu viel.« Das ist ganz offensichtlich gelogen, doch diese Sorte Lügen nehmen die meisten bereitwillig hin. Falls sie etwas darüber weiß, hat sie es jedenfalls von mir ferngehalten. Vermutlich, damit es ein friedlicher Sommer bleibt.

»Vielleicht sollte ich mich einmal näher mit ihm darüber unterhalten. Ich wüsste gern mehr über das Projekt.« Die Spannung im Raum ist inzwischen so aufgeladen, dass wir alle zu ersticken drohen, doch meine Mutter bleibt unbeirrt.

»Das würde ihn sicher freuen. Er hat eine ganze Menge Fragen zu dem, was passiert ist.«

»Haben wir die nicht alle?« Jameson legt den Kopf schräg. »Vielleicht kann er mir sagen, wie die Geschichte endet.«

Jetzt, da unsere Körper wieder voneinander getrennt sind, kann ich etwas klarer denken, was bedeutet, dass mir lauter Fragen durch den Kopf schießen. Anscheinend bin ich nicht die Einzige, die immer noch versucht zu begreifen, was geschehen ist. Wenn Jameson es nicht weiß, weiß es das FBI auch nicht. Wie hatte er es dann geschafft, aus der Untersuchungshaft freizukommen?

»Ich wusste gar nicht, dass Sie zu Besuch kommen wollten.« Mom geht zum Bett und hebt ein Kissen auf, das auf den Boden gefallen ist. Ganz offenbar katalogisiert sie bei der

Gelegenheit jede Falte in meinem Bettlaken, um sie später im Verhör gegen mich zu verwenden.

»Ich wollte Emma überraschen.«

»Und das ist dir gelungen«, schalte ich mich ein. »Wir könnten mal in die Stadt fahren, es gibt …«

»Bleiben Sie lange?«, unterbricht Mom mich. Irgendwie bin ich in ein Duell zwischen zwei Salonlöwen geraten. Wer schafft es, höflicher zum anderen zu sein und ihn gleichzeitig ausbluten zu lassen?

»Nur bis es mir gelungen ist, Emma zur Heimkehr zu überreden.«

»Und warum sollte sie nach Hause wollen?« Diesmal gibt meine Mutter sich keine Mühe, ihre Worte mit Zuckerguss zu überziehen.

»Weil sie dort hingehört.«

»Nach Belle Mère?«, fragt Mom.

»An meine Seite«, korrigiert Jameson.

Ich trete vor und quetsche mich zwischen die beiden.

»Ich zeige Jameson mal die Stadt.«

»Aber bring ihn zum Abendessen wieder zurück«, sagt sie, ohne den Blick von ihm loszureißen.

»Na klar.« Ich schnappe mir Jamesons Hand, ziehe ihn mit mir aus dem Zimmer und in Richtung Haustür.

»Deine Mutter ist …«

»… sehr speziell?«, schlage ich vor. Ich bleibe stehen, als ich einen weißen Porsche Carrera mit heruntergelassenem Verdeck an der Straße, aber nicht in unserer Einfahrt stehen sehe. »Ist das deiner?«

Er grinst mich nur an, jetzt geht er vorneweg und führt

mich zu seinem Auto. »Wenn deine Mutter meinen Wagen gesehen hätte, hätte sie gleich gewusst, dass du Besuch hast«, sagt er. Er klingt leicht gereizt.

Ich winke ab. »Sie dachte bestimmt, es wäre ein Ersatzporsche, den Hans hier herumstehen lässt. Ich meine, wer achtet denn auf so was?«

»Steig ein, Herzogin«, sagt er und hält mir die Tür auf. Als ich in den Wagen steige, beugt er sich vor und küsst mich auf den Mund. Dann geht er ums Auto herum auf seine Seite. Mir wird klar, dass ich ihm unbedingt erzählen muss, was neulich Abend geschehen ist und was ich gehört habe. Vor allem muss er jedoch über den Instagram-Account Bescheid wissen, bevor sein Bild dort auftaucht.

»Jameson, ich muss dir unbedingt ein paar Dinge erzählen«, fange ich an.

Er drückt auf den Startknopf. »Später. Zuerst muss ich dir etwas erzählen.« Bevor ich dagegen protestieren kann, dass er mich so abwürgt, wendet er sich mir zu und sieht mich an. »Die Vorwürfe gegen mich wurden nicht fallen gelassen.«

»Wie kommt es dann, dass du hier bist?«, frage ich. »Wir sind hier in einem anderen Bundesstaat.« Ich blicke mich um, als ob gleich Polizeihubschrauber und ein Sondereinsatzkommando hinter den Bergen auftauchen könnten.

»Mach dir deswegen keine Sorgen.«

»Mach dir deswegen keine Sorgen?«, kreische ich. »Bist du auf Kaution freigekommen?«

»Bin ich«, bestätigt er gelassen.

»Warum bist du dann hergekommen? Sie haben dich gerade erst rausgelassen.«

»Um dich mit nach Hause zu nehmen«, sagt er.

»Ich möchte ja nach Hause kommen«, erkläre ich ihm. »Aber vielleicht hat meine Mutter recht. Vielleicht ist es zurzeit wirklich das Beste, wenn ich mich von Vegas fernhalte.«

»Das wird dir auf Dauer nicht gelingen.« Während er spricht, zieht eine Wolke vor die Sonne und wirft für einen Moment einen Schatten auf uns.

»Was willst du damit sagen?«, möchte ich wissen.

»Sie stellen dein Alibi infrage.«

»Mein Alibi? Du meinst dein Alibi?«

»Unser Alibi, Emma. Sie bereiten eine Anklage gegen uns beide vor.«

»Eine Anklage?«, wiederhole ich verwirrt. Ich begreife einfach nicht, was er da sagt, oder vielleicht will ich es noch nicht begreifen.

»Sie wollen uns beide für den Mord an meinem Vater verantwortlich machen«, stellt er klar. Dann nimmt er meine Hand. »Aber das werde ich nicht zulassen.«

»Was wollen wir tun?«, flüstere ich.

Er lässt meine Hand los, nimmt eine silberne Pilotenbrille aus der Konsole und setzt sie auf. Dann beugt er sich vor und legt seine Lippen auf meinen Hals. Er gibt mir einen sanften Kuss, und einen Augenblick später spüre ich, wie sich der Sicherheitsgurt über meine Schulter schlängelt. »Schnall dich an, Herzogin.«

Kapitel drei

Ich hätte überrascht sein sollen, als Jameson in die Einfahrt zu einer jener Minivillen abbiegt, für die Palm Springs berühmt ist. Ich sehe ihn erwartungsvoll an, während er darauf wartet, dass sich das elektrische Tor öffnet.

»Gehört mir nicht«, versichert er mir.

»Das ist gut, denn du brauchst wirklich nicht in jeder Stadt, die du besuchst, Immobilien zu erwerben.«

»Glaub mir, Herzogin, wenn ich hier ein Haus kaufen wollte, wäre es gleich neben eurem.« Er schiebt sich die Sonnenbrille auf die Nasenspitze und zwinkert mir zu. »Dann könnte ich mich leichter durchs Fenster in dein Zimmer schleichen.«

Und in mein Höschen. »Wenn du es schaffst, an Hans' Alarmanlage vorbeizukommen, nur zu, ansonsten würde ich vorschlagen, du kommst durch die Vordertür.«

Er lacht, tritt aufs Gas und saust in die Auffahrt. Langsam fahren kann man mit einem Porsche anscheinend nicht.

Das Grundstück ist gepflegt und das Haus charakteristisch für die 1950er bis 1970er Jahre: gerade, klare Linien. Große orangefarbene Blüten ergießen sich über eine Mauer. Das Haus ist kleiner als das meines Stiefvaters, aber es verströmt eine hippe Retro-Atmosphäre, die ich unwillkürlich bewundere.

»Und wem gehört das Anwesen?«, frage ich, als ich aus dem Wagen steige. Jameson ist sofort zur Stelle und schließt die Tür hinter mir.

»Jemandem, den ich kenne«, sagt er, als ob das eine Antwort wäre. Dann legt er mir den Arm um die Schulter und führt mich zur Haustür.

Der äußerst spärlichen Möblierung nach zu urteilen, handelt es sich bei diesem Jemand entweder um ein Mädchen mit einem Hang zum Minimalismus oder um einen Kerl. Als ich das Wohnzimmer inspiziere, sehe ich meinen Verdacht bestätigt. »Ich tippe mal, dieser Jemand ist ein Typ.«

»Woran erkennst du das?«

»Ich kann hellsehen«, sage ich. »Eine Couch, zwei Sessel, alle möglichen Spielkonsolen. Ein Fernseher, der halb so groß ist wie die Wand, und keine Bilder.«

»Du bist anscheinend ein Fan von Nancy Drew, der Fernsehdetektivin.«

Ich drehe mich zu ihm um und streiche mit dem Zeigefinger über seine muskulöse Brust. »Ist dein Freund zu Hause?«

Er umschlingt meine Hüfte, zieht meinen Körper an sich,

drückt die Lippen an mein Ohr und flüstert: »Spielt das eine Rolle?« Ich schätze, dass es sich unter Kumpels gehört, Freunden nicht das Date zu versauen, wenn man ihnen seine Junggesellenbude überlässt. Doch wie um meine Theorie zu untergraben, unterbricht uns eine Stimme in amüsiertem Ton. »Lasst euch nicht stören, ich sehe gern zu.«

Ich bin gerade dermaßen auf Jameson fixiert, dass es einen Moment dauert, bis in mein vernebeltes Hirn vordringt, dass ich die Stimme kenne. Als es klick macht, drehe ich mich um und starre in das dazugehörige Gesicht, das mir nicht minder vertraut ist.

»Es ist doch immer das Gleiche«, knurrt Jameson. »Levi, dein Timing ist fürchterlich.«

»Nein, es ist hervorragend«, ruft Levi und nimmt sich einen Apfel aus einer Schale. Er beißt einmal hinein und redet mit vollem Mund weiter. »Hat mir jedenfalls mal ein Regisseur gesagt.«

»An deiner Stelle würde ich damit lieber nicht so angeben, Mann.«

Sie scheinen beide vergessen zu haben, dass ich hier bin. Ich stoße Jameson den Ellenbogen in die Rippen. Ich sehe keinen Sinn darin, einen auf cool zu machen, nachdem ich den Mann jetzt schon über eine Minute lang wie ein Groupie angeglotzt habe. »Entschuldige, Herzogin.« Jameson verlagert das Gewicht und legt besitzergreifend eine Hand auf meinen Rücken. »Emma Southerly, darf ich dir Levi Rowe vorstellen.«

»Ich weiß, wie er heißt«, zische ich. »Was ich nicht weiß, ist, was wir hier zu suchen haben.«

»Schön, dich kennenzulernen, Em«, sagt Levi, bevor er seine weißen Filmstarzähne wieder in den Apfel krachen lässt.

Er schluckt, und ich sehe, wie der Bissen durch seine Kehle rutscht. Wie um alles in der Welt schafft er es nur, dabei so sexy auszusehen? »Ich habe mir schon gedacht, dass Jameson eine Freundin hier haben muss, wenn es ihn wieder nach Kalifornien zieht.«

Ich sehe meinen Freund fragend an und ziehe eine Braue hoch. »Das ist jetzt der Teil, in dem du mir erzählst, woher ihr beide euch kennt.«

Angesichts der Tatsache, dass die Wests wahnsinnig viel Geld haben, und wegen des kurzen Ausflugs seiner Schwester in die Fernsehwelt sollte es mich eigentlich nicht wundern, dass er Levi Rowe kennt – den ehemaligen Teenie-Schwarm, aus dem ein Actionfilmheld geworden ist. Ich war damals mitten in meiner Teenie-Zeit, als er in dieser Serie im Disney Channel mitspielte, und obwohl Filme über sich hin und her transformierende Roboter eigentlich nicht mein Ding sind, lief mir – und ich wette, es wäre auch jeder anderen heißblütigen Frau so gegangen – beim Anblick seines Sixpacks der Sabber aus dem Mund.

Wie aufs Stichwort kommt Levi auf uns zu, wobei sein offenes Leinenhemd aufflattert. Dieses Sixpack! »Jameson bringt alle seine Freundinnen hierher, um sie zu beeindrucken.«

Levi streckt den Arm vor, die beiden fassen einander am Unterarm und vollführen ein männliches Begrüßungsritual. Nachdem sie zum Abschluss kurz die Oberkörper aneinandergedrückt haben, frage ich mich, ob ich aus Versehen in ein studentisches Verbindungshaus hineingeraten bin.

»Levi war mit mir in Stanford«, sagt Jameson. »Für wie lange noch mal? Zwei Wochen? Es hat sich dann herausgestellt, dass seine ernsthaften Studienpläne nur ein PR-Trick waren, den sich ein Filmstudio ausgedacht hatte.«

»Aber irgendwann will ich noch einen Abschluss machen.« Levis Lippen verziehen sich zu dem Grinsen, für das Casting-Chefs Millionen zu zahlen bereit sind.

»Er hat vor, Ehrendoktor zu werden«, stellt Jameson klar.

»Jodie Foster hat einen Doktortitel«, meint Levi.

»Wenn du so etwas haben willst, musst du ein Drehbuch finden, in dem nicht so viel herumgerannt, dafür aber mehr geredet wird, Professor«, rät Jameson.

»Ich kann dir versichern, dass mir mein Agent erst heute Morgen das Manuskript für eine ernste Rolle geschickt hat.« Er blickt von Jameson zu mir und wieder zurück. »Und wisst ihr was – ich glaube, ich müsste mir das jetzt gleich mal durchlesen.«

»Klingt gut«, pflichtet Jameson ihm bei.

»Also dann«, sagt Levi noch, während er sich durch den Flur entfernt. »Ich bin dann mal in meinem Zimmer und setze die Kopfhörer auf, tief in Gedanken und ohne irgendetwas von der Außenwelt mitzubekommen. Falls ihr um Hilfe schreit oder …«, er hüstelt gekünstelt, »… oder was auch immer, kann ich euch nicht hören.«

»Übertreib doch nicht so«, ruft Jameson ihm hinterher, nutzt aber die Gelegenheit, mich in die andere Richtung zu ziehen. »Na komm, Herzogin.«

Ich riskiere einen Blick nach hinten und sehe, wie Levi in einem Zimmer verschwindet. »Wir sind in Levi Rowes Haus?«

»Ja«, sagt Jameson.

»Du kennst Levi Rowe?«

»Ja.«

»Stellst du ihm alle deine Freundinnen vor?«, frage ich.

»Nicht, wenn ich es vermeiden kann.«

»Oh, kommt jetzt die Mitleidsnummer? Lässt du dich etwa von der unbändigen Männlichkeit deines Freundes einschüchtern?«

Jameson stöhnt, dann lacht er. »Fühlst du dich denn von der unbändigen Männlichkeit meines Freundes angezogen?«

»Nicht besonders. Was soll man mit einem Filmstar, wenn man einen Milliardär haben kann?«

»Ich wusste doch, dass du es nur auf mein Geld abgesehen hast«, antwortet Jameson und bleibt vor einer geschlossenen Tür stehen. »Ich stelle Levi keine Freundinnen vor.«

»Spielt er vielleicht zu gern mit deinen Spielsachen?«, frage ich, doch als er sich umdreht und mich ansieht, ist es mit der lockeren Stimmung vorbei. Im dunklen Flur wirken seine Augen gewittergrau, und mir zieht sich der Magen zusammen, als er mich mit seinem Blick durchbohrt.

»Ich hab's nicht so mit Freundinnen.«

»Ich dachte, ich bin deine Freundin«, hauche ich.

»Das bist du auch«, erwidert er mit Nachdruck.

»Moment mal.« Ich versuche kurz, die Hormone zu vergessen, die mir den Verstand vernebeln, um zu begreifen, was er da sagt. »Bin ich etwa deine erste Freundin?«

»Ich glaube, in der fünften Klasse hatte ich mal eine. Kyla oder Kaylee.«

»Du hattest seit der fünften Klasse keine Freundin mehr?«

»Ich habe gemerkt, dass Mädchen normalerweise nur das eine von mir wollen.«

»Und das gibst du ihnen gerne.«

»Geld, Herzogin«, korrigiert er mich. »Sie wollen mein Geld. Und ich will Sex von ihnen.«

»Lass mich raten, wer von euch bekommt, was er will.«

Er lehnt mich gegen die Tür. »Kannst du dir vorstellen, was Leute zu tun bereit sind, wenn sie glauben, da wäre ein Goldschatz am Ende des …«

»Blowjobs?«, frage ich sarkastisch. Ich vermute, dass Jameson die meisten Mädchen selbst dann dazu bringen könnte, die peinlichsten Stellungen für ihn einzunehmen, wenn er arm wie eine Kirchenmaus wäre. Er grinst verschlagen, und ich frage mich, ob ich mich gerade selbst dem bösen Wolf zum Fraß vorwerfe. »Dann ist dein Freund also nur aus Publicitygründen nach Stanford gegangen, und du …«

»Um noch etwas dazuzulernen«, ergänzt er, was ganz offensichtlich anzüglich gemeint ist.

»Und ich habe noch nicht mal den Grundkurs in Biologie«, flüstere ich. Jameson beugt sich vor, stützt sich mit den Händen an der Tür ab und hält mich gefangen. Ich habe keine Lust, nur ein weiteres Opferlamm für ihn zu sein, aber ich will auch nicht, dass er aufhört.

»Du weißt, worauf du dich einlässt«, knurrt er.

»Ich bin nicht so unschuldig, wie ich aussehe«, protestiere ich, bekomme es aber doch ein wenig mit der Angst zu tun.

Jetzt bin ich diejenige, die übertreibt. Es ist ein Unterschied, ob man nur willig oder auch erfahren ist.

»Lüg nicht, Herzogin.« Er beugt sich vor und presst die Lippen auf meine Kehle.

»Ich werde jedenfalls nicht unschuldig in die Ehe gehen«, erinnere ich ihn.

Sein Lachen kitzelt auf meiner bloßen Haut. »Wieso? Weil sich irgendein Knabe dreißig Sekunden lang auf dir einen abgeschwitzt hat?«

»Es war eher eine Minute.«

»Dann nehme ich alles zurück.« Er lässt den Mund über mein Schlüsselbein gleiten. Trotz der berauschenden Mischung von Frustration und Lust, die in mir brodelt, stoße ich gereizt gegen seine Brust.

»Wenn es jetzt darum geht, wer von uns beiden den Größten hat, sollten wir dafür vielleicht lieber zur Toilette gehen.«

Jameson richtet sich auf und schaut mir in die Augen. »Du hast ganz falsche Vorstellungen. Ich mag es, dass du unschuldig bist. Mir gefällt der Gedanke, dass dir meine Hände, meine Finger, meine Lippen, meine Zunge und auch der da …« Er drückt seinen Steifen gegen meinen weichen Unterleib, und ich spüre ihn durch die Stoffschichten, die uns voneinander trennen. »… noch etwas beibringen können.«

»Du klingst schrecklich eingebildet«, murmele ich. Der Kuss, den er auf meine Lippen haucht, beweist, dass er auch jedes Recht dazu hat, und ich muss unwillkürlich stöhnen. Er legt einen Arm um meine Taille, und ich weiß zwei Dinge ganz genau: Er hat mich gefangen genommen, und ich will nicht fliehen. Doch bevor der Kuss noch leidenschaftlicher werden kann, stößt er die Tür hinter uns auf. Obwohl er mich fest im Griff hat, fährt mir der Schreck in die Glieder, als ich für einen kurzen Moment das Gleichgewicht verliere.

»Ich lasse dich nicht fallen«, verspricht er.

Ich fürchte, ich bin ihm bereits verfallen.

Wir stolpern rückwärts zum Bett, zerren an unseren Sachen und hinterlassen auf unserem Weg eine Spur von Kleidungsstücken, bis ich nur noch meinen Bikini anhabe und er nur noch seine Boxershorts. Als ich auf der Matratze liege, überkommt mich ein Anflug von Schüchternheit – einerseits möchte ich ihm am liebsten die Shorts herunterreißen, andererseits fühle ich mich so unerfahren. Als ich schließlich den Mut aufbringe, meine Finger unter den elastischen Hosenbund zu schieben, greift er meine Hände und hebt sie über meinen Kopf.

»Nicht so schnell«, hält er mich zurück. »Ich will, dass du genau weißt, worauf du dich einlässt.«

»Ich habe schon eine klare Vorstellung«, keuche ich und gebe mir keine Mühe, meine Gereiztheit zu verbergen. Wie schnell sich doch Scham in Schamlosigkeit verwandeln kann. Aber Jameson hält weiter meine Handgelenke über dem Kopf fest.

»Ich habe es dir im Fahrstuhl gemacht«, erinnert er mich mit leiser Stimme. »Hat das schon mal ein anderer Typ mit dir gemacht?«

Ich schüttele den Kopf und spüre, wie ich rot anlaufe.

»Dann vermute ich, dass es dir auch noch keiner mit dem Mund gemacht hat.«

Ich brauche eine Sekunde, bis ich begreife, worauf er

hinauswill. Ich beiße mir auf die Unterlippe und schüttele wieder den Kopf. Vermutlich sind meine Wangen inzwischen so rot wie ein kandierter Liebesapfel. »Das braucht dir nicht peinlich zu sein, Herzogin. Ich werde dich jetzt loslassen, aber ich möchte, dass du deine Hände oben behältst. Kannst du das für mich tun? Zumindest bis …«

Ich nicke. Ich bin mir nicht ganz sicher, wie der Satz endet, aber das eine oder andere kommt mir da schon in den Sinn. Er hinterlässt eine Spur Küsse zwischen meinen Brüsten und gleitet an meinem Nabel vorbei weiter nach unten. Seine Hände begleiten ihn auf dem Weg und verharren schließlich auf meinen Hüften.

Ich unterdrücke den Impuls, das Gesicht in ein Kissen zu drücken, als er an den Bändchen meines Bikiniunterteils zieht. Er wartet einen Moment, als wolle er mir Zeit geben, mich auf das vorzubereiten, was gleich geschehen wird, dann zieht er es langsam herunter. Plötzlich kann ich mich nicht mehr erinnern, ob ich mich heute Morgen rasiert habe. Oder ob ich mich gut genug rasiert habe. Ich habe schon einmal ein *Playboy*-Heft gesehen und er auch, das weiß ich. Gerade will ich den Mund aufmachen, um mich zu entschuldigen, doch bevor ich etwas sagen kann, spüre ich die warme, feuchte Berührung seiner Zunge, die sich ihren Weg zu dem heftigen Pochen zwischen meinen Schenkeln bahnt. Ich bäume mich auf und bringe kein Wort mehr heraus, nur noch einen erstickten Schrei, der aus einem Teil meines Körpers aufsteigt, von dem ich gar nicht wusste, dass er existiert. Jetzt weiß ich, was er mit diesem »bis …« gemeint hat, denn meine Hände fliegen zu seinem Kopf, ich kralle mich in sein Haar und drücke ihn an mich, während er mit seiner Zunge zaubert. Er löst meine Hände von seinem Kopf, dann fasst er mich an den Handgelenken und drückt meine Arme aufs Bett. Jetzt hat er das Kommando. Ich füge mich und lasse meine Hüften im Gleichklang mit seinem Mund kreisen. Dutzende Gedankenfetzen rasen mir durch den Kopf, die ich alle nicht zu Ende denken kann, weil mich ein Zungenschlag oder ein Saugen vorzeitig davon abbringen. Als meine Erregung wächst, beschleunigt er den Rhythmus seiner Bewegungen. Schon bald bäume ich mich ihm unwillkürlich entgegen, und sein erregtes Stöhnen vibriert an meinem empfindlichen, geschwollenen Fleisch.

Das gibt mir den Rest. Ich weiß nicht, ob ich mir die Schreie nur einbilde, oder ob ich sie selbst laut herausbrülle. Ich weiß nur, dass mir keine anderen Worte einfallen als sein Name. Als ich nicht mehr kann, presse ich instinktiv die Oberschenkel zusammen und halte seinen Kopf zwischen ihnen gefangen. Mein Körper wird wie von einem Erdbeben erfasst, und ich kralle mich in die Bettdecke. Ich brauche jetzt etwas, an dem ich mich festhalten kann, denn ich bin mir nicht ganz sicher, ob ich so viel Lust ertragen kann. Er macht sich frei, dann lässt er die Arme unter meinen Körper gleiten und schiebt mich zärtlich in die Mitte des Bettes. Ich rolle mich zusammen – eine instinktive Handlung, von der sie einem in der *Cosmopolitan* nichts erzählen – und blinzele ermattet, als er neben mich steigt. Ich strecke meine zitternde Hand in Richtung seiner Taille, aber er stoppt mich.

»Nicht jetzt. Mehr habe ich nicht gebraucht.« Er umschlingt mich zärtlich und drückt mir einen Kuss auf die Stirn.

»Ich … ich …« Es fällt mir immer noch schwer, einen klaren Gedanken zu fassen.

»Sprachlos«, stellt er befriedigt fest. »Ruh dich aus, Herzogin. Wo das herkommt, gibt es noch mehr davon.«

* * *

Ich blinzele ins Sonnenlicht, dann richte ich mich kerzengerade im Bett auf und umklammere das Laken, das locker meine untere Körperhälfte bedeckt. »Oh mein Gott. Wie spät ist es?«

Jameson blickt von seinem Handy auf und setzt ein schiefes Grinsen auf. Sein Haar ist völlig zerzaust, und ich frage mich kurz, ob ich dafür gesorgt habe, als ich mich darin verkrallt habe. »Entspann dich. Es ist erst kurz nach vier.«

»Oh mein Gott.«

»Nicht Gott, Jameson genügt.«

Ich lasse mich wieder aufs Bett fallen und werfe noch einmal einen verstohlenen Blick zu ihm hinüber, während ich das Laken höher ziehe. Er dreht sich auf die Seite und hebt es am Rand an.

»Ich muss schon sagen, dass ich deine plötzliche Züchtigkeit verdammt aufregend finde.«

Ich ziehe mir das Laken bis zum Kinn hoch. »Mister West, warum haben Sie so große Augen?«

»Spul mal vor bis zu der Stelle, wo ich sage: ›damit ich dich besser fressen kann‹«, stachelt er mich an, worauf ich ihn gegen die Schulter boxe. Er lässt sich neben mir auf den Rücken fallen und lacht.

»Das war …« Ich zögere, dann finde ich das richtige Wort: »unglaublich«.

»Du kannst gerne Loblieder oder Dankeshymnen zu meinem Ruhm verfassen.«

»Das würde ich ja tun, aber ich glaube, wenn du noch eingebildeter wirst, könnte das zum Problem werden.« Ich drehe mich auf die Seite und denke schon an die zweite Runde, als mein Blick an seinem Handy hängen bleibt. Mir stockt der Atem, als ich das Instagram-Konto auf dem Display erkenne. »Der *Dealer* sollte sich lieber *Stimmungskiller* nennen.«

»Mach dir um den keine Sorgen«, sagt Jameson.

»Dann weißt du jetzt, dass es ein Typ ist?« Vielleicht hat Jameson ja, während ich mein Orgasmus-Koma ausgeschlafen habe, in das er mich versetzt hat, irgendwas rausgefunden.

»Oder um die«, fügt er hinzu.

Offenbar weiß er doch nichts Neues. Ich richte mich auf und schüttelte den Kopf. »Wie soll ich mir darüber keine Sorgen machen? Das ist ziemlich gruseliger Mist.«

»Ganz deiner Meinung, aber ich verstehe wirklich nicht, wieso wir uns darüber aufregen sollten. Wer so etwas macht, der gehört wegen Stalking vor Gericht. Wir sollten zur Polizei gehen.«

Er hat sich die Sachen noch gar nicht genau angesehen. Ich nehme sein Handy und scrolle durch die Fotos. »Zwei wurden in der der Nacht aufgenommen, in der dein Vater ermordet wurde«, kläre ich ihn auf. »Keine Ahnung, von wann die anderen sind.«

Ich kehre zu den aktuellen Bildern ganz oben in der Liste zurück und stelle fest, dass ich gerade zum ersten Mal selbst aufgetaucht bin. Ich starre auf die Aufnahme, die erst vor Sekunden hochgeladen wurde. Sie stammt ebenfalls aus jener Nacht und zeigt mich schlafend auf der Dachterrasse. Es ist so dunkel, dass man nicht viel erkennen kann – von einem wichtigen Detail einmal abgesehen:

Ich bin allein.

»Das ist neu«, sagt Jameson leise. Ich würde ihn gerne beruhigen, aber wir wissen beide, dass sein Alibi für jene Nacht kippen kann, wenn jemand dieses Foto entdeckt. Er hatte mir ehrlich berichtet, was geschehen war, nachdem ich in jener Nacht eingeschlafen war, aber ich hatte es für mich behalten. Ich mochte ja glauben, dass er sich lediglich mit seinem Vater gestritten und seine Sorgen danach mit etlichen Drinks weggespült hatte, aber derjenige, der das hier gepostet hat, weiß, dass ein Bild mehr wert ist als tausend Worte. In diesem Fall sagen alle tausend Worte: schuldig.

»Wir müssen herausfinden, wer dahintersteckt, bevor jemand anders diese Bilder sieht.«

»Zu spät.« Jameson nimmt mir sein Handy ab und wirft es ans Fußende des Bettes. »Der *Dealer* hat schon ein paar Follower.«

Ich hechte vor, um zu sehen, wer es ist, aber er hält mich zurück.

»Keiner von seinen Followern wird reden.«

»Woher willst du das wissen?«

»Weil es bisher nur Monroe, Josie, du und ich sind.«

»Sollten wir Hugo einladen? Der lässt sich diesen Spaß sicher nicht entgehen«, zische ich.

»Fürs Erste sind wir wohl sicher«, fährt er fort.

»Aber wie lange noch?«

»Ich habe jemanden, der das überprüfen kann. Wer immer dieser Typ ist, er kann sich nicht ewig hinter seinem Usernamen verstecken.«

Ich frage Jameson nicht, was wir tun werden, wenn wir herausgefunden haben, wer Fotos unserer intimsten Momente sammelt. Sobald wir wissen, wer es ist, hat derjenige nichts mehr zu lachen.

Und wird garantiert nicht weiter unsere Geheimnisse verraten.

Kapitel vier

Hätte mich der *Dealer* nicht bereits in Angst und Schrecken versetzt, würde es auf jeden Fall der Anblick meiner Mutter tun. Sie empfängt uns an der Tür, begrüßt Jameson mit einem künstlichen Lächeln und führt uns ins Esszimmer.

»Ich hoffe, ihr mögt Shrimps«, sagt sie, doch bevor ich sie daran erinnern kann, dass ich diese ekelhaften Meereswürmer verabscheue, fasst sie mich am Ellenbogen und zieht mich zur Seite.

»Du glühst ja«, sagt sie anklagend.

Fast rechne ich damit, dass sie mich gleich in die Notaufnahme schleppt, um zu überprüfen, ob ich noch Jungfrau bin. Bevor sie ausrasten und mir eine Szene machen kann, mache ich mich von ihr los. »Sommerliebe«, sage ich im Vorbeigehen und husche ins Esszimmer.

Hans blickt kurz von seinem Tablet auf und brummt eine Begrüßung. Ich bin mir nicht sicher, ob es einfach nur »Hallo« in seiner Muttersprache heißt, oder ob wir ihm keine ganzen Silben wert sind.

»Wir haben einen Gast«, flötet Mom, als sie uns ins Zimmer folgt. Hans gibt sich nicht die Mühe, erneut aufzusehen, bis sie ergänzt: »Jameson West.«

Damit ist sein Interesse geweckt und meine Sorge bestätigt, dass mein Stiefvater tatsächlich die Stirn besitzt, ein Biopic zu drehen, das meinen Freund als Mörder zeigt. So etwas bringt vermutlich reichlich Würze in ein kaputtes Familienleben.

»Der berüchtigte Mister West.« Hans' Akzent hat in den langen Jahren, die er jetzt schon in den Vereinigten Staaten lebt, nachgelassen, doch man kann ihn immer noch heraushören. Die Sprache, die breiten Schultern und das, was von seinem feinen blonden Haar noch übrig ist, weisen ihn unverkennbar als Import aus.

»Schön, Sie kennenzulernen, mein Junge.« Er steht auf, sie reichen sich die Hände und schütteln sie genau ein Mal. Ich bin keine Expertin, was Begrüßungen unter Männern betrifft; der, die ich gerade gesehen habe, würde ich jedoch acht Punkte für Förmlichkeit und zehn für Anspannung geben. »Hans von Essen.«

»Ich weiß, wer Sie sind, Mister von Essen.« Jameson gibt sich keine Mühe, besonders freundlich zu klingen.

Wir nehmen Platz, und Hans beginnt sofort, das Essen in sich hineinzuschaufeln, ohne sich um Jamesons kühle Art zu scheren. Ich könnte allmählich eine Decke gegen die Kälte gebrauchen. »Sie können gern Hans zu mir sagen.«

»Das wäre vermutlich auch angebracht.« Jameson entfaltet seine Serviette und legt sie sich auf den Schoß, ohne von seinem Gedeck aufzublicken.

Hans grinst knapp und gibt dem Hausmädchen ein Zeichen, ihm nachzuschenken. »Wie bitte?«

»Sie Hans zu nennen. Schließlich gehe ich mit Ihrer Stieftochter aus.« Es ist die falsche Erklärung. Jameson hält sie ihm wie eine Karotte vor die Nase. Wenn Hans anbeißt, steht uns vermutlich ein Abend mit ein bisschen Smalltalk bevor, an dessen Ende wir ungeschoren davonkommen.

»Ich wusste gar nicht, dass ihr euch so nahesteht.«

Oder vielleicht auch nicht.

Hans mustert mich interessiert, und ich ahne schon die Verhöre, die auf mich zukommen. Bislang hat meinen Stiefvater mein Liebesleben nie gekümmert. Vermutlich, weil er sowieso kaum Interesse an mir hatte, meiner Mutter höchstens ein paar gute Ratschläge gab oder ihre paranoiden Zukunftspläne für mich unterstützte. Aber jetzt verfüge ich über etwas, worauf er scharf ist, das er aber nie im Leben von mir bekommen wird. Ich richte meine volle Aufmerksamkeit auf das Besteck, um Hans nicht in die Augen sehen zu müssen, und frage mich, ob ein Buttermesser wohl scharf genug ist, um damit Harakiri zu begehen.

»Wir stehen uns sehr nahe«, erzählt ihm Jameson, und ich spüre förmlich, wie er damit den letzten Rest Desinteresse meines Stiefvaters verscheucht. Ich werde es vermissen. Zwei Elternteile zu haben, ist schon schlimm genug, doch ab jetzt werden mir wohl drei im Nacken sitzen.

»Oh ja, daran habe ich keinen Zweifel.« Hans macht eine

wegwerfende Handbewegung. »Ich fürchte, ich war nicht so oft hier, wie ich es gern gewesen wäre. Ich habe gerade einen Kinofilm für die Paramount fertiggestellt und stecke in den Vorbereitungen für zwei andere.«

»Die beiden haben doch bestimmt keine Lust, Geschichten übers Filmgeschäft zu hören, Schatz«, schaltet Mom sich ein. »Die Leute wollen doch nur ins Kino gehen und den Film sehen, statt Details zu hören, hast du das schon vergessen?«

»Ganz und gar nicht. Woran arbeiten Sie gerade?«, fragt Jameson. Die Frage bleibt zunächst unbeantwortet im Raum stehen. Dass jetzt unser Salat aufgetragen wird, gewährt uns eine kurze Erholungspause, aber meine Hoffnung, dass Hans an einer Gurkenscheibe erstickt, wird zunichtegemacht, weil er den Salat völlig ignoriert. »Leider sind die Projekte noch nicht offiziell, deshalb darf ich nichts darüber verraten.«

»Für das Bedürfnis nach Diskretion habe ich vollstes Verständnis.« Jameson nickt, um seine Worte zu unterstreichen. Wenn sich das Buttermesser schon nicht für einen Ritualselbstmord eignet, könnte ich damit bestimmt die dicke Luft zerschneiden, die jetzt herrscht.

»Ich habe Emma von unserer Idee mit Los Angeles erzählt«, wirft meine Mutter nun ein, als wäre dieses Thema weniger problematisch als das vorherige. Jamesons Blick wandert von ihr zu mir, weil er wissen will, ob das stimmt.

»Und ich habe ihr gesagt, dass ich nicht im Traum daran denke, dorthin zu gehen«, füge ich hinzu.

»Ach, Emma«, beginnt Hans, »in Los Angeles gibt es ein paar sehr gute Schulen.«

»Ich bin mit der zufrieden, auf der ich bin«, protestiere ich und lasse meine Salatgabel auf den Tisch fallen. »Auf der ich war.«

»Ich musste dich anflehen, dass du auf die Belle Mère Prep gehst«, erinnert mich Mom. »Und auf einmal findest du es da ganz toll.« Der nicht gerade subtile Blick, den sie Jameson bei diesen Worten zuwirft, entgeht mir nicht. »Ich denke, du solltest zusehen, dass du auf ein gutes College kommst.«

»Ich habe dir doch gesagt, dass ich ein paar Kurse an der Uni von Las Vegas belegen will«, sage ich, ohne mir große Hoffnungen zu machen, dass sie das davon abhält, weiter auf dem Thema herumzureiten.

Ich hatte nie vor, mich an irgendeiner Uni einzuschreiben. Meiner Meinung nach reicht ein guter Schulabschluss, um unseren Laden weiterführen zu können. Das war natürlich, bevor das mit meinem Vater passiert ist. Wenn man allerdings bedenkt, dass die Polizei Jameson aufgrund von Dads Falschaussage, er sei angegriffen worden, fast einen Monat lang festgehalten hat, sollte ich diesen Zukunftsplan vielleicht noch einmal überdenken. »Jedenfalls lasse ich mich nicht nötigen, so eine Los-Angeles-Tussi zu werden.«

»Das musst du ja nicht«, sagt Jameson mit einer Bestimmtheit, die mich zusammenzucken lässt. Unter anderen Umständen fände ich das richtig scharf, aber angesichts der Tatsache, dass wir uns in der Gegenwart meiner Mutter befinden, ist mir nicht ganz wohl dabei.

»Es wäre egoistisch, sie darum zu bitten, sich diese Gelegenheit entgehen zu lassen.« Hans spießt ein Salatblatt auf seine Gabel, isst es aber nicht, sondern dreht es im Licht.

»Wie wäre es denn mit der Ostküste?«, schlägt meine Mutter vor, als würden wir schon seit Jahren darüber reden, dass ich mich in Harvard oder Yale einschreibe.

»Was soll damit sein?«

»Da gibt es ein paar ziemlich gute Schulen«, gibt Jameson seinen Senf dazu.

Ich bedenke ihn mit einem tadelnden Blick und forme mit den Lippen tonlos das Wort »Verräter«.

»Warum sollte ich irgendwo hingehen, wo ich noch nie gewesen bin?«, sage ich schulterzuckend.

»Du warst noch nie an der Ostküste?«, fragt Jameson. Er starrt mich an, als hätte ich gerade behauptet, von einem anderen Planeten zu stammen.

»Emma reist nicht gern«, wirft meine Mutter ein.

»Eigentlich hatte ich selten die Gelegenheit dazu.« Moms verlogene Darstellung meiner Reisegewohnheiten verschlägt mir endgültig den Appetit. Ich schiebe den Teller von mir. Sofort ist Ilsa zur Stelle und trägt ihn hurtig in die Küche. Ich bin wie der Salatteller. Eine nette Beilage, bis meine Mutter keine Lust mehr auf mich hat. Dann werde ich in die Küche zurückgeschickt. Sie liebt es zu reisen, hat mich aber noch nie eingeladen, sie zu begleiten. Im Laufe der Jahre machte sie ein paar unbestimmte Bemerkungen, sie werde mich da- oder dorthin mitnehmen, daraus ist jedoch nie etwas geworden. Eigentlich dürfte es nicht so wehtun, aber wie soll ich jemandem erklären, dass meiner Mutter zwar ein Privatjet zur Verfügung steht, ich selbst aber erst zwei Bundesstaaten kennengelernt habe?

»Wir sollten nach New York fahren«, schlägt Jameson vor,

und für einen Moment ist es so, als gäbe es nur noch uns zwei. Wir blicken einander über den Tisch hinweg in die Augen, und ich stelle mir vor, wie wir durch den Central Park spazieren. Die Bilder erinnern stark an die Eröffnungsszene der Fernsehserie »Friends«, doch je länger wir uns ansehen, desto mehr verwandeln sie sich in Szenen aus »Sex and the City«.

Dann räuspert sich meine Mutter, und der Bann ist gebrochen. »Emma ist siebzehn.«

»Danke, dass du das noch einmal klargestellt hast, Mom«, brumme ich.

»Ich erlaube nicht, dass meine siebzehnjährige Tochter ohne meine Einwilligung in der Weltgeschichte herumreist«, fährt sie fort.

»Da habe ich ja Glück, dass ich in zwei Wochen achtzehn werde«, werfe ich ein.

»In zwei Wochen?«, fragt Jameson überrascht. »Vielleicht wird es dann ja eine Geburtstagstour.«

Mom wirft ihm einen wütenden Blick zu. Am liebsten würde ich sie warnen, dass ihr Gesicht so bleiben könnte, aber wenn man bedenkt, wie viel Botox sie im Körper hat, ist es vermutlich schon erstarrt.

»Ich hätte gedacht, dass Leute wie Sie etwas gründlicher vorgehen.«

»Wie darf ich das verstehen?«, fragt er.

»Jemand mit Ihrem Vermögen hat meine Tochter doch mit Sicherheit überprüfen und sich einen Bericht über sie vorlegen lassen.« Sie faltet herausfordernd die manikürten Hände vor sich auf dem Tisch.

»Stimmt«, gibt er zu, »aber ich habe ihn nicht auswendig gelernt.«

»Auch nicht so etwas Wichtiges wie das Geburtsdatum Ihrer … Freundin?«

Mir entgeht nicht, wie sie das Wort »Freundin« ausspricht, als wollte sie am liebsten ein viel schmutzigeres Wort verwenden. »Meine Güte, Mom. Meinst du vielleicht ›Schlampe‹? Oder ›Nutte‹?«

Ich stoße meinen Stuhl vom Tisch zurück, doch bevor ich dazu komme, einen dramatischen Solo-Abgang hinzulegen, steht Jameson auf. »Nicht alles in dieser Welt muss mit Verträgen, Rechtsanwälten und Rückversicherungen geregelt werden. Ich wünsche mir mit Emma eine ehrliche Beziehung.«

»Wissen Sie überhaupt, was diese Worte bedeuten?«, gibt sie zurück. Doch trotz ihres kalten Tonfalls sinkt sie auf ihrem Stuhl zusammen. Hans verfolgt die ganze Szene mit Interesse. Es würde mich nicht wundern, wenn er »Schnitt« rufen oder Regieanweisungen geben würde.

»Ich habe keinen Hunger mehr«, verkünde ich laut. »Lass uns ein bisschen in der Gegend herumfahren.«

Jameson holt tief Luft und strafft die Schultern, dann macht er eine Geste in Richtung Tür. »Nach dir.«

Während wir durch die Eingangshalle gehen, kommen mir alle möglichen Entschuldigungen in den Sinn, aber keine erscheint mir angemessen.

»Komm bloß nicht auf die Idee, dich zu entschuldigen, Herzogin«, sagt er, als könnte er meine Gedanken lesen.

»Aber es sind meine Eltern.«

»Nur einer von beiden«, korrigiert er mich. »Doch ich kann verstehen, dass du auf keinen von beiden scharf bist.«

Er hat die Wagenschlüssel schon aus der Tasche gezogen, aber Mom stöckelt hinter uns her. »Nur eine Minute, Emma.«

Das ist mehr, als sie verdient, aber ich bleibe stehen. »Geh schon mal vor. Ich komme in einer Sekunde nach.«

Jameson wirkt hin- und hergerissen, als überließe er mich einem tollwütigen Hund, während er sich selbst in Sicherheit bringt. Was der Wahrheit ziemlich nahekommt.

»Geh ruhig«, versichere ich ihm. Das lässt er sich nicht zwei Mal sagen.

Mom redet nicht lange um den heißen Brei herum. »Ich halte es für keine gute Idee, dass du dich mit ihm triffst.«

»Ach wirklich? Und ich dachte, du würdest schon unsere Hochzeit planen?« Ich verschränke die Arme und beginne, in meinem Kopf die Minute herunterzuzählen, die ich ihr bewilligt habe.

»Du kennst ihn doch überhaupt nicht.«

»Ich kenne ihn besser als du. Du hast ihm überhaupt keine Chance gegeben.«

»Das brauche ich auch nicht«, platzt es aus ihr hervor. »Ich kenne seine Familie. Ich weiß, wozu die fähig sind.«

»Entschuldige mal«, unterbreche ich sie. »Aber wolltest du nicht vor ein paar Wochen noch seine Mutter anrufen?«

»Es ist ein Unterschied, ob man bei den Wests eingeheiratet hat, oder ob man schon als West geboren wurde«, sagt sie.

»Geht es vielleicht noch ein bisschen selbstgerechter?«, frage ich zurück.

»Das Blut schlägt am Ende immer durch.«

»Wenn wir jetzt den Rätselteil des Abends hinter uns gebracht haben, möchte ich gerne gehen.« Ich warte ihre Antwort gar nicht erst ab, sondern mache auf dem Absatz kehrt und lasse meine Mutter – und ihre Auffassungen – hinter mir.

Kapitel fünf

»Deine Mutter und mein Vater hätten sich sicher gut verstanden«, sagt Jameson, sobald ich im Porsche sitze.

»Aber wer wären die beiden anderen Reiter der Apokalypse?« Ich sacke in meinen Sitz und tue mir ziemlich leid.

»Schnall dich an«, befiehlt er. Ich stöhne und streife mir den Gurt über die Schulter. Es ist sonst gar nicht meine Art, das Anschnallen zu vergessen – nicht nach dem, was meiner Schwester passiert ist –, aber meine Mutter bringt es regelmäßig fertig, mir den Lebenswillen zu rauben.

»Wohin fahren wir?«, frage ich.

»Welcher Fleck auf diesem Planeten ist am weitesten von hier entfernt?«

»Keine Ahnung. Neuseeland?« Leider kann der Wagen nicht schwimmen, glaube ich wenigstens. Jameson lässt den Motor aufheulen und fährt die Auffahrt hinunter. So schnell, wie er fährt, könnte er es vielleicht doch übers Wasser schaffen, doch als wir die Hauptstraße von Palm Springs erreichen, ist diese gesperrt. Einen kurzen Moment lang frage ich mich, ob meine Mutter jetzt auch noch die Straßenverkehrsbehörde beaufsichtigt. Es wäre ihr durchaus zuzutrauen, dass sie versucht, mich mit einer derart dramatischen Aktion von einem Rendezvous mit Jameson abzuhalten. Doch hinter den weiß-orangen Straßensperren sind diverse Zelte aufgebaut. Leute spazieren auf der Straße herum, viele Hand in Hand mit Partnern oder Kindern, und der Wind trägt Musik zum Wagen herüber.

Ich drehe mich in meinem Sitz um und berühre die Hand, mit der Jameson die Kupplung festhält. »Lass uns etwas Normales tun.«

»Da musst du mir etwas auf die Sprünge helfen, Herzogin. Zurzeit scheine ich nichts Normales zustande zu bringen, wenn man bedenkt, dass die meisten unserer Verabredungen mit Mord, Verhören oder Festnahmen enden.«

Ich weiß genau, was er meint, und deute mit dem Kopf auf das Straßenfest.

»Wirklich?«, fragt er ungläubig.

»Essensstände, Musik, hässliche Kunst und Kunstgewerbe. Das ist perfekt.« Ich löse den Sicherheitsgurt und öffne die Wagentür. »Ich sehne mich nach Normalität.«

Bevor er mich aufhalten kann, bin ich schon halb auf dem Volksfest. In den Zelten sind allerlei Künstler und Kunsthandwerker untergebracht, die von Gemälden über handgemachte Seifen bis hin zu Hippie-Kram alles verhökern, was man für den kalifornischen Lifestyle benötigt. Ich sehe mir das Angebot genau an, bis vertraute Hände mich an den Hüften packen.

»Komm«, murmelt er. »Ich würde gern etwas essen, wenn das für dich okay ist.«

»Essen ist normal«, versichere ich ihm. Doch als er auf ein Restaurant zusteuert, nehme ich seine Hand und zerre ihn zu den Essensständen. »Das geht schneller.«

»Was soll das denn sein?« Er starrt den Imbisswagen an, als wäre er ein Raumschiff.

»Was kann ich für euch zwei tun?«, ruft der Mann durchs Fenster.

»Wie viel Hunger hast du?«, frage ich Jameson. Daraufhin hält er die Hände weit auseinander und grinst. Wenigstens verdirbt er mir nicht den Spaß, auch wenn das Dinner hier nicht auf feinem Porzellan serviert wird. »Viermal Carne Asada und viermal Al Pastor.«

Jameson beugt sich so nah zu mir, dass ich sein Eau de Toilette riechen kann. Mir läuft das Wasser im Mund zusammen, und ich bin mir nicht sicher, ob das an ihm liegt oder daran, dass es gleich etwas zu essen gibt.

»Du hast vergessen, die Salmonellenbeilage zu bestellen«, flüstert er.

»Ich glaube, die gibt's gratis dazu«, erwidere ich leise.

Ein paar Minuten später würde er seine Worte wohl am liebsten wieder zurücknehmen – wenn auch mit einer Knoblauch-Limonen-Salsa obendrauf. »Okay, du hattest recht«, räumt er ein, als wir unsere leeren Taco-Pappen in den Müll werfen. »Was für ein himmlischer Genuss. Von jetzt an werde ich mein Essen nur noch am Imbissstand bestellen.«

»Ich habe gehört, in New York gibt es jede Menge davon«, werfe ich als Köder aus, um zu sehen, ob er anbeißt.

Stattdessen dreht er mich herum und zieht mich näher an sich. »Dann hast du also Lust hinzufahren?«

»Natürlich.« Das Empire State Building, der Broadway, die Fifth Avenue – wie könnte ich nicht darauf brennen, das alles zu sehen?

»Wieso warst du noch nie an der Ostküste?«

»Das ist kompliziert, und ich habe keine Lust, heute Abend traurige Geschichten zu erzählen. Na ja – für meine Erzeuger wäre ich nur das fünfte Rad am Wagen gewesen.«

»Mehr brauchst du mir nicht zu erzählen, Herzogin. Ich fahre mit dir nach New York, dann nach London und anschließend vielleicht nach Tokio.«

»Paris?«, schlage ich nonchalant vor.

»Ja, unbedingt.« Keiner von uns erwähnt die Tatsache, dass er bereits jetzt gegen die Kautionsauflagen verstößt, weil er in einen anderen Bundesstaat gefahren ist. Europa kommt deshalb überhaupt nicht infrage. »Aber es ist dein Geburtstag. Also: Wo möchtest du hin?«

»Wir müssen nicht wegfahren«, versichere ich ihm. Man darf träumen, doch an der Realität kann man nichts ändern.

»Tun wir aber.« Er streicht mir eine hartnäckige Strähne aus der Stirn. »Sie können uns nicht einsperren.«

»Das haben sie bereits«, sage ich sanft.

»Dann brechen wir aus.«

»Meinst du wirklich, wir schaffen das?«, frage ich. Einen Moment bleiben wir stehen und umarmen uns trotz der kalifornischen Hitze heiß und innig. Über uns funkeln wie ein

Sternschnuppenregen Lichterketten in der Dämmerung. Man könnte sich etwas wünschen, doch in Wahrheit kann uns niemand unsere Wünsche besser erfüllen als wir selbst.

»Was wünschst du dir, Herzogin?« Er liest in meinen Augen. »Den Mond? Die Sterne? Du brauchst es nur zu sagen, dann gebe ich es dir.«

»Dich«, flüstere ich. »Ich will nur dich.«

Als wir genug von dem Straßenfest haben, fahren wir zum Fuß der San-Jacinto-Berge. Doch je weiter wir uns vom munteren Treiben in der Innenstadt entfernen, desto stiller werden wir. Jameson richtet den Blick in die Ferne, als er das Cabrio parkt. »Dein Stiefvater hat recht. Es ist egoistisch von mir, zu wollen, dass du wieder nach Las Vegas zurückkommst.«

»Aber unvermeidbar«, erinnere ich ihn. Wenn er recht hat und die Polizei mich auch verdächtigt, führt an meiner Rückkehr kein Weg vorbei.

»Vielleicht nicht unbedingt«, räumt er zögernd ein. »Wenn wir meine Rechtsanwälte und die von Hans auf die Sache ansetzen, ist wahrscheinlich eine Weile Ruhe.«

Aber nicht dauerhaft.

»Ich finde, du solltest das Ganze nicht allein durchstehen müssen«, beschwöre ich ihn. »Wenn die Polizei wissen will, was in jener Nacht passiert ist, sollten wir es denen sagen.«

»Emma, wir wissen beide, dass wir nicht den ganzen Abend zusammen waren. Ich habe dich am Pool allein gelassen. Ich will nicht, dass du mir ein Alibi gibst.«

»Aber du warst mit mir zusammen.« Ich spüre, wie die Angst in mir aufsteigt und ich von einer Flut ungewohnter Gefühle übermannt werde. »Du warst fast die ganze Nacht bei mir. Außerdem waren Dutzende von Leuten da. Jeder könnte es getan haben.«

»Aber meine Fingerabdrücke sind überall am Tatort.«

»Ja, weil du die Leiche gefunden hast. Und was ist mit meinem Alibi?«, frage ich. »Sie haben ihn in seinem Büro gefunden. Da haben wir uns kennengelernt, deshalb ...«

Er nickt finster. Vermutlich würde er gern glauben, die Ermittler hätten mich nur auf dem Kieker, um ihn zu verunsichern, aber wir wissen beide, dass ich den Mord an jenem Abend ebenfalls hätte begehen können. Dazu kommt die Vergangenheit, die meine Familie und die Wests miteinander verknüpft und die durchaus ein Motiv gewesen sein könnte.

»Du warst nicht die ganze Nacht bei mir«, wiederhole ich, um noch einmal auf die Tatsache hinzuweisen. Wenn er glaubt, ich ließe ihn den Märtyrer spielen, hat er sich geschnitten. »Und das bedeutet, dass ich auch allein war. Wenn sie dich verdächtigen, können sie mich genauso gut verdächtigen. Außerdem kannst du nicht ganz allein herausfinden, wer es getan hat. Nicht, wenn sie dich ständig zu Verhören schleifen.«

»Meinst du, sie geben dir eine Freistunde, während ich im Büro vom Rektor sitze?«, fragt er sarkastisch.

Ich gebe nicht zu, dass er recht hat. Aber um jeden Preis muss ich, was den möglichen Ausgang dieser schrecklichen Geschichte anbetrifft, zuversichtlich klingen. Ich versuche es mit einem klassischen Ablenkungsmanöver. »Warum konzentrieren die sich überhaupt so auf dich? Du warst doch nicht der Einzige dort, der ein Motiv hatte. Ich glaube, die geben sich einfach keine Mühe.«

Danach zu urteilen, wie er nun seine Finger ums Lenkrad krallt, habe ich einen wunden Punkt getroffen. »Es steckt noch mehr dahinter. Detective Mackey ist auf einem Rachefeldzug. Meine Anwälte sagen, sie will mich auf dem Scheiterhaufen brennen sehen.«

»Warum?«

»Das kann ich dir nicht beantworten, aber ich werde schon noch herausfinden, warum sie es auf mich abgesehen hat.«

»Das klingt wie der erste Schritt eines Plans.« Ich habe erreicht, was ich wollte. Aber wenn er hinter dem wahren Mörder her ist, wird er meine Hilfe brauchen – insbesondere, weil die Polizei ihn bereits für den Schuldigen hält, was seinen Bewegungsradius einschränkt. Wir können uns nicht darauf verlassen, dass die Gerechtigkeit ihren Lauf nimmt.

»Du solltest hierbleiben«, sagt Jameson, als hätte er meine Gedanken gelesen.

Er klingt so bestimmt, dass er mich damit zum Widerspruch reizt. »Zu dumm, dass ich mir nicht sagen lasse, was ich zu tun habe«, erkläre ich. »Ich komme zurück.«

»Emma, als ich herkam, dachte ich, ich müsste dich mit zurücknehmen, aber obwohl ich dich vermissen werde, könnte ich es mir nie verzeihen, wenn dir wieder etwas zustößt. Wir wissen nicht, wer meinen Vater umgebracht hat, und wir wissen genauso wenig, wer dich in jener Nacht durch die Glasscheibe gestoßen hat.«

»Dafür, dass ihr in einem Casino wohnt, gibt es entschieden zu wenig Überwachungskameras in eurer Wohnung.«

Er lacht finster, dann fasst er meine Hand. »Dad hat das Penthouse als seine Oase bezeichnet. Er hat geglaubt, es sei nirgendwo sicherer als ganz oben auf dem von ihm errichteten Gebäude. Wie weit es von da bis ganz nach unten ist, hat er sich vermutlich nie überlegt. Wer auch immer ihm das angetan hat, war eingeladen, denn es gibt keine andere Möglichkeit, an den Wachen vorbeizukommen. Einer von uns hat seinem Mörder die Tür geöffnet und ihn hereingelassen.«

»Es ist nicht deine Schuld«, sage ich leise. Er wird es nicht glauben, aber er muss es hören.

»Vielleicht nicht«, sagt er leise. »Meine Beziehung zu meinem Vater war kompliziert, aber das hat er nicht verdient. Ich schulde ihm, dass ich seinen Mörder hinter Gitter bringe.«

Die Sonne, die nun schnell hinter den Bergen untergeht, legt einen purpurnen Schleier über den Horizont. Als das lodernde Rund nicht mehr zu sehen ist und der Mond seine Wache beginnt, steige ich aus dem Auto und gehe zur Fahrerseite hinüber. Bevor Jameson protestieren kann, klettere ich hinein und setze mich auf seinen Schoß. Ich schlinge die Arme um seinen Hals und blicke ihm in die Augen.

»Ich will mit dir zurückfahren.« Als er etwas antworten will, lasse ich ihn nicht zu Wort kommen. »Ich kann verdammt gut selbst auf mich aufpassen, falls du das noch nicht gemerkt hast.«

»Doch, das habe ich«, erwidert er, und ein ironisches Lächeln umspielt seine Lippen. »Manchmal glaube ich, das macht mir eine Heidenangst.«

Bei diesem Geständnis ziehe ich eine Braue hoch. »Starke Frauen machen dir Angst?«

»Nein«, versichert er mit heiserer Stimme, packt meine Hüften und zieht mich näher an sich. »Ich mag starke Frauen, ich will nur nicht, dass du etwas Dummes tust, um mich zu beschützen. Der Mörder wird nicht einfach gestehen, wenn wir ihn stellen.«

»Auf das Geständnis kommt es mir nicht an«, sage ich mit Bedacht. »Ich will, dass er dafür bezahlt.«

»Mein Vater war kein guter Mann, aber er war mein Vater. Doch manchmal denke ich, dass der Mörder vermutlich einen guten Grund für seine Tat gehabt hat.« Bei seinen Worten läuft mir ein Schauder den Rücken hinunter. Es beginnt an den Haarwurzeln, dann erfasst die Kälte meinen gesamten Körper.

Wenn der Mörder einen Grund hatte, was sollte ihn dann davon abhalten, noch weitere Tote in Kauf zu nehmen? Wenn wir die Lügen durchschauen wollen, müssen wir uns der Wahrheit nähern – und der Person, die Nathaniel West auf dem Gewissen hat.

Kapitel sechs

Das Haus ist dunkel, als ich auf Zehenspitzen durch den Flur schleiche. Ich habe Jamesons Bitte abgelehnt, mit ihm in Levis Haus zu übernachten. Meiner Mutter wäre glatt zuzutrauen, dass sie eine Vermisstenanzeige aufgibt. Schließlich hat sie mich vorhin erst daran erinnert, dass ich erst siebzehn bin. Es wäre das Allerletzte, wenn Jameson meinetwegen noch mehr Ärger mit der Polizei bekäme. In Anbetracht unseres traumatischen Abendessens vorhin gehe ich davon aus, dass Mom ein paar Xanax eingeworfen hat und ins Tal der Puppen abgetaucht ist.

Doch auf dem Weg zu meinem Schlafzimmer bemerke ich, dass durch einen Spalt an Hans' Bürotür Licht fällt. Ich zögere, während ich im Geiste meine Optionen durchgehe. Ich könnte mich damit abfinden, ein gestörtes Verhältnis zu meinem Stiefvater zu haben. Oder ich könnte ihn darauf ansprechen, dass er vorhat, einen Film über das Leben meines Freundes zu drehen. Beide Alternativen sind nicht besonders reizvoll, aber ich kann nicht länger mit ihm unter diesem Dach leben, falls er vorhat, mich als Informationsquelle für sein Filmprojekt zu benutzen.

Ich schleiche zu der angelehnten Tür, dann klopfe ich leise an. Als niemand antwortet, schiebe ich sie auf und stelle fest, dass der Raum leer ist. Auf dem Schreibtisch liegen ein paar Drehbücher, und mich packt die Neugier. Ich gehe hinüber, blättere durch die Seiten und die Porträtaufnahmen, bis schließlich das Foto eines vertrauten Gesichts aus einer Mappe mit der Aufschrift »Jameson« rutscht. Ich bin entsetzt, als ich die Notizen sehe, die unter dem Foto von Levi Rowe stehen. Ich frage mich, wie viel sie ihm wohl dafür bieten, seinen alten College-Buddy zu verraten. Er hatte erwähnt, dass man ihm eine ernstzunehmende Rolle angeboten habe, und die Academy liebt Filmbiografien. Ich stopfe ihn und sein verräterisches Grinsen in die Mappe zurück, setze mich hin und frage mich, was schlimmer wäre: es Jameson zu erzählen, oder wenn er es aus der *Entertainment Weekly* erführe. Als ich noch ein paar andere Stapel durchblättere, finde ich ein Skript mit dem Titel »Wild West«.

Ich verziehe das Gesicht.

Ich kann nur hoffen, dass es ein Arbeitstitel ist. Als ich in den Seiten herumblättere, stelle ich fest, wie gründlich Hans recherchiert hat. Beim Abendessen hat er sich dumm gestellt und so getan, als wüsste er nicht, dass Jameson mein Freund ist. Offenbar hat er sein eigenes Drehbuch nicht gelesen. Denn er hat eine Sexszene entworfen, die es in Wahrheit zwischen Jameson und mir nie gegeben hat. Bei meinem Glück würden sie meine Rolle mit einer blonden Sexbombe à la Blake Lively besetzen, und ich hätte für den Rest meines Lebens Minderwertigkeitskomplexe wegen meiner Film-Doppelgängerin und ihrem irren Sexleben. Ich weiß, dass ich das eigentlich nicht tun sollte, aber ich lese weiter. Es stellt sich heraus, dass mein Film-Ich tendenziell eine Schlampe ist. Mir dreht sich der Magen um, ich reiße die Seite in Stücke, knülle die Fetzen zu einer Kugel zusammen und werfe sie in den Papierkorb. Wenn ich Streichhölzer hätte, würde das Skript sofort in Flammen aufgehen. Ich nehme es und werfe es zu den Papierfetzen. Ich spare mir die Zeit, hundert Seiten aufgebauschter Lügen über mich und meinen Freund zu zerreißen. Stattdessen öffne ich die Schreibtischschublade und suche nach Streichhölzern. Doch dann stoße ich unter einem Haufen Büromaterial auf einen Ordner, der mit dem Namen »Becca« beschriftet ist. Meine Hände zittern, als ich ihn öffne und einen Polizeibericht finde, in dem detailliert der Verkehrsunfall beschrieben ist, bei dem sie ums Leben kam. Ich bringe es nicht fertig, über den Unfall zu lesen. Ich habe ihn selbst miterlebt. Diese Erinnerungen lassen sich auch durch nüchterne Objektivität und Polizeijargon nicht auslöschen. Einen Moment lang wabert wieder der Geruch von verbranntem Gummi um mich herum, und mir wird so schlecht, dass ich mich am liebsten übergeben würde. Ich schüttele den Kopf, bis mich die Erinnerungen wieder loslassen. Viel mehr ist in dem Ordner nicht zu finden: eine Versicherungspolice, die Traueranzeige und der Totenschein. Es überrascht mich nicht, dass jemandem diese

Dinge so wichtig sind, dass er sie aufhebt, allerdings überrascht es mich, dass Hans derjenige ist, der das tut. Ich fahre mit der Fingerspitze an den Buchstaben ihres Namens entlang. Das ist alles, was jetzt von ihr übrig ist: Worte auf Papier. Becca ist eine Sammlung von Erinnerungen und Fakten: Geburtsdatum, Todeszeitpunkt, Mutter, Vater. Meine Fingerspitze stoppt bei dem Wort, das unter »Name des Vaters« steht.

Unbekannt.

Warum sollte in Beccas Totenschein stehen, dass ihr Vater unbekannt ist? Mom und Dad waren vor dem Unfall schon geschieden, aber das bedeutet doch nicht, dass er nicht ihr Vater ist. Das ergibt keinen Sinn, außer …

Ich starre weiter auf das Wort, als würde es dadurch verständlicher werden oder eine andere Bedeutung bekommen, bin jedoch noch genauso ratlos, als sich Hans an der Tür räuspert. Sofort knalle ich den Ordner zu.

»Kann ich dir helfen, Emma?« Sein großer Körper füllt die Türöffnung, und ich schüttele den Kopf. »Wie ich sehe, hast du mein Skript gelesen.«

»Du hast ein paar Dinge falsch verstanden«, erkläre ich in unterkühltem Ton. Ich stopfe Beccas Ordner unter die Ordner mit den Porträtfotos, dann lehne ich mich in seinem Bürostuhl zurück und umklammere so fest die Lehnen, dass mir die Hände wehtun.

»Ich würde mir gern bei dir und Jameson Ratschläge für das Projekt holen.«

»Ich bezweifle, dass er daran interessiert ist, einen Film zu unterstützen, in dem behauptet wird, er habe seinen Vater umgebracht.«

»Darum geht es doch gar nicht. Weißt du denn nicht, dass bei Leuten deines Alters nur der Ruhm zählt?«

»Jameson ist nicht angeklagt, seinen Vater ermordet zu haben.« Mein Protest klingt schwach, selbst für meine Ohren.

»Aber das wird er«, versichert mir Hans. »Lass mich ihm helfen.«

»Damit willst du ihn freibekommen? Indem du einen Film über ihn drehst, der behauptet, dass er seinen Vater ermordet hat? Entschuldige bitte, aber das ist Bullshit.« Hans verbietet mir – anders als meine Mutter – nicht den Mund, wenn ich Schimpfwörter benutze. Stattdessen kommt er ins Büro und setzt sich auf den Stuhl mir gegenüber.

»Er ist jung und sieht gut aus. Bestimmt hatte er einen guten Grund, es zu tun. Wenn das Publikum ihn mag, spielt es keine Rolle, ob er schuldig ist.«

»Er hat es nicht getan«, wiederhole ich, doch Hans hat mir entweder nicht zugehört, oder es ist ihm egal.

»Vielleicht steckt eine tragische Geschichte dahinter. Sein Vater hat ihn geschlagen oder missbraucht.«

»Du lieber Himmel. Hörst du dir eigentlich selbst zu?« Ich stehe auf und fege ein paar Bögen Papier auf den Fußboden. »Du kannst dir doch nicht einfach etwas ausdenken.«

»Selbstverständlich kann ich das. Ich arbeite in Hollywood.« Hans lacht höhnisch.

»Weiß Mom eigentlich, dass in dem Film eine Sexszene vorgesehen ist, in der ihre Tochter auftaucht?«

»Sie weiß bereits, dass du sein Alibi bist«, erwidert er vielsagend.

»Das bedeutet nicht, dass wir miteinander schlafen.«

»Du bist wirklich herzergreifend unschuldig.« Er macht eine Pause und mustert mich von oben bis unten. »Es wird schwer werden, dich zu besetzen. Ich brauche eine Schauspielerin, die naiv wirkt und der man zugleich zutraut zu vögeln.«

»Jetzt muss ich kotzen.« Ich halte mir die Hand vor den Mund und versuche, das Würgen zu unterdrücken. Doch als ich um den Schreibtisch herumkomme, steht er auf und stellt sich mir in den Weg.

»Und was das andere betrifft, hast du gar keine Fragen?«

Ich schlucke und versuche, etwas von jener herzergreifenden Unschuld aus mir herauszuholen. »Ich weiß nicht, wovon du redest.«

»Das macht unter anderem deinen Charme aus«, sagt er, »dass du so eine schlechte Lügnerin bist.«

Ich versuche, mich an ihm vorbeizudrängen, aber er hält mich fest. »Frag schon.« Seine Worte haben jetzt einen bedrohlichen Unterton.

»Warum hast du diesen Ordner über Becca?« Meine Stimme ist leise, weil ich die Antwort nicht wissen will. Nicht, solange ich dieses eine Wort nicht begreife: *unbekannt*. Ich kannte meine Schwester. Sie war an jedem einzelnen Tag meines Lebens da. Ich wurde in eine Welt hineingeboren, in der sie bereits da war, und seit sie diese Welt verlassen hat, fühlt sich nichts mehr richtig an. Die Vorstellung, dass ihre Existenz – und damit mein Leben – auf Lügen beruht, ist unerträglich.

»Becca hat mir sehr viel bedeutet«, sagt Hans. Er lockert den Griff um meinen Arm, lässt mich jedoch nicht los.

»Ich weiß.« Auch wenn ich an der Stelle, wo jetzt noch

»unbekannt« steht, nicht seinen Namen einsetzen möchte, ist das unvermeidlich.

»Du weißt es?«, fragt er überrascht.

»Ich habe gesehen …« Was genau habe ich gesehen? Die Sterbeurkunde beweist überhaupt nichts, was heißt, dass ich mich sehr weit ins Ungewisse vorwage.

»Was hast du gesehen, Emma?«, drängt er. Er lässt mich los, presst die Hände flach auf den Schreibtisch und beugt sich vor, um mir tief in die Augen zu schauen. »Wie lange weißt du es schon?«

»Seit ein paar Minuten«, antworte ich verwirrt.

Er reagiert gereizt, als würde es ihn beleidigen, dass ich mich nicht schon länger mit diesem Thema beschäftigt habe. »Hast du denn nie einen Verdacht gehabt?«

»Wie hätte ich denn auf die Idee kommen sollen?«

»Hat sie es dir denn nicht erzählt?«

Sie wusste es? Falls Becca wusste, dass wir verschiedene Väter hatten, hatte sie das Geheimnis mit ins Grab genommen. Falls es so gewesen sein sollte, wäre sie meine beste Freundin gewesen, obwohl ich gar nichts über sie gewusst hatte.

»Ein Stapel Papiere hat dir gereicht, um die Wahrheit herauszufinden. Du besitzt viel Intuition.« Seine Finger streichen an meinen bloßen Armen empor. Ich brauche einen Moment, bis ich begreife, was seine Berührung zu bedeuten hat, doch mein Körper weicht schon zurück, bevor mein Kopf so weit ist.

»Was zum Teufel tust du da?«

»Ich vermisse deine Schwester«, sagt er. »Du siehst aus wie sie, weißt du?«

Ich bekomme einen trockenen Mund. »Wir waren Schwestern.«

»Du erinnerst mich an deine Schwester. Du bist so schön, wie sie es war, vielleicht sogar noch schöner.« Er kommt näher, und ich suche krampfhaft nach einem Ausweg. »Ich hab sie immer auf diesem Schreibtisch gevögelt.«

»Du warst ihr Vater.« Die Anschuldigung platzt aus mir heraus und lässt ihn innehalten.

»Wie bitte?«

»Das ist doch das, was du verheimlichen wolltest.« Noch während ich es sage, formt sich die Wahrheit mit erschreckender Klarheit in meinem Kopf. Jetzt wünschte ich, es wäre etwas so Harmloses wie die Lüge meiner Mutter über einen alten Flirt, den sie später geheiratet hat. Aber das neue Bild in meinem Kopf lässt sich nicht mehr auslöschen.

»Es tut mir leid, aber nur er selbst und deine Mutter wissen, wer ihr Vater ist. Obwohl ich den Verdacht habe, dass dein Vater es auch weiß. Deine Schwester war ehrgeizig«, fährt er fort. Am liebsten würde ich ihn anschreien, er solle aufhören, über sie zu reden, denn ich will seine Erinnerungen an sie nicht hören. Ich will meine Erinnerungen behalten. Ich möchte daran glauben, dass ich ihre beste Freundin war. Ich möchte glauben, dass sie nie weitergegangen ist als mit einem Topher Drake bei der Halloweenparty in ihrem ersten Jahr auf der Highschool. »Ich habe deine Schwester geliebt.«

»Nein, das hast du nicht«, widerspreche ich.

»Das ist nicht fair. Ich liebe euch beide.«

»Ich habe dich nicht um deine Liebe gebeten.« Ich haste

ans andere Ende des Schreibtischs, bleibe aber mit dem Fuß am Teppich hängen und lande im Stuhl.

»Becca hatte Träume«, sagt Hans mit einem hässlichen Grinsen. »Und Träume kosten Geld.«

»Kennst du überhaupt noch den Unterschied zwischen Wahrheit und Lüge?« Ich versuche, wieder hochzukommen, aber er beugt sich über mich.

»Dein hübscher kleiner Mund wird dich irgendwann noch in Schwierigkeiten bringen.« Sein heißer Atem, der immer noch nach der Shrimps-Vorspeise von heute Abend riecht, löst einen Würgereiz bei mir aus. »Aber ich lasse mit mir reden. Diese Sexszene zum Beispiel, mit der du Probleme hast. Vielleicht hast du ja gar nicht mit ihm geschlafen.« Er steht auf und greift sich an die Gürtelschnalle.

NEIN. NEIN. NEIN.

Das ist das einzige Wort, das mir einfällt, aber es kommt mir nicht über die Lippen. Das Herz schlägt mir in der Brust wie ein gefangenes Tier. Ich will weglaufen, aber ich bin wie festgenagelt und habe Angst, dass schon die kleinste Bewegung meinen Angreifer dazu bringen könnte, sich auf mich zu stürzen.

»Vielleicht hast du ihm ja einen geblasen«, schlägt er vor. »Ich kann mir gut vorstellen, wie du das machst.«

Ich ringe um Worte, und als ich sie finde, sprudeln die Fragen nur so aus mir heraus: »So ist das also zwischen euch beiden gelaufen? Du hast sie gezwungen zu tun, was du wolltest?«

»Es hat Becca Spaß gemacht, mich zu befriedigen. Vielleicht solltest du dir ein Beispiel an deiner Schwester nehmen.« Er knöpft seine Hose auf. »Warum zeigst du mir nicht, was in jener Nacht passiert ist? Zeig mir doch mal, wie ich die Szene umschreiben muss.«

Ich erkenne meine Chance und finde den Mut aufzustehen. Dabei achte ich darauf, den Stuhl weit genug zurückzuschieben, um genug Platz zu gewinnen. Hans hält es fälschlicherweise für ein Zeichen meines Einverständnisses.

»Das ist gut«, keucht er heiser. Er legt die Hände auf meine Schultern, um mich sanft auf die Knie zu zwingen.

»Ich glaube, die Szene muss komplett umgeschrieben werden«, sage ich noch, bevor ich ihm mit einer schnellen Bewegung meine Kniescheibe in den Unterleib ramme. Er krümmt sich lange genug, dass ich Zeit habe, aus dem Zimmer und in den Flur zu laufen. Ich ziehe das Handy aus der Tasche und wähle den Notruf 911. Als er in den Flur gewankt kommt und auf mich losgehen will, halte ich das Display hoch. »Ein Schritt weiter, und sie hören mich nur noch um Hilfe schreien.«

»Du bist überhaupt nicht wie deine Schwester.« Er spuckt mir vor die Füße.

»Nein, wohl nicht.«

* * *

In meinem Zimmer schließe ich die Tür ab und stopfe ein paar Sachen in eine Tasche. Make-up, ein paar T-Shirts, meinen Badeanzug und schließlich noch mein Laptop. Es gibt eine zehnprozentige Chance, dass ich meine Mutter davon überzeugen kann, mir den Rest mit der Post zu schicken. Da ich ihr jedoch nicht sagen kann, was passiert ist, wird sie die Sachen vermutlich als Druckmittel behalten, bis ich den Mut aufbringe, mich wieder bei ihr sehen zu lassen.

Du erinnerst mich an deine Schwester. Hans' Worte schwirren mir durch den Kopf, bis mir ganz schwindelig wird. Es war ja nicht das erste Mal, dass ich mit Becca verglichen wurde, aber diesmal war es anders. Ich verkneife es mir, mich vollständig bekleidet unter die Dusche zu stellen und die Wassertemperatur dermaßen hoch einzustellen, dass mir die Haut wegschmilzt. Das lässt sich mit nichts mehr abwaschen.

Ich verschicke zwei Textnachrichten, die erste an Jameson. Ich schaffe es nicht, mehr als »SOS« zu schreiben. Dazu zittern meine Finger noch zu sehr. Für Josie bringe ich drei Worte zustande: »Ich komme heim.«

Jetzt muss ich nur noch warten und versuchen, nicht durchzudrehen, was mir unmöglich erscheint. Ich will weg von hier und so tun, als wäre das niemals geschehen.

Stattdessen starre ich eine Weile in den Spiegel und versuche, Becca in meinen grünen Augen zu entdecken. Es fällt mir schwer, ihr Bild heraufzubeschwören. Ich kann mich an alle Details erinnern: Sie hatte rotblondes Haar, während meines sandfarben ist, und auch mehr Sommersprossen, besonders auf der Nase. Sie wurde nie braun. Ich habe alle Puzzleteile zusammen, aber es wird zunehmend schwerer, sie alle richtig zusammenzusetzen. Das ist der wahre Preis eines Verlusts. Menschen lösen sich auf, bis von ihnen nichts mehr übrig ist als eine Reihe unzusammenhängender Erinnerungen.

»Reiß dich zusammen«, befehle ich dem Mädchen im Spiegel, aber sie sieht verängstigt und klein aus. Doch ich will sie nicht in den Arm nehmen, ich möchte ihr ins Gesicht schlagen. Ich wende mich vom Spiegel ab. Ich könnte noch einen Koffer packen, aber irgendwie will ich von all diesen Dingen nichts mehr haben. Nicht, wenn sie mit Hans' Geld gekauft wurden. Mein Blick fällt auf ein gerahmtes Foto aus dem letzten Sommer. Becca und ich lachen, während Mom und Hans im Hintergrund stehen und versuchen, ernst auszusehen. Wir brauchen ein Familienfoto, hatte Mom gesagt. Näher waren wir uns nie. Und jetzt ist es alles, was geblieben ist. Ich nehme es vom Schreibtisch und schleudere es auf den Boden.

Wenn du etwas zerstörst, musst du dafür bezahlen, oder?

Ich habe mich mit der Schulgebühr für die Privatschule kaufen lassen, mit einem neuen Auto und mit dem Glück meiner Mutter. Womit hat er sie gekauft?

Ich bücke mich, hebe den Rahmen auf und schüttele die restlichen Glassplitter ab, damit ich das Foto herausziehen kann. Es müsste beruhigend für mich sein zu sehen, wie mich meine Schwester ansieht, buchstäblich erst Augenblicke, nachdem ich nicht einmal mehr ihr Gesicht ganz zusammenbekommen habe, doch das Gegenteil ist der Fall. Ich habe mir dieses Bild den ganzen Sommer über jeden Tag angeschaut, aber heute wirkt Becca anders. Ist das ein gezwungenes Lächeln? Lacht sie wirklich? Hat er sie etwa missbraucht, und sie deckte ihn, weil sie dachte, dass ihr niemand glauben würde, nicht einmal ich? Hans wollte mir das Schlimmste einreden, aber wenn er nun die Wahrheit sagte? Was ist wirklich zwischen Hans und Becca passiert?

»Warum musst du nur tot sein?«, sage ich zu dem Foto.

Eine Flut heißer Tränen steigt in meiner Kehle auf, aber ich schlucke sie hinunter und lasse mich nicht vom Schmerz überwältigen.

Ich wühle in meinen Schreibtischschubladen und finde noch ein anderes Foto von uns beiden, das aus größerer Nähe aufgenommen wurde. Arm in Arm stehen wir am Strand in La Jolla. Becca sieht mich aus blauen Augen an.

Sie ist die Einzige in der Familie, die blaue Augen hat. Ich bräuchte ein Biobuch, um mich zu vergewissern. Wenn mich die Erinnerung nicht täuscht, ist es ziemlich selten, dass bei braunen Augen wie denen meines Vaters und grünen wie denen meiner Mutter ein blauäugiges Kind herauskommt. Rezessive Gene, mein lieber Mann! Der schrille Klingelton meines Handys schreckt mich auf, und ich werfe das Foto auf den Schreibtisch zurück.

»Ich komme nicht durch das Tor«, sagt Jameson, und ich kann die Angst in seiner Stimme hören.

»Ich mache auf, komm, so schnell es geht, an die Haustür. Ich warte da auf dich.«

»Was zum Teufel ist los, Herzogin?«

»Komm einfach.«

Ich schultere meine Reisetasche und bin auf alles gefasst, als ich die Zimmertür aufschließe, doch davor wartet kein Hans auf mich. Ich laufe durch die Eingangshalle und bin nur wenige Schritte von der Haustür entfernt, als Jamesons Scheinwerfer durch das Fenster strahlen. Ein Seufzer der Erleichterung bricht aus mir heraus.

»Wo um alles in der Welt willst du hin?«, ruft meine Mutter vom oberen Treppenabsatz.

»Nach Hause«, antworte ich ihr.

»Das habe ich dir nicht erlaubt.«

Ich ignoriere sie und öffne die Tür. »Ich bleibe keine Minute länger in diesem Haus.«

»Du scheinst fälschlicherweise anzunehmen, dass du hier die Regeln bestimmst …«, hebt meine Mutter an.

»Du scheinst fälschlicherweise davon auszugehen, dass mir hier nichts passieren kann.« Ich weiß nicht, ob sie mich wegen der Schluchzer, die mir die Kehle zuschnüren, überhaupt versteht. Ich kann sie nicht mehr unterdrücken. Es geht nicht mehr. Selbst in der Dunkelheit sehe ich, dass sie blass wird. Sie kommt ein paar Stufen weiter herunter, doch dann bleibt sie stehen. »Was soll das heißen?«

»Frag deinen Mann.«

Kapitel sieben

Ich brauche Jameson nicht erst zu bitten, schnell zu fahren. Wir lassen das Anwesen der von Essens in Rekordzeit hinter uns. Ich frage nicht, wohin wir fahren, als er einen Weg einschlägt, der uns aus der Stadt hinausbringt. Jameson könnte mich überall hinbringen, Hauptsache, es ist weit genug von diesem Horrorhaus entfernt.

Im Mondlicht sieht Palm Springs recht düster aus. Heute wirkt es schwarz-weiß, mit sämtlichen Grautönen dazwischen. Eine Geisterstadt. Kein Ort für mich.

James biegt zum Privatflughafen ab, der sich gleich hinter dem öffentlichen Flughafen befindet.

»Was ist mit dem Wagen?«, frage ich, während er unsere Taschen vom Rücksitz holt.

»Was soll damit sein?«

Ein Einweg-Porsche? Jameson West spielt wirklich in einer ganz anderen Liga als ich.

»Dir steht ein Pilot zur Verfügung, der dich um Mitternacht abholt?« Ich starre zur Crew hinüber, die den kleinen Privatjet auftankt.

»Überrascht dich das?«

»Nein.« Ich zucke die Schultern, versuche, mich unbeeindruckt zu geben, und scheitere erbärmlich. »Ich meine, wir anderen müssen das Internet nach Billigflügen durchforsten und rote Augen in Kauf nehmen.«

»Rote Augen hast du auf alle Fälle, Herzogin.«

Ein Mann in gebügelter Uniform kommt auf uns zu, und Jameson gibt ihm unsere Taschen. »Bist du neidisch wegen meines Privatjets?«

»Meine Mutter hat auch einen.« Was nicht ganz der Wahrheit entspricht. Hans' Studio besitzt einen Jet, aber eher friert die Hölle zu, als dass ich in absehbarer Zeit einen Fuß in Hans' Kabine setze.

»Dann hat uns das Schicksal zusammengeführt. Zwei einsame Herzen im Privatjet.«

»Hast du dich schon dein Leben lang nach einem Mädchen mit einem Privatjet gesehnt?«

Er verschränkt seine Finger mit meinen. »Privatjets, eine problematische Kindheit – wir sind füreinander bestimmt.«

Ich lehne den Kopf an seine Schulter und bin dankbar, dass er mich nicht drängt, ihm genauer zu erklären, warum wir mitten in der Nacht auf einem privaten Flugfeld stehen. Vielleicht habe ich schon aufgebraucht, was mir für den heutigen Tag an Normalität zustand, aber ich bin dankbar, dass er noch Witze reißt. Es ist eigenartig, dass die Begleitumstände unserer Beziehung so dramatisch sind, wo es sich sonst so leicht anfühlt, mit ihm zusammen zu sein.

»Es kann losgehen«, verkündet er. Ich folge ihm an Bord und werde sofort daran erinnert, dass die Familie West mehr Geld besitzt als der größte Teil der Menschheit. Anscheinend gibt es auch bei Privatjets unterschiedliche Kategorien – und Jameson scheint in der Platinklasse zu fliegen. Die Sitze sind mit butterweichem Leder bezogen, und die Inneneinrichtung ist dominiert von champagnerfarbenen Materialien mit Goldakzenten.

»Möchtest du dich ausruhen?«, fragt Jameson und deutet mit dem Finger auf eine offene Tür. Ich blicke in ein kleines, aber brauchbares Schlafzimmer, was ich sehr begrüßen würde, hätte ich Lust auf die Albträume, die nach den Ereignissen der heutigen Nacht unweigerlich auf mich einstürzen werden. Ich schüttele den Kopf. Vermutlich gibt es nur zwei Arten, mit meinem Trauma fertigzuwerden: bewusst herbeigeführte Schlaflosigkeit oder Träume, in die sich nicht einmal Freddy Krüger hineinwagen würde.

»Ich möchte nicht schlafen.« Mehr brauche ich nicht zu sagen. Jameson versteht den Hinweis, und wir setzen uns in zwei einander gegenüberstehende Ledersessel. Eine Stewardess, die im Nebenjob Ninja sein muss, erscheint sofort an unserer Seite.

»Darf ich Ihnen etwas zu trinken bringen, Mister West?«

»Einen Whisky-Soda. Laura, ich möchte Ihnen Miss Emma Southerly vorstellen.«

Sie schenkt mir ein warmes pinkfarbenes Kaugummilächeln. »Was darf ich Ihnen bringen, Miss Southerly?«

Ich verzichte darauf, bei ihr sämtlichen weltweit verfügbaren Schnaps zu ordern, weil der mir bestimmt nicht beim Wachbleiben helfen würde. »Kann ich einen Kaffee haben?« Mit Kaffee bin ich nicht nur auf der sicheren Seite, er ist um diese Uhrzeit sogar dringend nötig.

»Selbstverständlich, ich werde gleich eine Kanne aufsetzen«, flötet sie. Dann huscht sie aus der Kabine, und ich frage mich, wie viele Kannen Kaffee sie wohl schon intus hat. Um diese nachtschlafende Zeit sollte niemand mehr so aufmerksam sein.

Als ich wieder zu Jameson blicke, merke ich, dass er mich mustert, er sagt jedoch nichts. Das Schweigen setzt sich fort, als unsere Getränke gebracht werden und das Flugzeug startet. Nachdem wir bereits einige Zeit in der Luft sind und Laura sich zurückgezogen hat, löst Jameson den Sicherheitsgurt und kommt an meine Seite. Er kniet sich neben mich und nimmt meine Hand: »Du musst mir sagen, was passiert ist.«

»Nichts«, lüge ich, denn wenn ich ihm berichte, was zwischen mir und Hans vorgefallen ist, muss ich mich nicht nur mit dem auseinandersetzen, was Hans mir antun wollte, sondern auch mit dem, was er mir erzählt hat. Ich weiß, wie ich mich gegen Perverse schützen kann – in Las Vegas weiß das jedes Mädchen, das etwas auf sich hält –, aber das, was er mir erzählt hat, lässt sich nicht so leicht managen.

»Emma«, hakt Jameson nach, als ich ein paar Minuten stumm geblieben bin. »Hat Hans dir wehgetan?«

»Ja«, stammele ich. »Nein! Nicht so, wie du denkst.«

Aber hat er das nicht doch getan?

»Was hat er mit dir gemacht?« Seine Stimme ist jetzt gefährlich leise. Alles, was ich ihm erzählen könnte, wird in ihm eine unkontrollierbare Wut entfachen.

»Es ist nichts passiert«, sage ich schnell und entscheide mich, alles zu vergessen.

»Herrgott, Emma.« Er hält jetzt ganz fest meine Hand. »Du machst mir wahnsinnige Angst.«

»Er hat es versucht.« Dabei lasse ich es bewenden.

»Hat er dich … angefasst?«, fragt Jameson mit erstickter Stimme.

»Er hat es versucht«, wiederhole ich, »aber ich habe ihm in die Eier getreten.«

»Dieser Drecksack! Warum hast du mir das nicht erzählt?«

»Weil ich wusste, dass du so reagieren würdest. Und dass dich ein weiteres Mitglied meiner Familie wegen Körperverletzung anzeigt, hat mir gerade noch gefehlt.«

»Dieser Mann gehört nicht zu deiner Familie.«

Das brauchte er mir nicht zu sagen.

»Willst du über das, was passiert ist, sprechen?«

Ich schüttele schnell den Kopf. Das werde ich vielleicht tun, wenn ich verarbeitet habe, was Hans mir über sich und Becca erzählt hat. Aber fürs Erste rede ich mir lieber ein, dass alles gelogen war. Denn meine Schwester zu vermissen, ist auch dann schon schwer genug, wenn ich mich nicht fragen muss, ob ich sie überhaupt richtig gekannt habe. Wieder erscheint mir das Bild, wie Hans seinen Gürtel öffnet, und ich muss schlucken, weil mir die Galle hochkommt. Ich bin davongekommen, aber nur äußerst knapp. Die Vorstellung, dass er mich vielleicht zu etwas gezwungen hätte, was ich noch nie mit jemandem getan habe, macht die Sache nur noch schlimmer.

Ohne nachzudenken, springe ich auf. Jameson starrt zu mir hoch.

»Steh auf«, befehle ich ihm.

»Herzogin?« Aber er gehorcht, ich küsse ihn leidenschaftlich auf den Mund und lege die Handflächen auf sein Sixpack. Die Berührung gibt mir den Mut, den ich brauche, um meine Hände tiefer gleiten zu lassen, am lockeren Hosenbund seiner Jeans vorbei und zu der warmen, harten Beule, die genauso wild darauf zu sein scheint wie ich. Doch sobald meine Finger darüberstreichen, weicht er zurück und hält mein Handgelenk fest.

»Herzogin, ich glaube, das ist keine gute Idee.«

Gereizt sehe ich ihn aus schmalen Augen an. »Mir wollte heute Nacht schon ein Kerl sagen, was ich mit meinem Körper zu tun und zu lassen habe. Wie wäre es, wenn du die Entscheidung mir überlassen würdest?«

Dieser Logik kann er sich unmöglich widersetzen, doch ehe er es überhaupt versuchen kann, sinke ich auf die Knie und lasse die Hände zum Knopf seiner Jeans gleiten. Ich öffne ihn, dann ziehe ich den Reißverschluss herunter, bis ich ihm die Hose über die schmalen Hüften streifen kann. Obwohl ich jetzt diejenige bin, die kniet, fühle ich mich überlegen. Kraft durchflutet mich, und ich ziehe ihm die Boxershorts bis zu den Knöcheln herunter.

Es ist nicht das erste Mal, dass ich einen Schwanz anfasse, aber so dicht, gewissermaßen von Angesicht zu Angesicht, hatte ich noch keinen vor mir. Bis zu diesem Moment schien die Sache recht einfach zu sein: Hose ausziehen, in den Mund nehmen, lutschen. Jetzt, wo ich die Gelegenheit bekomme, Jameson Wests beeindruckenden Besitz zu studieren, frage ich mich, ob ich mir nicht etwas zu viel vorgenommen habe.

Er ist anders, als ich ihn in Erinnerung habe. Pralle Venen, bläulich vom gestauten Blut und lang – so lang, dass ich mich frage, wie er in meinen Mund passen soll.

Und – wenn wir schon dabei sind – auch woandershin.

»Herzogin«, flüstert er heiser, »du musst das nicht tun.« Er streicht mir zärtlich durchs Haar und erinnert mich so daran, warum ich das eigentlich machen möchte. Ich befeuchte meine Lippen, dann beuge ich mich vor und lecke. Plötzlich fällt mir ein, was Josie mir einmal geraten hat, und ich muss kichern.

Tu so, als wäre es eine Eiswaffel.

»Ich kriege deinetwegen gleich Komplexe«, warnt er mich. »Findest du das etwa komisch?«

Ich beiße mir auf die Unterlippe und blinzele zu ihm hoch. »Nein«, hauche ich. »Es ist köstlich.«

»Dann kannst du gerne noch mal probieren«, sagt er mit einem schiefen Grinsen. Ich nehme das Angebot an, lasse meine Zunge auf und ab streichen und über die breite Spitze kreisen, bis ich mutig genug bin, meinen Mund darüber zu stülpen.

Die Hand in meinem Haar ballt sich zur Faust, und ein leises, erregtes Knurren dringt aus seiner Brust. »Genau so, Herzogin«, ermuntert er mich. »Oh ja, ganz genau so.«

Ich bewege den Mund auf und ab, und mit den schmutzigen Worten, die ihm aus dem Mund sprudeln, wächst mein Selbstvertrauen. »Deine Hand«, stöhnt er. »Nimm die Hand.«

Als ich ihn fest in die Hand nehme, greift er hinunter und führt meine Finger im Gleichklang mit dem Rhythmus meines Mundes an seinem Schaft entlang.

»Oh verdammt, gleich komme ich«, warnt er mich erregt, doch als er meinen Kopf wegdrücken will, sauge ich noch fester, bis ich spüre, wie eine heiße Flüssigkeit meinen Gaumen überflutet. Es kostet etwas Mühe, sie hinunterzuschlucken, aber mit etwas Gewürge schaffe ich es. Eine Profi-Bläserin werde ich anscheinend so bald nicht werden.

Er zieht mich an den Ellenbogen nach oben, die Augen vor Lust noch halb geschlossen, und gibt mir einen leidenschaftlichen Kuss. Als wir uns trennen, holt er tief Luft. »Oh mein Gott, das war …«

»Nicht Gott«, unterbreche ich ihn, »Emma Southerly genügt.«

Kapitel acht

✦ ✦ ✦

Um kurz nach zwei am Morgen landen wir in Las Vegas. Wir sind so weit von den Neonlichtern des Strip entfernt, dass die Sterne über unseren Köpfen die einzige Lichtquelle darstellen. Ich entdecke Josie, die an ihrer heruntergekommenen Schrottkarre lehnt. Ihren Shorts, dem Tanktop und dem sparsamen Gesichtsausdruck nach zu urteilen, schläft sie noch halb. Jameson zieht bei ihrem Anblick eine Augenbraue hoch. »Ich kann dich doch nach Hause fahren.«

Ich kann nur müde lächeln. »Ich fahre nicht nach Hause.«

Er begreift. Bei den ganzen Baustellen, mit denen er momentan beschäftigt ist, hat er einfach vergessen, dass ich mich im Haus meines Vaters momentan nicht gerade wohlfühle. »Du könntest bei mir bleiben, das wäre überhaupt kein Problem.«

Ich schüttele den Kopf, und das Grinsen kommt diesmal von Herzen. Bei der Vorstellung, bei Jameson zu wohnen, schmelze ich willenlos dahin, und genau deshalb ist es keine gute Idee. Der Gedanke, neben Jameson aufzuwachen, ist verführerisch. Doch ich bezweifle, dass wir jemals ins Bett gehen würden – jedenfalls nicht, um zu schlafen. »Meine Eltern sind sowieso schon ziemlich sauer auf mich«, erinnere ich ihn, und nach den Ereignissen der heutigen Nacht bezweifle ich, dass sich das in naher Zukunft ändern wird.

»Vergiss deine Eltern. Du bist bald achtzehn.«

»Ja, bin ich«, bestätige ich mit einem Kuss auf seine Lippen. »Vielleicht findest du, dass ich spinne, aber das ist ein bisschen zu jung, um mit meinem Freund zusammenzuleben.«

»Okay, du spinnst«, neckt er mich, dann hakt er die Finger in die Gürtelschlaufen meiner Jeans. »Ich glaube, unsere Seelen sind alt.«

»Das kann ja sein, aber meinem Ausweis zufolge bin ich minderjährig, und du hast auch so schon genug Ärger.«

Er nickt, doch ich sehe ihm an, dass ich ihn noch nicht ganz überzeugt habe. Egal, das ist auch nicht nötig. Ich bin für mich selbst verantwortlich. »Bist du sicher, dass ich dich nicht doch noch umstimmen kann?«

»Ich besuche dich«, verspreche ich ihm. »Bis du genug von mir hast, Jameson West.«

»Von dir bekomme ich nie genug.«

»Wollen wir wetten?« Ich hoffe zwar, dass er recht hat, doch obwohl meine Erfahrungen in Sachen Beziehung eher fragwürdig sind, glaube ich, dass es normalerweise anders läuft.

»Um das herauszufinden, müssten wir es auf einen Versuch ankommen lassen.«

»Du klingst wie ein Typ, der mir an die Wäsche will.« Er beugt sich vor, und sein Atem kitzelt an meinem Ohr, als er flüstert: »Da war ich schon, Herzogin. Und ich vermisse meinen Lieblingsort.«

»Soll das etwa heißen, meine Vagina ist dein Lieblingsort?«

»Baby, sie ist mein persönliches Disney World.«

Josie hüstelt vernehmlich hinter uns, und wir fahren vor Schreck auseinander. »So, nachdem ihr zwei mir gründlich die Kindheit versaut habt …«, sie gähnt, »… können wir jetzt fahren? Ich brauche meinen Schönheitsschlaf.«

Ich werfe die Arme um sie und drücke sie fest. Manche Leute *haben* ein Zuhause. Für mich sind *manche Menschen* mein Zuhause. Doch bevor ich in ihren Wagen steigen kann, packt mich Jameson an der Taille. »Bist du sicher, dass du dich nicht doch noch überreden lässt?«

»Bestimmt nicht«, erwidere ich entschiedener, als ich bin.

Er blickt von mir zu Josie, dann küsst er mich auf die Wange. »Ich ruf dich morgen an, Herzogin.«

»Wann?«, frage ich, als er gehen will. Es spricht wohl gegen mich, dass ich gleich bereit bin, meinen ganzen Tag nach ihm auszurichten, aber manchmal muss ein Mädchen tun, worauf es Lust hat. Er zuckt die Schultern, setzt einen Blick auf, als wäre er der Größenwahn in Person, und schiebt die Hände tief in die Hosentaschen. »Kommt drauf an, wann ich hoch und in die Gänge komme. Kann ganz schön hart sein, wenn ich aufstehen muss.«

»Ach wirklich?«, frage ich superkokett.

»Bist du sicher, dass du nicht doch mitkommen willst? Dann siehst du, was ich meine?«, bietet er an.

Ich rolle mit den Augen. Dann drehe ich mich um und hake mich bei meiner besten Freundin ein. »Wie kannst du dir so eine Einladung entgehen lassen?«, raunt sie kaum hörbar.

»Glaub mir, die Einladung steht noch länger.«

Josie habe ich zwar geweckt, ihre Mutter jedoch war offensichtlich noch nicht lange von ihrer Schicht im Casino des MGM Grand Hotel zurück. Als wir oben auf dem letzten Treppenabsatz ankommen, reißt sie die Tür der winzigen Puppenstube auf, die die Deckards ihr Zuhause nennen. Ihr Gesicht ist frisch gewaschen, die dunkle Haut glänzt von Feuchtigkeitscreme, und ihr Haar ist oben auf dem Kopf zu einem festen Knoten zusammengebunden. Und sie gibt sich Mühe, die wütende Löwin zu spielen.

»Wo zum Teufel hast du …« Als sie mich sieht, hält sie inne. »Oh nein, Schatz.« Marion wirft mir die Arme um den Hals und umarmt mich heiß und innig. Es sieht aus wie bei den Müttern und Töchtern in Filmen oder im Fernsehen. In meinem Leben gibt es nichts, was Mutterliebe so derart nahe kommt. Vivian von Essen ist nicht für ihre herzlichen Umarmungen bekannt. »Ich wusste gar nicht, dass du zurück bist.«

»Ich bin gerade erst angekommen«, erwidere ich. »Josie hat mich abgeholt.«

»Emma möchte bei uns übernachten, wenn das okay ist.«

»Dein Daddy weiß Bescheid?«, erkundigt sich Marion, zieht mich jedoch bereits in die Wohnung. Ein paar Minuten später steht sie schon am Herd und macht Omelette. »Okay, und jetzt erzähl schon, ich beiße nicht. Warum schläfst du bei uns?«

»Wenn es nicht okay ist …«, beginne ich, doch sie hebt nur die Hand, wobei ihre langen, petrolfarbenen Fingernägel zur Geltung kommen, die farblich garantiert auf das Kostüm der Revue abgestimmt sind, in der sie gerade tanzt.

»Du bist hier immer willkommen. Aber ich habe gesehen, wie du gezögert hast, als ich dich nach deinem Daddy gefragt habe.«

»Wir hatten vor dem Unfall einen Streit«, gebe ich zu, »und es wurde unschön. Dann wollte Mom, dass ich nach Palm Springs komme …«

Sosehr ich Marion Deckard liebe, über den Mist, den mir das Leben erst kürzlich serviert hat, möchte ich nicht mit ihr reden.

»Er macht sich bestimmt Sorgen um dich.«

»Ja, na ja …« Ich presse die Fingerspitzen auf die Zinken der Gabel, die sie auf den Küchentresen gelegt hat. »Er rechnet wirklich nicht damit, dass ich nach Hause komme.«

»Willst du darüber reden?«, fragt sie.

Ich schüttele den Kopf. Ich habe schon zu viel geredet. Das Reden scheint nie aufzuhören. Zuerst wollte jeder mit mir über die Scheidung meiner Eltern reden. Wie es mir ging. Bei wem ich wohnen wollte. Dann hat Mom wieder geheiratet, und ich musste über ihren neuen Mann reden. Freute ich mich? Mochte ich ihn? Wo wollte ich wohnen?

Damals konnte ich noch überhaupt nichts über ihn sagen. Das ist jetzt eindeutig anders. Aber am schlimmsten war es, als sie mich beknieten, über Becca zu reden. Sprich über das, was in jener Nacht passiert ist. Woran erinnerst du dich am liebsten, wenn du an sie denkst? Erzähl doch mal, wie es dir geht. Keiner will hören, dass du dich einfach nur noch dumpf fühlst.

Wenigstens wollten die Polizisten, die vorbeikamen, um mit mir über den Mord an Nathaniel West zu reden, nur Fakten von mir hören und nicht wissen, wie ich mich fühlte. Für sie war es unerheblich, ob ich traurig, glücklich oder verängstigt war. Nur die nüchterne Abfolge der Ereignisse interessierte sie. Nach heute Nacht und dem Unfall im letzten Monat können mich die Leute noch viel mehr befragen und löchern. Ich muss Kraft schöpfen, um mich für die bevorstehende Inquisition zu wappnen.

Marion stopft den Eierkarton in den überfüllten Kühlschrank zurück und schließt die Tür. Dann lehnt sie sich dagegen und blickt mir in die Augen. »Fühlst du dich dort sicher?«

Nur weil einmal etwas schiefgelaufen ist, heißt das noch lange nicht, dass man sich plötzlich dort nicht mehr zu Hause fühlt, wo man sein Leben lang gut aufgehoben war, oder? Doch als ich den Mund aufmache, kommt nichts als ein leises »Nein« heraus.

»Bleib so lange hier, wie du möchtest.« Sie versucht nicht, noch mehr aus mir herauszuquetschen. Keine Drohung, die Polizei zu rufen. Keine Belehrung darüber, dass man vertrauenswürdigen Erwachsenen das Herz ausschütten müsse.

Sie ist in dieser Stadt so vielen Menschen begegnet, dass sie gelernt hat, zwischen den Zeilen zu lesen.

Josie kommt von der Toilette zurück und setzt sich auf den Barhocker neben mir. »Das riecht gut.« Sie blickt an ihrer Mutter vorbei zur Omelette-Pfanne.

»Wenn du eins willst, musst du es dir schon selbst machen.«

»Ah, ich verstehe, Emma wird verwöhnt«, scherzt sie und steuert auf den Kühlschrank zu. Schon bald steht sie neben ihrer Mutter und kümmert sich um ihre eigene Pfanne. Marion summt vor sich hin, und Josie steigt mit ein und singt mit ihr, was sich verdächtig nach einem Taylor-Swift-Song anhört.

Marion wirbelt herum und wirft mir das Omelette mit Grandezza auf den Teller. Sie ernährt sich hauptsächlich von Eiern, und ich habe noch nie Nein gesagt, wenn sie mir ihre Leib- und Magenspeise angeboten hat. Allerdings hat sie mir auch noch nie etwas anderes angeboten.

Sie dreht sich wieder um, tanzt mit der Hüfte gegen die ihrer Tochter, und die beiden setzen ihr Duett fort, während ich einen kleinen Bissen esse. Der Butterduft und die gelöste Atmosphäre lassen meinen Appetit langsam zurückkehren.

Ich will beim Abwasch helfen, aber Marion scheucht mich weg. Josie verzieht sich ins Bett, und ich hänge noch ein bisschen in dem kleinen Wohnzimmer herum und betrachte ein altes Foto, das mich mit Josie und Becca zeigt. Marion hat es bei einem Straßenfest aufgenommen, in das wir zufällig hineingeraten waren. Wir waren gerade kichernd aus dem Breakdancer gekommen und stolperten einander benommen vor den Füßen herum. Mit diesem Schnappschuss ist es Marion gelungen, das reine Glück einzufangen.

»Sie fehlt mir jeden Tag«, sagt Marion leise.

Ich nicke, mein Mund ist trocken, ich kriege kein Wort raus. Irgendwie vermisse ich sie nach Hans' Enthüllung sogar noch mehr. Es fühlt sich an, als sei sie weiter weg als je zuvor. Man sagt, die Zeit heilt alle Wunden, stattdessen scheint sie immer neue Wege zu finden, die Wunden wieder aufzureißen.

»Hat sie dir gegenüber jemals einen Jungen erwähnt?« *Junge* ist mit Sicherheit das falsche Wort, doch ich muss aufpassen, dass ich nicht zu viel verrate. Was aus Hans wird, ist mir dabei völlig egal – möge er ewig in der Hölle schmoren –, mir ist nur wichtig, wie die Leute, vor allem aber ich, meine Schwester in Erinnerung behalten.

»Ich wünschte, es wäre so.« Marion setzt sich neben mich und schüttelt traurig den Kopf. Sie legt mir einen Arm um die Schultern und zieht mich an sich. »Aber ein Southerly-Mädchen zum Reden zu bringen, ist eine echte Herausforderung.«

Damit mag sie recht haben, aber das, was ich zu erzählen habe, will niemand hören.

»Ich habe ihren Freund kennengelernt.« Bei der Notlüge krampft sich mein Magen zusammen. »Oder jedenfalls einen Kerl, der behauptet, dass er mit ihr … du weißt schon.«

Marion rückt ein Stück von mir ab und beißt sich schuldbewusst auf die Unterlippe. »Ich bin mit ihr zum Arzt gegangen, damit sie die Pille kriegt.«

»Oh.« Ich will mich an etwas festhalten. Ich brauche etwas

zum Festhalten. Ich sollte gelernt haben, mich an jeden Strohhalm und jedes Stück vom Glück zu klammern, das mir das Leben bietet. Doch in diesem Fall gelingt mir das nicht. Hier in Vegas war Becca mit keinem Jungen zusammen, so viel steht fest. Das ist zwar noch kein Beweis, dass Hans' Geschichte stimmt, doch ein Indiz ist es allemal.

»War es ein netter Junge?«, fragt Marion.

Einen kurzen Moment lang kann ich mich nicht mehr an die Lüge erinnern, die ich ihr aufgetischt habe, und als es mir wieder einfällt, sage ich unwillkürlich die Wahrheit.

»Nein.«

Kapitel neun

Im Traum sehe ich Becca. Ihr Gesicht. Als sie lacht, höre ich ihre Stimme. Sie blickt mich aus fremden blauen Augen an, doch sie sieht mich nicht. Dann geht sie an mir vorbei und durch eine Tür, an der kein Name steht. Als ich ihr folge, ist der Raum dunkel und leer. Ich setze mich hin und weine. Ich will ihr eine Million Fragen stellen, doch selbst im Traum weiß ich, dass sie weg ist und ich die ersehnten Antworten nie bekommen werde.

Vorher hat es mich genervt, nichts zu wissen, jetzt tut es regelrecht weh. In dem dunklen Zimmer scheinen sich die Sekunden immer weiter in die Länge zu ziehen, und ich werde zusehends trauriger, bis ein Weinkrampf mich schüttelt. Dann legt sich eine Hand auf meine Schulter. Ich blinzele die Tränen fort und versuche, in der Dunkelheit etwas zu erkennen, ich bin sicher, dass Becca zu mir zurückgekehrt ist. Doch als ich wieder sehen kann, blicke ich in Josies Gesicht.

»Bist du okay?«, flüstert sie. »Du hast im Schlaf geweint.«

Ich wische mir die Tränen weg. »Ja, alles in Ordnung.«

»Willst du darüber reden?« Josie rutscht im Bett nach unten, sodass unsere Gesichter einander gegenüberliegen. Ich bin mir nicht sicher, was ich ihr sagen soll. Ich weiß noch nicht, wie sich meine Erinnerung an Becca durch das, was ich erfahren habe, verändern wird, doch ich will die Information für mich behalten. Josie soll die Erfahrung erspart bleiben, eine ihrer besten Freundinnen plötzlich in einem anderen Licht sehen zu müssen. Die Lebenden können sich noch verändern, die Toten nicht.

»Ich habe von Becca geträumt«, gestehe ich. »Aber das meiste habe ich schon wieder vergessen.«

»War es schwer, ohne sie in Palm Springs zu sein?«, will Josie wissen. Es ist eine naheliegende Frage, die sie mir schon ein Dutzend Mal gestellt hat. Diesmal versetzt sie mir einen Stich. Wenn Josie nur wüsste, wie Palm Springs alles verändert hat. »Ja, es war eigenartig.«

»Bist du deshalb abgehauen?«

Was auch immer sie den Sommer über abgehalten hat, mich mit Fragen zu löchern, spielt jetzt offenbar keine Rolle mehr. Ich kann nicht erwarten, dass man mir keine Fragen stellt, wenn ich mitten in der Nacht weglaufe und bei meiner besten Freundin anklopfe. Es ist sogar ein bisschen beruhigend zu wissen, dass sie immer noch für mich da ist und bereit, auch die unangenehmen Themen anzusprechen. Aber über das, was in Palm Springs passiert ist, möchte ich nicht reden. »Ich glaube, ich habe mich nach meiner Heimat gesehnt«, sage ich stattdessen.

»Hat Heimat ein entzückendes Grübchen, wenn er grinst?«, rät Josie, und auf einmal hellt sich die Stimmung auf, ganz sachte, nach und nach, wie der Himmel vor dem Fenster, dessen Farbe in der Morgendämmerung allmählich von Pechschwarz in violette Farbtöne übergeht.

»Ja.« Das kann ich ruhig zugeben. »Jameson ist nicht das Einzige, was ich an Vegas vermisst habe, aber er kommt mit Sicherheit unter die Top drei.«

Sie schnalzt mit der Zunge. »Ich würde ihn noch höher platzieren.«

»Bist du etwa scharf auf meinen Freund?« Scherzhaft boxe ich sie gegen die Schulter.

»Meine Güte, diesen Hintern kann man nicht ignorieren.«

»Nein, du bestimmt nicht.«

Josie könnte sich den ganzen Tag lang über meinen Freund auslassen. Die Vorstellung, dass ich eifersüchtig sein könnte, weil sie so großen Anteil nimmt, ist derart albern, dass ich beinahe lachen muss. Erstens weiß ich, dass er nicht ihr Typ ist, und zweitens würde ich ihr mein Leben anvertrauen. Und das bedeutet, dass ich mir bei ihr nicht die geringsten Sorgen mache, was meinen Freund angeht.

»Sieht er nackt auch noch so toll aus?«, fragt sie flüsternd, als würde ihre Mutter an der Tür lauschen.

Ich beiße mir auf die Lippe, denn plötzlich werde ich doch ein bisschen verlegen, als mir Erinnerungen an seine Brust, seine Arme, seine Beine und alles andere in den Kopf schießen. »So richtig nackt habe ich ihn noch nicht gesehen.«

»Wie kannst du dir das nur entgehen lassen?«, quietscht sie. »Es gibt Wählerische, und es gibt Prüde.«

»Und nichts dazwischen«, bemerke ich trocken. Wenn es um Sex geht, gibt es für Josie nur Schwarz und Weiß. »Wir haben ein bisschen rumgemacht, und ich bin mir ziemlich sicher, dass ich das meiste von ihm gesehen habe.«

»Einzelheiten?«, beharrt sie und legt sich ihr Kissen zurecht, als würde sie sich schon auf eine Gutenachtgeschichte freuen.

Ich liefere ihr eine kurze Zusammenfassung von allem, was zwischen uns gelaufen ist – die Liste mag kurz sein, ich finde sie trotzdem beeindruckend. Als ich fertig bin, tut sie so, als würde sie sich den Sabber vom Mund wischen. »Dann wirst du also mit ihm schlafen?«

»Ich glaube schon«, winde ich mich.

»Oh mein Gott, was hält dich davon ab? Ist es deine blöde Checkliste?«

Was mich davon abhält? Jameson hat sich als perfekter Kandidat erwiesen. Nun ja, manchmal lässt er vielleicht etwas zu sehr den Macker heraushängen, aber das lasse ich mir nicht gefallen, deshalb ist dieser Punkt zu vernachlässigen. »Nein«, ich schüttele den Kopf. »Ich bin mir ziemlich sicher, dass er alle Anforderungen erfüllt.«

Sie nimmt meine Hand und drückt sie so fest, dass sie mir fast den Finger bricht. »Sogar Liebe?«

Ach du dickes Ei, jetzt wird's ernst. Obwohl ich nicht alle Bedingungen für mein zweites Mal aufgeschrieben habe, stand Liebe immer ganz oben.

»Das ist doch eine einfache Frage«, drängt sie.

Bin ich in Jameson West verliebt? In den letzten Wochen hatte ich weniger das Gefühl, mich in ihn zu verlieben, als mit ihm zu ringen. Doch spricht es nicht schon Bände, dass ich ohne Zögern Ja gesagt habe, als Becca mich fragte, ob er alle Bedingungen erfüllt? Das Problem ist nur, dass bislang keiner von uns etwas in der Richtung gesagt hat. Wir haben damit herumgealbert, um mal auszuprobieren, wie es klingt, aber an den Punkt, es wirklich auszusprechen, sind wir noch nicht gekommen.

»Du bist in ihn verliebt«, stellt Josie fest.

»Ich weiß nicht, ich finde …«, stammele ich und überlege, wie ich aus der Nummer wieder herauskomme. Doch mit den ersten Sonnenstrahlen, die am Horizont auftauchen, geht auch mir ein Licht auf. »Ja, bin ich.«

Josie hüpft vor Aufregung im Bett auf und ab. Und mir wird bei meiner Erkenntnis ganz schwindelig.

»Aber was, wenn er nicht in mich verliebt ist?«, frage ich sie leise.

Sie hört mit ihrem Matratzentanz auf, lässt sich fallen, stützt sich auf einen Ellenbogen und hebt mahnend den Zeigefinger. »Ich habe gesehen, wie der Junge dich ansieht. Der hat schon lange darauf gewartet, dass du auf dem Ball der einsamen Herzen auftauchst.«

»Er hat es nicht ausgesprochen«, sage ich.

»Wen kümmert es, ob er sagt, dass er in dich verliebt ist? Er zeigt es dir. Für einen Typen ist es viel leichter zu sagen, dass er dich liebt, als es dir zu beweisen. Glaub mir.«

Und das muss ich wohl, denn wenn eine von uns diesbezüglich Bescheid weiß, dann ja wohl sie.

Danach können wir beide nicht wieder einschlafen, also ziehen wir uns leise an. Ich borge mir von Becca ein leichtes T-Shirt und eine abgeschnittene Jeans, als ich feststelle, dass ich nur Sachen eingepackt habe, die nicht zusammenpassen. Wenigstens habe ich Unterwäsche mitgenommen.

»Vielleicht sollten wir mal bei dir zu Hause vorbeischauen?«, schlägt sie vor. »Du könntest ein paar Sachen einpacken.«

Ich beiße mir von innen in die Wange und suche nach Ausflüchten, aber sie hat recht. Josie und ich haben nicht gerade die gleiche Figur, daher gibt es bei unserer Kleidung nicht viele Überschneidungen. Nach Hause zu fahren, heißt aber auch, ich könnte meinem Dad über den Weg laufen. Das letzte Mal, als ich meinen Vater gesehen habe, ging es etwas turbulent zu. Ich kann mich noch schwach daran erinnern, dass er mich nach dem Unfall im Krankenhaus besucht hat, aber zu dem Zeitpunkt stand ich zu stark unter dem Einfluss von Medikamenten, als dass das zählen würde. Wenn ich jetzt nach Hause zurückkehre, und sei es auch nur, um meine Sachen zu holen, könnte er das falsch verstehen. Nach Hans' Aktion steht Dad vergleichsweise gut da. Aber das macht nicht ungeschehen, was er getan hat.

»Okay, spuck's aus«, verlangt sie, als ich nichts sage. »Was ist zwischen dir und deinem Dad vorgefallen?«

Nach meinem Streit mit ihm hatte ich geglaubt, der Tiefpunkt des Abends sei bereits erreicht, doch dann war es noch viel schlimmer gekommen. Damals war ich nicht in der Verfassung gewesen, Josie davon zu erzählen, und als ich dann nicht mehr ständig unter Opioiden stand, wollte ich das alles nur noch vergessen. Aber du kannst nicht einfach bei deiner besten Freundin übernachten, das Bett mit ihr teilen und deine Geheimnisse für dich behalten. »Er hat das mit Jameson und mir rausgekriegt.«

»Oh, Mist.« Josie erstarrt und wendet mir ihre ganze Aufmerksamkeit zu. »Er war mit Sicherheit nicht begeistert. Hat er dich rausgeschmissen?«

Ich schüttele den Kopf. Das wäre längst nicht so kompliziert. »Nein, er wollte sich mit Jameson schlagen, und ich bin ihm in die Quere gekommen.«

»Wie meinst du das?«, fragt Josie langsam. Allmählich kann sie sich denken, was passiert ist, aber sie will es von mir hören.

»Er hat mich geschlagen – geboxt, um genau zu sein.« Ich bemühe mich, locker zu klingen, doch meine brüchige Stimme verrät mich.

»Ich bringe ihn um.« Ihre Stimme schnellt eine Oktave in die Höhe und klingt jetzt unangenehm schrill.

Panisch wedele ich mit den Händen, damit sie nicht zu laut wird und ihre Mutter weckt. »Er hat auf Jameson gezielt. Ich bin dazwischengesprungen.«

»Das macht es auch nicht besser, Em.«

»Stimmt.« Das braucht sie mir nicht erst zu sagen. »Aber es ist keine Kindesmisshandlung, also komm bloß nicht auf die Idee, ihn anzuzeigen.«

»Du meinst, so, wie er es mit deinem Freund gemacht hat? Hat Jameson ihm eine verpasst, bevor oder nachdem er dich geschlagen hat?«

»Danach.« Es auszusprechen tut weh.

»Es tut mir leid, aber ich muss es so deutlich sagen: Dein Vater ist ein Mistkerl!«

»Ich glaube, er hat versucht, mich zu beschützen«, versuche ich, ihn mit einer der vielen Theorien zu verteidigen, über die ich im vergangenen Monat viel zu viel gegrübelt habe.

»Indem er dich schlägt? Mach dir doch nichts vor, Emma.«

»Nein – als er Jameson angezeigt hat. Er ist ehrlich davon überzeugt, dass die Wests gefährlich sind.«

»Jemand hat das Familienoberhaupt ermordet«, betont Josie.

»Bei dir klingt das nach Shakespeare.« Ich nehme das Handy vom Ladegerät und werfe es in meine Tasche.

»Shakespeare wusste das eine oder andere über kaputte Familien«, erinnert sie mich.

»Mister Hunter wäre stolz auf dich«, entgegne ich und denke an den übereifrigen Englischlehrer an der Belle Mère Prep.

Josie beugt sich vor den Spiegel, um ihr anderes Auge zu schminken. »Apropos Hunter, wie findest du ihn eigentlich?«

»Als Lehrer?«, frage ich vielsagend.

»Im Allgemeinen«, erwidert sie und stößt direkt zum peinlichen Kern vor. Wenigstens redet sie jetzt nicht mehr über meinen Vater.

»Ich glaube, das kannst du besser beurteilen.«

Sie grinst mich im Spiegel breit an, und ich erinnere mich an einen der anderen Gründe, warum ich mich in Belle Mère zu Hause fühle. »Ach, Süße. Ich tue es doch nicht der Noten wegen.«

Als wir bei mir zu Hause ankommen, muss ich zwei Mal hinsehen, weil ein weißer Mercedes in der Einfahrt steht, der so neu ist, dass er noch eingewachst ist. »Hat er etwa Besuch?«

»In dem Fall hat sie jedenfalls einen guten Geschmack«, sagt Josie anerkennend. Sie parkt gleich daneben und verschlingt den Wagen ein paar Sekunden lang mit begehrlichen Blicken. Ich kann es ihr nicht verdenken. Josies Civic macht äußerlich nicht viel her, aber er ist zuverlässig. Zwei Eigenschaften, die einem Teenager nichts bedeuten.

Indessen blicke ich zum Haus. Die Jalousien sind wie immer zugezogen. Pawnography, das Pfandleihhaus meines Vaters in einer Nebenstraße des Strip, öffnet erst in ein paar Stunden, was bedeutet, dass er wahrscheinlich zu Hause ist. Ich hatte es nicht über mich gebracht, bei Jerry, seinem Angestellten, nachzufragen, ob Dad sich im Laden blicken lässt.

»Er ist also da«, spricht Josie die Sache ohne Umschweife an.

»Ja.« Mich Problemen zu stellen, ist nicht gerade meine Stärke.

Wir verfallen in Schweigen, schließlich schlägt sie vor: »Wir könnten später wiederkommen.«

»Gut möglich, dass er nachher auch noch hier ist.« Ich löse meinen Gurt und atme erst einmal tief durch, um mich zu beruhigen. Gut möglich, dass er gestern Abend so viel getrunken hat, dass er noch im Koma liegt. In dem Fall kann ich vermutlich unbemerkt hinein- und wieder hinausgehen.

»Moment mal, wenn er Besuch hat, willst du dann wirklich da reingehen? Es könnte ja sein, dass sie gerade … Du weißt schon …« Sie lässt die Hüften kreisen, um ihre Worte zu unterstreichen.

Ich rolle mit den Augen. »Das ist eklig.«

»Ich meine ja nur. Wenn du willst, kann ich reingehen.«

Aber ich habe mich entschieden. »Nein, ich schaffe das schon.«

Als ich an die Haustür komme, stelle ich fest, dass sie unverschlossen ist. Ich kann von Glück reden, wenn während meiner Abwesenheit nicht die ganze Bude leergeräumt wurde. Aber alles ist noch da, wo es hingehört, und es gibt keinen Hinweis auf Eindringlinge. Der einzige Unterschied ist, dass Dad nicht auf der Couch liegt. Ich überlege kurz, in sein Schlafzimmer zu spähen, aber falls Josie recht hat und er Besuch hat, wäre es das Letzte, was ich sehen möchte. Hans ist schuld, dass ich bereits ein Problem mit meinem Stiefvater habe, weitere Traumata kann ich wirklich nicht verkraften.

Mein Zimmer ist noch exakt so, wie ich es verlassen habe, mit ungemachtem Bett und allem. Die meisten meiner Koffer sind in Palm Springs, deshalb sammle ich zusammen, was ich an Taschen finde, und stopfe den Inhalt meines Wandschranks hinein.

»Emma?«

Ich zucke zusammen und entdecke meinen Vater, der sich am Türrahmen abstützt. Er kann kaum die Augen offen halten, und ich weiß nicht, ob seine Lider vom Alkohol oder von der Müdigkeit so schwer sind.

»Da bist du ja wieder«, stellt er fest, doch ich schüttele energisch den Kopf. Er soll sich keine falschen Hoffnungen machen, ich bin nicht zurückgekommen, um ihn zu retten.

»Nein, ich will nur ein paar Sachen holen.«

»Deine Mutter hat angerufen«, sagt er, ohne auf meine Worte einzugehen. »Sie hat gesagt, dass du ganz plötzlich weggefahren bist, ohne ihr zu sagen, warum. Den Wagen in der Einfahrt hat sie für dich gekauft.«

Auf eine bessere Erklärung für das mysteriöse Auftauchen des Luxuswagens in der Einfahrt hätte ich nicht hoffen können. Dann fällt mir wieder ein, dass sie ihn mit Hans' Geld gekauft hat. Vielleicht fahre ich später damit in die Wüste, um ihn dort abzufackeln. »Wo sind die Schlüssel?«

»Auf deiner Kommode.« Er deutet auf den Schlüsselbund. »Da hat er auf dich gewartet. Ich war versucht, eine Runde damit zu drehen, aber ich habe gehofft, dass du nach Hause kommst.«

»Ich bin aber nicht nach Hause gekommen«, wiederhole ich. »Ich wohne bei Josie. Ich brauche nur ein paar Klamotten.«

»Weißt du, Emma, ich glaube, es wäre besser, wenn du hierbleibst.«

Ich höre auf zu packen und starre ihn wütend an. »Was du glaubst, tut nichts zur Sache. Ich fühle mich bei den Deckards sicherer.«

Meine Worte sind für ihn wie ein Schlag ins Gesicht. Er weicht zurück und schlägt schuldbewusst die Augen nieder. »Ich weiß, dass du mir nicht glaubst, aber es war ein Unfall.«

»Ja, ich bin aus Versehen in die Faust gelaufen, die du eigentlich Jameson zugedacht hattest.« Mir entgeht nicht, wie er bei der Erwähnung des Namens zusammenzuckt. »Und dann hast du ihn aus Versehen wegen Körperverletzung angezeigt. Dasselbe hätte ich auch mit dir machen können, habe ich aber nicht.«

Ich schließe den Reißverschluss meiner alten Sporttasche und werfe sie mir über die Schulter. Der Rest meiner Sachen ist in ein paar Supermarkt-Plastikbeuteln verstaut, die ich ganz unten in meinem Schrank gefunden habe. In diesem Zimmer stecken Erinnerungen aus meinem ganzen Leben, die sich nicht einpacken lassen.

Doch vielleicht ist es an der Zeit, sie hinter mir zu lassen.

»Du bist immer noch minderjährig«, sagt er schließlich.

»Fällt Eltern eigentlich nichts anderes ein?«, frage ich, weil mir meine Mutter letzte Nacht in Palm Springs dasselbe gesagt hat. »In ein paar Tagen bin ich nicht mehr minderjährig. Wenn du mich jetzt dazu zwingen willst hierzubleiben, bis ich achtzehn bin, nur zu. Aber dann passiert Folgendes: Sobald ich achtzehn werde, gehe ich durch diese Tür da, und du siehst mich nie wieder.«

»Das möchte ich nicht«, sagt er.

»Nein, das glaube ich dir«, setze ich meine Tirade unbeirrt fort. »Sollte ich mich je dazu entscheiden zurückzukommen, dann nur aus freien Stücken.«

»Ich möchte es wiedergutmachen.« Er klingt so verletzlich, wie ich es bei meinem Vater noch nie gehört habe. Ich glaube, von Vätern erwartet man, dass sie ihre Schwächen nicht zeigen. Meinem Vater ist das nie gelungen. Dass jedoch auch *ich* eine davon bin, ist neu.

»Dann gib mir Zeit«, rate ich ihm.

Ich schiebe mich an ihm vorbei und gehe den Flur hinunter.

»Triffst du dich noch mit ihm?«, ruft er mir hinterher.

Ich bleibe stehen und drehe mich zu ihm um: »Ja.«

»Nur, um mich zu ärgern?«

Ich schüttele den Kopf. Es ist nicht das erste Mal in meinem Leben, dass mir mein Vater leidtut. Was muss geschehen, damit jemand den Glauben an die Menschheit verliert? »Nein, ich treffe mich mit ihm, weil ich ihn liebe.«

Ich lasse die Bombe platzen und gehe weg. Soll er sehen, wie er damit fertigwird.

Kapitel zehn

✦ ✦ ✦

Peinlicherweise brauche ich ziemlich lange, bis ich merke, dass der Wagen weder einen Zündschlüssel noch ein Zündschloss hat. Ich wollte ihn ja ohnehin abfackeln, jetzt überlege ich, direkt die nächste Tankstelle anzusteuern, um Benzin für das Freudenfeuer zu besorgen. Schließlich findet Josie heraus, wie man ihn startet.

»Versuch's mal damit«, sagt sie und deutet auf einen Knopf, auf dem ON/OFF steht.

Ich trete auf die Bremse, dann drücke ich den Knopf. Schnurrend erwacht der Motor zum Leben.

»Dieser Wagen ist so sexy.« Josie streicht mit den Fingern über die lederbezogene Armlehne und dann über das Armaturenbrett. Würde mich nicht wundern, wenn sie gleich einen Orgasmus kriegt.

»Ich finde ihn schrecklich«, sage ich mit zusammengebissenen Zähnen.

»Weil er von deiner Mutter ist? Oder hast du generell ein Problem mit Luxusautos?«

»Willst du ihn haben?« Ich lasse die Schlüsselkarte zwischen uns baumeln.

Josie schnippt dagegen, dann seufzt sie. »Er gehört dir. Ich werde weiter suchen, bis ich einen Sugar Daddy finde, der mir meinen eigenen kauft.«

Ich kenne einen, der es tun würde. Bei dem Gedanken bekomme ich fast einen Würgereiz.

»Genieße es, Emma«, rät sie mir. »Es war ein mieses Jahr, und das ist nur ein Auto. Wen interessiert's, woher es stammt?«

Vielleicht hat sie recht. Ich beschließe, den Wagen »Kummer und Leid« zu nennen, das passt. Da ich später voraussichtlich für jahrelange Therapiestunden aufkommen muss, kann ich den Wagen ruhig annehmen.

»Hast du Lust auf eine Spritztour?«, lade ich sie ein.

»Liebend gern, aber ich habe meiner Mutter versprochen, sie den Sommer über zur Arbeit zu fahren, um ihr die Parkplatzsuche zu ersparen.«

»Ist es dafür nicht noch ein bisschen zu früh?« Ich blicke zur Digitaluhr am Armaturenbrett und sehe, dass es schon halb neun ist. Die Arbeitszeiten in Las Vegas entsprechen allerdings nicht unbedingt den gängigen Vorstellungen.

»Sie hat eine Anprobe.« Josie stöhnt und tätschelt die schicke Konsole zwischen uns. »Ich würde wirklich gerne noch bleiben und an dem Ding herumspielen. Ich habe das

Gefühl, das ist der Anfang einer wunderbaren Freundschaft«, raunt sie lüstern.

»Verschwinde aus meinem Wagen.« Ich schubse sie im Scherz. »Bevor du den Beifahrersitz nass machst. Ich habe sowieso noch ein paar Sachen zu erledigen. Wir sehen uns später.«

»Okay«, sagt sie, beugt sich zu mir herüber und haucht zwei Luftküsse auf meine Wangen.

»Wofür war das jetzt?« Josie schafft es immer wieder, mich zum Lachen zu bringen.

»Du bist jetzt eine Frau von Welt«, sagt sie. »Du fährst einen Mercedes.«

»Das macht mich noch nicht zu einer Europäerin.«

»Ganz wie du meinst, Herzchen.« Sie wirft mir noch eine Kusshand zu, dann steigt sie in ihren Wagen.

Ich hatte nicht damit gerechnet, so bald wieder nach Belle Mère zurückzukehren. Aber ich hab wirklich einiges zu erledigen Ich weiß, dass ich eine Prioritätenliste erstellen und mit dem Wichtigsten anfangen sollte, aber eine Sache kann ich nicht länger aufschieben.

Belle Pointe ist ein kleines Krankenhaus, nicht wie das Trauma-Center, in das man mich nach dem Unfall in Jamesons Penthouse gebracht hatte. Nach ein paar Tagen war ich aus dem Krankenhaus in die Obhut meiner Mutter entlassen worden. Leighton hatte weniger Glück. Irgendwann im letzten Monat hatte man sie vom Las Vegas General Hospital in diese angenehme Privatklinik verlegt.

Zweifellos ist sie jetzt näher bei ihren Eltern, doch die Klinik muss doppelt so teuer sein. Da Leighton immer noch nicht aufgewacht ist, bin ich mir nicht sicher, ob sie das Upgrade zu schätzen weiß. Als ich die Rezeption erreiche, weiß ich nicht, was mich erwartet. »Ich möchte gerne eine Patientin besuchen.«

»Dann müssen Sie das Formular ausfüllen.« Die Schwester macht sich nicht die Mühe, von den Papieren aufzusehen, die sie gerade sortiert. Ich suche eine Weile nach einem Kugelschreiber, bis sie den Arm ausstreckt und einen aus einem Blumentopf zieht. Oben an dem Stift ist eine Blüte festgeklebt.

»Süß.« Ich nehme ihn ihr ab.

»Sie würden staunen, wie viele Kugelschreiber sich in Luft auflösen.« Sie zuckt die Schultern und widmet sich wieder ihrer Arbeit. Dieser Laden ist nicht nur superelegant – der Wartebereich unterscheidet sich kaum von der Lobby eines Viersternehotels –, sondern es werden auch noch sozialwissenschaftliche Experimente zu so wichtigen Themen wie Kugelschreiberdiebstahl durchgeführt. Als ob die sich bei den Preisen, die man hier zahlen muss, keine Kugelschreiber leisten könnten.

Ich schreibe Leightons Namen auf, dann meinen, dazu meine Ankunftszeit, danach gebe ich der Schwester das Klemmbrett zurück.

Sie checkt es und mustert mich eine Sekunde. »Sind Sie ein Familienmitglied?«

»Muss ich eins sein?«, frage ich, um noch keine richtige Antwort zu geben.

»Sie sehen ihr nur ein bisschen ähnlich.«

Ich bin drauf und dran, ihr zu sagen, dass ich das andere

Mädchen bin, das an dem Unfall beteiligt war – diejenige, die mit bösen Schnittverletzungen und ein paar Stichen davongekommen ist –, aber das möchte ich nicht an die große Glocke hängen.

»Wie geht es ihr?«, erkundige ich mich.

»Nicht meine Station«, gibt die Krankenschwester zu. »Sie können den behandelnden Arzt fragen, wenn Sie oben sind. Sie liegt in Zimmer 321.«

Trotz der gesalzenen Rechnungen, die man hier ausstellt, scheint man es mit der Sicherheit nicht so genau zu nehmen. Ich steuere auf den Fahrstuhl zu und steige ein. Kurz bevor sich die Schiebetür schließt, entdecke ich Jonas. Ich bin wohl nicht die Einzige, die wieder zurück in der Stadt ist. Seit dem Unfall habe ich Jonas zwar nicht mehr gesehen, aber Josie, die von der halben Schule weiß, wo wer gerade ist, hat mich über die Reisen seiner Familie auf dem Laufenden gehalten. Ich überlege, ob ich den Türöffner betätigen soll, drücke dann aber doch auf die dritte Etage.

Man könnte meinen, es wäre unmöglich, dass man erst ständig mit jemandem reden möchte und ihm dann plötzlich gar nichts mehr zu sagen hat. Das haben Jonas und ich jedoch irgendwie hingekriegt. Allerdings bin ich mir ziemlich sicher, dass er das schon vor Jahren perfektioniert hat. Ich habe mich geradezu peinlich lange an eine Beziehung geklammert, die längst vorbei war.

317

319

321

Ich bleibe im Flur vor Leightons Zimmer stehen und

merke viel zu spät, dass noch andere Leute im Raum sind. Ehe ich mich leise wieder verdrücken kann, dreht sich Hugo bereits zu mir um.

»Pawnstar«, begrüßt er mich überschwänglich. Hugo Roth hat das bemerkenswerte Talent, seine Beleidigungen wie Komplimente klingen zu lassen. Für einen Außenstehenden mochte seine Begrüßung freundlich klingen, doch sie diente lediglich dem Zweck, mir zu verdeutlichen, dass ich ihm in gesellschaftlicher, finanzieller und sexueller Hinsicht unterlegen war. Er ist ein wahres Mitglied jener sogenannten Houser, der Gruppe reicher Erben, die auf die Belle Mère Prep gehen und es sich zur Aufgabe gemacht haben, so viele Leute wie möglich fertigzumachen.

»Was machst *du* denn hier?«, frage ich ihn und betrete zögernd das Zimmer. Das sollte gar kein Vorwurf sein, aber er bringt mich immer dazu, zickig zu klingen.

»Irgendjemand muss sie ja besuchen«, antwortet er lakonisch.

Ich hake nicht nach, weil ich an seinem Tonfall höre, dass ihn die Frage nervt. »Ich bin gerade erst wieder in der Stadt«, erkläre ich. »Meine Mom wollte nicht, dass ich zurückkomme, bevor ich nicht wieder ganz gesund bin.«

Hugo mustert mich von Kopf bis Fuß, dann wendet er sich ab und starrt Leighton an. Er wirkt irgendwie verloren, als er schließlich sagt: »Du siehst gut aus.«

»Ich glaube, ich hatte einfach Glück«, murmele ich leise. Wie viel Glück ich hatte, wird mir bei Leightons Anblick noch einmal überdeutlich vor Augen geführt. Sie ist an ein halbes Dutzend Maschinen angeschlossen, die ihre Herzfrequenz, ihre Atmung, den Blutdruck und Gott weiß was noch überwachen. Sie wirkt ganz klein in dem riesigen Krankenhausbett. Ihre Haut ist bleich, und auf einer Seite – dort, wo ihre Kopfhaut immer noch von Nähten verunstaltet ist – hat man ihr das blonde Haar abrasiert. Auf der anderen Seite reicht es ihr immer noch bis auf die Schulter.

»Was sagen die Ärzte?«, frage ich und merke dann, wie dumm die Frage ist. Woher soll Hugo das wissen?

Doch zu meiner Überraschung antwortet er. »Man kann noch Gehirnströme messen, aber nicht so deutlich, wie sie es gerne hätten. Eigentlich kann man nur abwarten.«

»Worauf?«, will ich wissen.

»Ob sie aufwacht oder nicht.« Seine Finger zucken, und ich brauche einen Moment, bis mir klar wird, dass er fast nach ihrer Hand gegriffen hätte. Ich trete ein paar Schritte zurück, weil ich das Bedürfnis habe, ihnen Raum zu geben. Ich sollte ihn nach dem *Dealer* fragen und versuchen, Details über die Gerüchte zu erfahren, die in Belle Mère kursieren. Er ist ziemlich gut darüber informiert, was in unserer kleinen Enklave vor sich geht. Stattdessen sage ich: »Ich werde euch zwei allein lassen.«

»Das brauchst du nicht«, sagt er. »Sie ist nicht gerade sehr gesprächig.«

Ich schiebe mir den Handtaschenbügel höher auf die Schulter. Momentan fühle ich mich auch nicht sehr gesprächig. Ich suche nach einem unverfänglichen Thema, weil ich weiß, dass ich die Hälfte der Dinge, die mir durch den Kopf gehen, nicht ansprechen sollte. »Ich habe Jonas gesehen«, platze ich heraus.

»Das muss aufregend für dich gewesen sein«, erwidert er in höhnischem Tonfall, was ich nicht weiter beachte.

»Eben, als ich heraufgekommen bin. Er ist gerade gegangen.«

»Das hast du dir nur eingebildet«, erwidert Hugo. »Der ist in Indiana oder Illinois, oder in Omaha bei seiner Großmutter.«

»Du hast gerade das halbe Land aufgezählt«, sage ich.

»Dann ist er irgendwo dazwischen.«

Falls er mit »irgendwo dazwischen« unten meint, hat er recht, aber ich reite nicht weiter darauf herum. »Hast du Pläne für den Rest der Ferien?«, frage ich, weil mir sonst nichts mehr einfällt.

Hugo stöhnt und streicht sich mit der Hand durch das struppige blonde Haar. »Ich überlege, ob ich vielleicht einen Makramee-Kurs belegen soll. Und du?«

»Ich auch.« Ich verdrehe die Augen, ich hatte ganz vergessen, was für ein Idiot Hugo Roth ist. »Ich glaube, ich sollte gehen.« Ich müsste diejenige sein, die in diesem Bett liegt. Nicht sie. Ich gehe zur Tür, und als ich gerade hinausgehen will, ruft mir Hugo hinterher: »Emma, danke, dass du vorbeigeschaut hast.«

Ich blinzele ein paar Mal und versuche zu verarbeiten, dass er mir gerade Anerkennung für etwas gezollt hat. »Gern.«

Ich gehe ein paar Schritte Richtung Fahrstuhl, dann drehe ich mich um und schleiche zu Leightons Zimmer zurück. Hugo hat seine Hand über ihre gelegt und flüstert ihr etwas zu. Ich kann nicht hören, was er sagt, aber es reicht, mich davon zu überzeugen, dass es Wunder gibt: Hugo Roth hat ein

Herz. Als ich schließlich im Fahrstuhl stehe, wird mir plötzlich etwas anderes, deutlich weniger Erfreuliches klar. Ich sehe Leighton ähnlich. Ich *könnte* nicht nur in diesem Bett liegen!, geht mir jetzt mit erschreckender Deutlichkeit auf.

Ich sollte es auch.

Kapitel elf

✦ ✦ ✦

Als ich den Laden betrete, bimmelt die Türglocke. Sofort packt mich die Nostalgie – nicht nur, weil der ganze Laden voller Plunder ist, sondern weil ich ihn fast mein ganzes Leben lang als mein Zuhause angesehen habe. Es gab Zeiten, in denen ich im Hinterzimmer mit Becca in einem Kinderbettchen geschlafen habe. Seit ich zählen konnte, hatte ich umsonst hier gearbeitet, um die Schutzbestimmungen gegen Kinderarbeit zu unterlaufen. Ich habe immer gedacht, ich würde einen wesentlichen Beitrag dazu leisten, den Laden am Laufen zu halten, doch jetzt weiß ich, dass ich nur eine Behelfslösung war. Ich kann es mir nicht zur Lebensaufgabe machen, das Leben meines Vaters irgendwie zusammenzuhalten, und das hier ist der erste Ort, von dem ich mich lösen muss, damit er das begreift.

Jerry hört auf, die Vitrine mit den Pistolen aus der Bürgerkriegszeit zu dekorieren, und sieht hoch, um den neuen Kunden zu begrüßen. Als er mich erblickt, freut er sich offensichtlich. Ich wette, dass er schon lange auf seine Mittagspause wartet. Er kommt hinter dem Tresen hervor, um mich zu begrüßen, und streicht sich das strähnige Haar aus den Augen.

»Ich habe mich schon gefragt, wann du wohl zurückkommen würdest.« Als er mich umarmt, lasse ich es geschehen und tätschele ihm verlegen die Schulter. »Ohne dich ist es nicht mehr derselbe Laden.«

Ich kann mir gut vorstellen, was er meint. Der Lohn wird unregelmäßig gezahlt, Einnahmen kommen nicht rechtzeitig zur Bank, und er hängt hier den ganzen Tag fest. Aber ich nehme es trotzdem als Kompliment.

»Ich bin nur auf einen Sprung vorbeigekommen, um etwas abzuholen.«

Ihm fällt das Lächeln aus dem Gesicht. »Oh. Ich dachte, du bist jetzt wieder zu Hause und hilfst im Sommer.«

»Meine Mom möchte nicht, dass ich im Laden arbeite, weil … ich den Unfall hatte«, lüge ich.

Jerry stößt einen langgezogenen Pfiff aus. »Hältst du das für klug? Ich weiß nicht, wie wir den Laden hier ohne dich am Laufen halten sollen.«

Wir bestimmt nicht.

»Dad wird schon dafür sorgen, dass alles seinen geregelten Gang geht.« Ich schlängele mich an ihm vorbei zur Registrierkasse. Er beobachtet mich neugierig, versucht aber nicht, mich aufzuhalten. Ich bin nicht wegen des Geldes hier. Außerdem bezweifle ich, dass allzu viel davon da ist.

»Wir wissen beide, dass das nicht stimmt, Emma. Ohne dich schafft er es nicht, den Laden zu halten.«

Anscheinend ist Jerry während meiner Zeit in Palm Springs so etwas wie ein Rückgrat gewachsen. Es kam mir sonst immer so vor, als würde er alles hinnehmen. Als gehörte er zu jenen Männern, die ihre Zeit in schmuddeligen Hinterzimmer-Bars verbringen und sich von Lederfrauen auspeitschen lassen. Ich ziehe eine Schublade auf, wühle darin herum, bis ich die Visitenkarte entdecke, die ich hier vor ein paar Wochen hineingelegt habe, und schiebe sie in die Gesäßtasche meiner abgeschnittenen Jeans. Dann schließe ich die Schublade wieder. Jerry hat es nicht verdient, angelogen zu werden, schon gar nicht nach all den Jahren, die er schon in diesem Laden steht. »Wahrscheinlich hast du recht, aber ich kann nicht den Rest meines Lebens damit verbringen, ihn zu unterstützen.«

»Das solltest du auch nicht«, sagt er leise. »Dafür bist du zu jung … und zu hübsch«, schickt er ungelenk hinterher.

Ich lächele ein wenig und hoffe, dadurch seine Gefühle nicht noch zu fördern, die er seit ein paar Monaten für mich zu entwickeln scheint. Jerry ist süß, aber ich kann mir keine Fesseln anlegen, nur um ihm zu helfen. Dann steuere ich auf die Tür zu, bereit, diesem Ort für alle Zeit den Rücken zu kehren. Ich halte inne und lasse das Ganze ein letztes Mal auf mich wirken.

Die Trikots mit den Autogrammen längst abgetretener Sportler, die Gitarren, auf denen ehemalige Rockstars spielten, alte Waffen und der Kleinkram von Kindern, den sie nicht mehr benötigten, als sie erwachsen wurden. Der ganze Laden ist eine einzige Ermahnung loszulassen. Hier scheint die Zeit stehen geblieben zu sein, und wenn man nicht aufpasst, bleibt man darin stecken. Ich drehe mich um und stelle mich auf die Zehenspitzen, um Jerry einen Kuss auf die Wange zu geben. »Du solltest hier auch nicht versauern«, sage ich.

»Einer muss den Laden doch schmeißen.« Er kratzt sich am Kopf und folgt meinem Blick durch den großen, offenen Raum. Ich kann sehen, dass er in der Zeitschleife feststeckt.

»Ja, mein Dad«, rufe ich ihm ins Gedächtnis. »Das sind nicht deine Probleme, und es sind auch nicht deine Schätze.«

Dabei lasse ich es bewenden. Im Hinausgehen rufe ich ihm ein letztes Mal über meine Schulter hinweg zu: »Bis bald mal, Jerry.«

»Bis bald, Emma.«

Bevor ich in den Mercedes steige, ziehe ich die Visitenkarte aus meiner Hosentasche und betrachte sie einen Moment:

Dominik Chamber.

Er war mit einer nachgemachten Babe-Ruth-Baseballkarte zu mir gekommen. Am Ende hatte er die Fälschung wieder mitgenommen und seine Visitenkarte dagelassen. Damals ahnte ich nicht, dass ich sie irgendwann würde gebrauchen können. Jetzt weiß ich, warum ich sie aufbewahrt habe. Doch der Gedanke, jemanden um Hilfe zu bitten und seine Aufmerksamkeit auf ein Problem zu lenken, von dem ich noch nicht einmal weiß, ob es real ist, schlägt mir schwer auf den Magen.

Ich stopfe die Karte ins Handschuhfach. Vielleicht lasse ich sie dort ein paar Tage marinieren, bis ich weiß, was ich tun will. Als ich vom Pawnography-Parkplatz fahre, weiß ich, dass das mein letzter Besuch war. Ein bittersüßes Gefühl. Ich dachte, dieser Laden wäre meine Zukunft – oder vielmehr eine Fußfessel mit Eisenkugel, die ich mein Leben lang mit mir herumschleifen müsste. Vielleicht wird es zwischen meinem Dad und mir nie mehr so sein wie früher, aber ich muss zugeben, dass er mir mit seiner Aktion eigentlich den Weg in die Freiheit geebnet hat.

»Ach, Emma«, sage ich leicht angewidert zu mir selbst. »Geht es vielleicht noch kitschiger?«

In meiner Handtasche suche ich nach einer Sonnenbrille, um mich vor der blendenden Mittagssonne zu schützen, die durch die Windschutzscheibe strahlt.

Es gibt nur einen einzigen Menschen, den ich jetzt gern sehen würde. Ich will ihn gerade anrufen, als mir ein kastanienbrauner Chevy Monte Carlo auffällt, der hinter mir fährt. Er springt mir ins Auge, weil es derselbe Monte Carlo ist, der vorhin auf dem Pawnography-Parkplatz stand. Ein anderer Wagen auf einem ansonsten leeren Parkplatz fällt einfach auf. Obwohl ich es vielleicht besser nicht tun sollte, schalte ich mein Handy ein und gehe auf Instagram. Es sieht aus, als wäre der *Dealer* heute fleißig gewesen. Ganz oben in seiner Timeline ist ein Foto von Josie, die eine Einkaufstüte voller Toilettenpapier trägt. Ich versuche, weiterzuscrollen und dabei gleichzeitig die Straße im Auge zu behalten, aber von mir gibt es noch nichts Neues – bis jetzt jedenfalls.

Die Scheiben des Monte Carlo sind getönt, deshalb kann ich nicht hineinsehen, und der Fahrer hält so viel Abstand, dass ich sowieso keine Details erkennen kann. Ich setze den Blinker und beschließe, meinen Verdacht zu überprüfen, indem ich in selbstmörderischem Tempo mehrere Fahrspuren überquere und die nächste Abfahrt nehme. Und siehe da, Mister Monte Carlo folgt mir.

Ich habe den *Dealer* im Blick, oder zumindest im Rückspiegel. Jetzt muss ich mir nur noch überlegen, was ich mit ihm anstelle. Bis jetzt hat sich dieses Schwein damit zufriedengegeben, seine Paparazzigelüste zu befriedigen. Was passiert wohl, wenn er merkt, dass ich weiß, dass er mir folgt? Ein Schaudern rieselt über meinen Rücken, und ich drücke auf die Wahlwiederholung. Jameson meldet sich bereits nach dem ersten Klingeln. »Guten Morgen, Herzogin.«

»Es ist früher Nachmittag«, informiere ich ihn.

»Stimmt«, sagt er gähnend. Für eine Sekunde lasse ich mich von der Vorstellung ablenken, wie er jetzt seine fantastischen Arme über den Kopf streckt und außer der Bettdecke nichts anhat.

»Ich habe ein Problem.« Ich muss auf den Punkt kommen und darf mich nicht ablenken lassen.

»Was ist los?« Sofort ist der laszive Ton aus seiner Stimme verschwunden, jetzt ist er hellwach und besorgt.

»Ich bin mir ziemlich sicher, dass ich verfolgt werde. Ich glaube, es ist vielleicht der *Dealer*.« Ich blicke in den Rückspiegel, um zu checken, ob er noch da ist. Ja, ist er.

»Okay, dann bleib am Telefon und komm zu mir.«

»Nein. Ich überlege, ob ich ihn irgendwie in die Falle locken kann. Ich könnte zum Beispiel vor einem Laden parken und abwarten, und wenn er mir dann folgen will …«

»Komm direkt zu mir nach Hause«, fällt mir Jameson ins Wort, bevor ich den Rest meines unausgegorenen Plans herunterrasseln kann.

»Ich fahre jetzt nicht den ganzen Weg bis zum Mount Charleston hoch.«

»Du fährst? Mit wessen Wagen?« Ich umklammere das Lenkrad. »Jameson! Wo kann ich hinfahren? Ich fahre nicht zum Mount Charleston.«

»Zu unserem Haus in Belle Mère«, korrigiert mich Jameson.

»Verdammt, wie viele Häuser habt ihr hier in dieser Stadt?«, blaffe ich ihn in meiner Panik an. So viel zum Thema »ruhig und überlegt«. Anscheinend verwandele ich mich gerade in eine Oberzicke.

Aber er ignoriert meinen Ton und gibt mir in aller Ruhe eine Wegbeschreibung.

»Das kann ich mir nicht alles merken.«

»Dann bleib einfach am Telefon und sag mir, wo du gerade bist.« Ich brauche ein paar Sekunden, bis ich ihm die nächste Straßenkreuzung nennen kann, aber als ich es tue, stöhnt er erleichtert auf. »Okay, dann biege an der nächsten Möglichkeit nach links ab.« Mit einer Engelsgeduld lenkt er mich daraufhin bis zu sich nach Hause. Und die ganze Zeit über folgt mir der Monte Carlo.

»Euer Tor ist zu«, erkläre ich ihm, als ich in seine Einfahrt abbiege und sehe, dass ein mächtiges schmiedeeisernes Tor meine Rettung verhindert.

»Ich habe es gerade aufgemacht.« Wie aufs Stichwort gleiten die beiden Flügel zur Seite. Ich warte gerade lange genug, bis ich sicher bin, dass der Mercedes hindurchpasst, dann gebe ich Gas. Unter normalen Umständen hätte ich vielleicht noch kostbare Sekunden damit verschwendet, das

Haus zu bewundern, aber der Immobilienbesitz der Wests ist das Letzte, was mich momentan interessiert.

Jameson wartet barfuß in der Auffahrt zum Haus. Er ist nur mit einer Jeans bekleidet, was mir einen Blick auf sein Sixpack gewährt, und dem wirren Zustand seines kupferroten Haars nach zu urteilen, kommt er tatsächlich gerade aus dem Bett. Jetzt will ich nur noch, dass er mich fest in seine starken Arme schließt. Ich schalte den Wagen in den Leerlauf, mache mir nicht einmal die Mühe, den Motor auszuschalten, und renne zu ihm. Dann vergrabe ich mein Gesicht an seiner Brust und atme seinen Duft ein: Seife und die letzten Spuren vom gestrigen Eau de Toilette, gemischt mit etwas Schweiß, als ob er sich im Schlaf herumgewälzt hätte.

Mit dem Zeigefinger hebt er mein Kinn hoch. »Versprichst du mir, dass du nicht mehr herumläufst und den Lockvogel spielst?«

»Ich dachte nur …«, hebe ich an, doch er fällt mir ins Wort.

»Das ist nicht sicher, Emma, und ich will, dass du in Sicherheit bist.«

»Ja, ich bin dein Alibi«, stammele ich und versuche, mich ihm zu entziehen.

Jameson hält mich noch fester. »Das ist nicht der Grund, warum ich nicht möchte, dass dir etwas passiert, Herzogin.«

»Es tut mir leid …« Aber die Entschuldigung bleibt mir im Hals stecken, als der Monte Carlo die Einfahrt hochgefahren kommt.

»Du hast das Tor nicht zugemacht«, schreie ich Jameson an.

»Bitte bleib jetzt ganz ruhig «, sagt er.

Ich entwinde mich ihm, und sofort ist mir klar, dass mehr hinter der Sache steckt. »Was hast du getan?«

»Ich will, dass dir nichts passiert«, wiederholt er.

»Jameson, was hast du getan?«, will ich wissen. Der Fahrer des Monte Carlo steigt aus dem Wagen und kommt auf uns zu. Unterwegs macht er an meinem Mercedes halt, beugt sich hinein und schaltet den Motor aus.

Ein merkwürdiges Verhalten für einen Psycho.

Ich hatte erwartet, der *Dealer* sei jemand, den wir kennen, jemand, der ein persönliches Interesse an unseren Geheimnissen hat, aber diesen Mann habe ich noch nie zuvor gesehen, daran würde ich mich erinnern. Der Kerl lässt den Wrestler Dwayne The Rock Johnson wie einen Schwächling aussehen. Wahrscheinlich könnte er The Rock zum Frühstück verspeisen. Sein Hals ist breiter als sein Kopf, und von dort bis hinunter zu den breiten Schultern und den unmenschlich mächtigen Armen treten dicke Venen hervor. Wenn mir jemand erzählte, der Typ würde Pythons schmuggeln, indem er sie sich um diese Oberarme schlingt, würde ich es glauben.

»Das ist Maddox«, teilt Jameson mir mit. »Er ist ein ehemaliger Navy Seal.«

»Und mein neuer Stalker«, füge ich hinzu.

»Und dein neuer Bodyguard«, berichtigt mich Jameson.

Ich fahre zu Maddox herum und habe nicht bemerkt, dass er inzwischen direkt hinter mir steht. Um ihm ins Gesicht zu sehen, muss ich den Kopf in den Nacken legen, als ich sage: »Danke, Maddox. Nett, Sie kennenzulernen, aber wir benötigen Ihre Dienste nicht.«

Maddox blickt zu Jameson, der gönnerhaft mit dem Kopf nickt, als wollte er sagen: Sie können fürs Erste abtreten. Dann nimmt er meine Hand und zieht mich ins Haus.

»Ich brauche keinen Bodyguard«, zische ich. »Die Vorstellung, dass mir jemand Tag und Nacht folgt, macht mich wahnsinnig.«

»Da bin ich anderer Meinung«, widerspricht Jameson.

»Das spielt keine Rolle. Ich habe dir nicht erlaubt, jemanden anzuheuern, der mir ständig folgt.«

»Nein, das hast du nicht. Aber ich habe das mit deiner Mutter besprochen.«

»Du hast mit meiner Mutter gesprochen?« Ich beschleunige meinen Schritt, denn ich brauche etwas Abstand zu ihm, auch wenn es nur ein paar Zentimeter sind. Es kommt mir vor, als würde er sich mit ihr verbünden, so nach dem Motto: Emma ist noch minderjährig, und wir können mit ihr machen, was wir wollen.

»Ich habe mir schon gedacht, dass du in dieser Sache nicht meiner Meinung sein und dich widersetzen würdest.«

»Und du hast gedacht, bei meiner Mutter wäre das nicht der Fall?«, frage ich. Wenn das stimmt, kennt mich Jameson West nicht halb so gut, wie er glaubt.

»Es geht um deine Sicherheit. Ich will dich nicht kontrollieren, ich muss nur wissen, dass du in Sicherheit bist.«

»Du wiederholst dich. Ich glaube, du weißt überhaupt nicht, was das Wort bedeutet, ich bin in Sicherheit. Der Unfall war nicht mehr als das: ein Unfall.«

Anscheinend ist er auf diese Reaktion schon vorbereitet, denn er zuckt nicht mit der Wimper. »Hans und deine Mutter haben dich in Palm Springs die ganze Zeit über beobachten lassen.«

»Was?« Damit habe ich nicht gerechnet. »Ich habe doch kaum das Haus verlassen.«

»Die saßen vor dem Haus, und wenn du weggegangen bist, sind sie dir gefolgt.«

Wie zum Teufel konnte ich das nicht mitbekommen? »Ihr hättet einen Preis für Paranoia verdient. Zu Weihnachten schenke ich euch allen Aluhüte.«

»Das ist keine Paranoia, Herzogin. Jemand hat dich durch das Fenster gestoßen. Ich kann nicht die ganze Zeit bei dir sein.« Er klingt nicht bittend, sondern äußerst bestimmt. Die Sache wurde bereits über meinen Kopf hinweg entschieden. »Als du beschlossen hast, Palm Springs zu verlassen, habe ich mich mit deiner Mutter in Verbindung gesetzt, weil ich meinen Mann auf dich ansetzen wollte.«

»Ich will aber keinen Mann bei mir haben«, erkläre ich ihm und stoße ihn vor die Brust. »Und dich schon gar nicht.«

Ein frustriertes Knurren löst sich aus seiner Brust, er macht einen Schritt nach vorn und drängt mich gegen eine Wand. »Sie hätten sonst Hans' Männer geschickt«, informiert er mich. »Und ich will nicht, dass dieser Widerling je wieder mit dir zu tun hat.«

»Das gibt dir nicht das Recht, mich beschatten zu lassen.«

»Es ist eine Vorsichtsmaßnahme. Mehr nicht.«

Als ich mich darüber aufregen will, presst er seine Lippen auf meine und küsst mich, bis mir die Sinne schwinden. Meine Wut verraucht. Es ist eine wirksame Methode, die Diskussion zu beenden.

Meine Finger streichen über sein Sixpack. Schwer atmend löse ich mich von ihm, berühre mit den Lippen aber noch seinen Mund. »Darüber ist das letzte Wort noch nicht gesprochen.«

»Ich bin doch nicht blöd, Herzogin.« Er leckt mir einladend über die Unterlippe.

»Du bist total blöd«, stöhne ich. »Mit deinem blöden Mund und deinem blöden Körper.«

»Ja, genau so, Baby. Versuch, so sauer zu bleiben.« Er reibt sich an mir und lenkt meine Aufmerksamkeit auf einen ganz anderen, aber nicht weniger intensiven Gefühlsbereich. »Du bist so süß, wenn du sauer bist.«

»Ich werde dir zeigen, wie süß ich bin!« Aber ich schaffe es nicht, meine Lippen von ihm zu lösen. Jameson beantwortet meinen Kuss mit einem Stöhnen und hebt mich hoch. Meine Oberschenkel berühren seine heiße, bloße Haut, die wilde Seite in mir gewinnt die Oberhand und versucht, sich mit ihren Krallen freizukämpfen.

Ich bin wütend auf ihn. Aber wahrscheinlich bekommt er das gar nicht mit, weil ich mich um ihn gewickelt habe. Ich schlinge meine Arme um seinen Oberkörper und grabe meine Fingernägel in seinen Rücken. Als Antwort presst er mich gegen die Wand.

»Lass es raus, Herzogin«, drängt er mich. »Zeig mir, wie hübsch du bist, wenn du mich hasst.«

Oh Gott, ich wünschte, ich würde ihn hassen. Dann wäre es so viel einfacher, aus dieser Tür hinauszumarschieren und mein Leben in die Hand zu nehmen.

»Ich hasse dich«, stöhne ich an seinen Lippen. Er saugt

meine Worte mit einem Kuss ein und drängt seine Zunge tief in meinen Mund. Wenn meine Worte nicht reichen, um meinen Standpunkt klarzumachen, muss ich ihm wohl meine Nägel über den Rücken ziehen.

Er wimmert vernehmlich, dann flüstert er: »Ich hab dir doch gesagt, dass ich darauf stehe.«

Auf die harte Tour? Die kann er haben. Als er mich wieder küssen will, beiße ich ihm fest in die Lippe, bis Blut über meine Zunge fließt. Er weicht zurück und streicht mit der Zunge über seine verletzte Lippe. »Wenn du nicht aufpasst, kann ich bald nicht mehr aufhören.«

»Womit aufhören?«, keuche ich.

Er antwortet mit einem Stoß, den ich durch zwei Schichten Baumwolle spüren kann.

»Habe ich gesagt, dass du aufhören sollst?«, frage ich.

»Pass jetzt ganz genau auf, was du sagst, Herzogin«, warnt er mich, »sonst landest du noch nackt in meinem Bett.«

»Vielleicht ist genau das ja mein Ziel.«

»Du hasst mich doch«, erinnert er mich.

Ich liebe dich. Die Worte liegen mir auf der Zunge, aber ich schlucke sie hinunter. Jetzt ist nicht der geeignete Zeitpunkt, um sein Verhalten mit Liebeserklärungen zu belohnen.

»Verdammt noch mal, Jameson, bring mich ins Bett.«

»Kommt nicht infrage«, sagt er und grinst. »Nicht wütend. Jedenfalls nicht beim ersten Mal.«

Ich kann mir nicht helfen, aber irgendwie gefällt mir die Vorstellung, dass es ein zweites oder drittes Mal geben könnte. Ich glaube nicht, dass ich jemals genug von ihm bekommen werde, und wenn er sich weiterhin so benimmt, werden wir zukünftig eine ganze Menge wütenden Sex haben.

Doch in mir wächst ein Verlangen, das ich nicht ignorieren kann, deshalb beschließe ich, die Taktik zu ändern.

»Willst du denn gar nicht mit mir ins Bett gehen?«

»Du sollst mit fairen Waffen kämpfen«, verlangt er. »Wenn du schmollst, bin ich verloren.«

Ich schiebe die Unterlippe vor und weiß genau, dass ich über die nötigen Waffen verfüge, meinen Willen zu bekommen. Ich lasse die Hüften kreisen und reibe mich an ihm. Es gibt viele Wege, ihn scharfzumachen. »Bitte?«

»Gott.« Er packt mich an den Hüften und zwingt mich, aufzuhören. »Ich will die Kontrolle behalten.«

»Und ich will, dass du die Kontrolle verlierst«, flüstere ich.

»Geht es dir darum? Ist das hier ein Machtkampf?« Er streicht mit der Nase über meinen Hals, dann küsst er mich auf die Schulter. »Denn du hast alle Trümpfe in der Hand, Herzogin.«

Ich höre auf zu schmollen und genieße sein Geständnis.

»Du siehst aus, als wärst du mit dir zufrieden«, bemerkt er.

Ich presse die Fersen in seinen Rücken und zwinge ihn, seinen Körper noch fester an meinen zu drücken. »Ich habe die Trümpfe in der Hand?«

»Ja«, raunt er.

»Dann bring mich ins Bett«, fordere ich ihn auf.

Kapitel zwölf

Während er unsere verschlungenen Körper durch das Foyer in Richtung Treppe manövriert, küsst er mich, doch bevor er mich zu meinem gewünschten Ziel tragen kann, hören wir eine vertraute Stimme kreischen.

Jameson bleibt stehen, und wir lösen unsere Lippen voneinander, ohne uns aus den Augen zu lassen. »Wir haben Gesellschaft.«

»Den Eindruck habe ich auch«, knurre ich. »Was muss ein Mädchen denn noch alles anstellen, um zu ihrem Recht zu kommen?«

Jameson kichert leise, löst unsere Körper voneinander und stellt mich sicher auf die Füße.

»Jameson, Liebling«, ruft seine Mutter, »bitte zieh dir ein Hemd an. Schön, dich wiederzusehen, Emma.«

»Freut mich auch auch, Mrs. West.« Ich versuche erst gar nicht, so zu tun, als würde ich mich darüber freuen, dass Monroe bei ihr ist. Die beiden sind mit Einkaufstüten beladen.

»Soll ich euch helfen?«, bietet Jameson an und lässt mich stehen. Sofort vermisse ich das Gefühl seiner Haut auf meiner.

Die Liebe verwandelt mich in einen hilflosen Plüschhasen mit großen Augen.

»Hemd«, wiederholt sie. Ich muss mir ein Kichern verkneifen, als ich sehe, was für ein langes Gesicht Jameson zieht, aber er nickt und rennt, zwei Stufen auf einmal nehmend, die Treppe hinauf.

Ich bleibe eine Minute stehen und überlege, wo ich hingehen soll. Ihm hinterherzulaufen scheint mir keine gute Idee zu sein, denn wenn ich mich nicht irre, hat uns seine Mutter gerade einen Strich durch unsere nachmittäglichen Sexkapaden gemacht. Also marschiere ich quer durch die Halle und lande in der Küche.

»Oh, Mist«, knurrt Monroe, als sie mich sieht. »Mom, die Putzfrau hat vergessen, den Müll rauszubringen.«

»Bevor ich es vergesse. Ich habe dir ein Geschenk mitgebracht«, sage ich zu ihr. Dann zeige ich ihr den Mittelfinger.

»Das hat Stil.«

»Habe ich von dir gelernt«, entgegne ich.

Sie dreht sich schwungvoll um, lässt die Tüten auf die Kücheninsel fallen und wirft dabei ihr glattes blondes Haar über die Schultern. Nun taucht Jameson wieder auf, der sich inzwischen ein Hemd übergezogen hat, im Schlepptau seine Mutter. Er nimmt meine Hand und führt sie für einen flüchtigen Kuss an seine Lippen. Evelyn mustert ihn kurz, dann nickt sie anerkennend. »Das ist besser.«

Er zwinkert mir zu und geht zum Kühlschrank. Unterwegs gibt er seiner Mutter einen Kuss auf die Wange. Er holt eine Pizzaschachtel heraus, doch bevor er sie öffnen kann, schlägt ihm seine Mutter die Hand weg.

»Das willst du doch jetzt wohl nicht essen?«

»Ich habe Hunger«, protestiert er, doch dann wirft er die Schachtel in den Müll.

Sie wuselt ihm zärtlich durchs Haar. »Bist du gerade erst aufgestanden?«

Monroe blickt zu mir herüber und grinst. »Anscheinend ist er im Bett aufgehalten worden.«

Jameson reagiert sofort auf die Unterstellung seiner Schwester, tritt zu mir und legt mir den Arm um die Schultern. »Emma ist gerade erst gekommen. Sie ist eine Dame, im Gegensatz zu einigen anderen.«

»Keine Ahnung, worauf du anspielst.« Monroe zuckt die Schultern und betrachtet ihre lackierten Fingernägel. »Ich sage nur, was ich sehe.«

Sosehr ich Monroe verachte, sosehr mag ich Jamesons Mutter. Es ist nicht nötig, die Dinge noch peinlicher werden zu lassen. Es genügt, dass sie uns vorhin beim Herumknutschen erwischt hat. Evelyn West versteht es nicht nur meisterhaft, jederzeit gepflegt auszusehen, sondern verfügt auch über die Gabe, es zu ignorieren, wenn ihre Kinder sich kabbeln.

»Emma, möchtest du etwas zu essen?«, fragt sie mich, zieht ein Tablett mit Rohkost aus dem Kühlschrank und stellt es auf den Küchentresen.

»Nein, danke.« Ich schüttele den Kopf. Ich bin immer noch ganz aufgewühlt von meinem morgendlichen Versuch, meinem eigenen Bodyguard zu entfliehen, und der Streit mit Jameson, der für mich noch nicht geklärt ist, hängt mir auch nach.

»Ist auch besser so«, sagt Monroe. »Sieht aus, als hättest du in Palm Springs gut zu essen bekommen.«

Jetzt reagiert ihre Mutter doch. Sie wendet sich an Monroe und wirft ihr einen bösen Blick zu. »Ich möchte nicht, dass meine Tochter so mit einer anderen Frau spricht.«

»Mom, aber ich hab doch nur …«

Evelyn bringt sie mit einem einzigen Blick zum Schweigen. »Kein Aber.«

»Das war nicht gerade damenhaft«, mischt sich Jameson ein.

»Es ist mir egal, ob ihr beide Damen seid. Darum wird meines Erachtens heute zu viel Gewese gemacht. Aber Mädchen haben so schon genug Probleme, ohne sich auch noch gegenseitig die Augen auszukratzen.« Da hat sie allerdings recht, das ist uns beiden klar, deshalb sagt keine von uns mehr etwas.

»Zeig Jameson, was wir mitgebracht haben«, schlägt Evelyn vor, nachdem wir uns ein paar Minuten lang von unserer besten Seite gezeigt haben.

»Das will er gar nicht sehen, Mom.« Zum ersten Mal, seit ich sie kenne, wirkt Monroe verlegen. Das will ich mir auf keinen Fall entgehen lassen. Ich trete einen Schritt zurück und sehe ihr zu, wie sie ein paar Kerzen und ein gerahmtes Bild hervorzieht.

»Ich halte es für das Beste, wenn sich Monroe hier wieder ihr Zimmer einrichtet«, erklärt Evelyn Jameson und klingt dabei ziemlich emotional. »Ich will nicht, dass ihr zwei ins Penthouse zurückgeht.«

Ich rechne damit, dass die beiden sich das nicht gefallen lassen, doch stattdessen nicken sie nur. Ich bin immer davon ausgegangen, dass Monroes mangelnder Respekt vor Autoritätspersonen auf das Geld ihres Vaters zurückzuführen ist. Denn was spielt es für eine Rolle, was Leute von einem denken, wenn man sich ihren Respekt oder zumindest ihr Schweigen erkaufen kann? In Gegenwart ihrer Mutter ist sie anders. Hätte ich ihr Gezicke nicht schon im Übermaß ertragen müssen, würde ich sie jetzt vielleicht sogar ein bisschen mögen.

»Ich habe noch ein paar Sachen im Auto«, sagt Evelyn zu Jameson. »Kannst du mir damit helfen?«

Er sieht mich an, als wollte er sich vergewissern, ob das für mich in Ordnung ist, doch sie hakt sich schon bei ihm ein.

»Hast du etwas dagegen, dass ich mir den Herrn des Hauses einmal ausleihe?« Sie klingt ganz traurig, und ich sehe, wie viel Anstrengung es sie kostet zu lächeln.

»Natürlich nicht.« Eine andere Antwort kommt ohnehin nicht infrage.

Außerdem habe ich gerade fast eine Stunde damit verbracht, Jameson zu überzeugen, dass ich keinen Babysitter brauche. Wenn ich ihn dazu bringen will, Maddox zurückzupfeifen, muss ich lernen, mit jeder Situation selbst fertigzuwerden. Sogar wenn Monroe, alias die böse Hexe des Westens, darin eine Rolle spielt.

Monroe und ich starren uns an. Keine sagt ein Wort. Sie nimmt sich einen Möhrenstick von dem Rohkosttablett, das uns ihre Mutter hingestellt hat, und mümmelt ihn weg. Ihr Knabbern ist das einzige Geräusch in der Küche. Ich tue es ihr nach und kaue gedankenverloren vor mich hin, um mir die Zeit zu vertreiben. Vielleicht schaffen wir es nicht, nett zueinander zu sein, aber wenigstens gelingt es uns, die Klappe zu halten und einander für ein paar Minuten zu tolerieren.

»Hugo meint, du hast im Krankenhaus vorbeigeschaut«, sagt Monroe schließlich. Anscheinend lässt unsere Beziehung jetzt auch Smalltalk zu.

»Habe ich«, murmele ich.

»Wie sah sie aus? Ich bringe es nicht fertig hinzugehen«, gibt sie zu. »Krankenhäuser sind nicht so mein Ding.«

»Du hast sie noch gar nicht besucht?«

Sie hört den vorwurfsvollen Unterton in meiner Stimme und verengt die Augen. Sofort bereue ich meine Worte. »Doch«, sagt sie, wie um sich zu rechtfertigen. »Aber nur ein Mal.«

»Ja, ich mag Krankenhäuser auch nicht.« Ich nehme mir vor, es mit einer anderen Taktik zu versuchen. Denn Jameson wird vorerst hierbleiben, so viel steht fest. Jedenfalls, solange ich auch noch ein Wörtchen mitzureden habe. Also muss ich mich wohl mit seiner Familie arrangieren – ob es mir nun gefällt oder nicht. Auch mit Monroe. Und solange ich nicht mit allen zusammen in ein gruseliges Mehrgenerationen-Projekt ziehen muss, kann ich es wenigstens versuchen.

»Sie sah blass aus«, berichte ich also. »Ich bin nicht lange geblieben. Ich hatte nicht damit gerechnet, dass Hugo dort sein würde.«

»Er ist immer da.« Monroe bestätigt, was ich bereits vermutet habe, als ich ihn bei ihr sah. Mehr braucht sie nicht zu sagen.

»Ich wusste gar nicht, dass sie sich so nahestehen.«

»Ich glaube, er auch nicht«, verrät sie. »Schon komisch, dass man erst merkt, was man für jemanden empfindet, wenn man keine Gelegenheit mehr hat, es ihm zu sagen.«

Ist denn heute alles anders? Plötzlich verspüre ich das Bedürfnis, sie in den Arm zu nehmen. Ich lasse es bleiben, denn ich weiß, das wäre ein bisschen viel auf einmal. Daran wird sich vermutlich auch nichts ändern.

Da erscheinen Jameson und Evelyn wieder auf der Bildfläche und erlösen uns.

»Ich dachte, ich koche uns heute etwas zum Abendessen.« Als sie das sagt, flackert ein wenig Hoffnung in Evelyn Wests Augen auf, die aber gleich wieder erlischt. Sie gibt sich Mühe, stark zu sein, das ist unübersehbar. Vielleicht behandeln ihre Kinder sie deshalb zartfühlend.

»Hättest du Lust zu bleiben?«, fragt sie mich.

»Das würde ich gern, aber ich habe meiner besten Freundin versprochen …«

Sie unterbricht meinen Rechtfertigungsversuch mit einer Handbewegung. »Du brauchst dich nicht zu entschuldigen. Dann beim nächsten Mal.«

Jameson blickt zu mir herüber und hört auf, die Einkaufstüten auszupacken. »Mom, ich begleite Emma eben zu ihrem Wagen.«

Sie nickt und lässt sich darüber aus, in welcher Farbe Monroe ihr Zimmer streichen könnte. Jameson nimmt nicht meine Hand, als er mich zu meinem Wagen zurückbegleitet. »Das vorhin tut mir leid«, sagt er.

»Aber du wirst mich trotzdem noch von Maddox verfolgen lassen?«, rate ich.

»Darüber kannst du dich so viel aufregen, wie du willst.«

»Das ist gut«, schieße ich zurück, »denn genau das habe ich vor.«

Er legt mir eine Hand auf die Wange. »Du bist echt ein Knaller, Emma Southerly.«

Ich setze ein süßes Lächeln auf. Der soll mich erst mal erleben, wenn der Knaller losgeht.

Kapitel dreizehn

»Jetzt bin ich fürs Klopapierkaufen berühmt«, verkündet Josie und hängt ihre Tasche über einen Stuhl in der Ecke. »Hast du es schon gesehen?«

Ich blicke von meinem Laptop hoch und schneide eine Grimasse. Sie hält den Beutel vom Drogeriemarkt hoch, mit dem sie auf dem Foto vom *Dealer* ist. »Ja, hab ich.«

Die eigentliche Frage ist doch, ob sie darüber nachgedacht hat, was das bedeutet. Josie geht zu ihrer Kommode und zieht ein extragroßes T-Shirt heraus.

»Mein Busen bringt mich noch um.« Sie streift ihr Oberteil ab und zieht das bequeme Shirt über. »Ich bin froh, dass er nur das Klopapier und nicht meine Tampons auf dem Bild hat. Es ist auch ohne Fotobeweis schon schlimm genug, wenn man die Rote Karte gezogen hat.«

Ich klappe meinen Computer zu und überlege, wie ich es am besten zur Sprache bringen soll. »Dann wurde das Foto heute Nachmittag aufgenommen?«

»Hier ist der Beweis.« Sie deutet auf das Toilettenpapier, das oben aus dem Plastikbeutel hervorragt.

»Hast du jemanden gesehen? Wie er dich fotografiert hat, meine ich?« Ich zwinge mich, direkt zum Punkt zu kommen.

»Nein.« Sie legt sich aufs Bett und blickt an die Schlafzimmerdecke. Ich werfe mich neben sie. Da oben kleben immer noch dutzendweise Plastiksterne, die im Dunkeln leuchten. »Weißt du noch, als wir die angeklebt haben?«

»Deine Mutter war überzeugt, dass euch der Vermieter rausschmeißen wird«, erinnere ich mich lachend.

»Wie alt waren wir damals – zehn?«

»Elf«, korrigiert mich Josie und kichert. »Ich hatte ganz brav ein Jahr lang kein Poster an die Wände gehängt.«

»Und dann sind die Pferde mit dir durchgegangen, und du hast mit denen da angefangen.« Ich nehme ihre Hand, und wir blicken an die Decke. Als wir noch jünger waren, haben wir uns, wenn ich bei ihr übernachten durfte, auf den Fußboden gelegt. Und dann habe ich immer auf diese Sterne gesehen und mir etwas gewünscht. Momentan wäre ich froh, wenn ich noch an ihre Zauberkraft glauben könnte. »Josie, wenn das Foto von heute ist, ist dir jemand gefolgt.«

Als ich das sage, drückt sie meine Hand noch fester.

»Ich weiß«, flüstert sie. »Wieso habe ich ihn nicht gesehen?«

»In der Stadt ist viel los. Derjenige, der das macht, weiß, wie man unerkannt bleibt.« Ich seufze. Es ist ziemlich unwahrscheinlich, dass sie sich an jemanden mit einer Kamera erinnert, aber wir brauchen einen Durchbruch. »Warum bist du so sicher, dass es ein Kerl ist?«

»Wie meinst du das?« Josie dreht sich auf die Seite, und ich tue es ihr gleich. Jede von uns hat ein Kissen unterm Arm, und wir schauen einander an.

»Du sagst immer ›ihn‹ oder ›er‹.«

»Ich gehe einfach davon aus, dass dieser Perversling ein Typ ist«, sagt sie.

Die ganze Sache ist tatsächlich ähnlich widerlich wie die Kerle, die einem heimlich unter den Rock fotografieren. Aber selbst wenn wir uns auf einen Mann beschränken, bringt uns das auf der Suche nach der Identität des *Dealers* keinen Schritt weiter.

»Aber weißt du, das Foto von mir war nicht so interessant wie das andere, das er gepostet hat. Hast du es gesehen?«

Nachdenklich ziehe ich die Brauen zusammen. Mit dem anderen Foto konnte ich gar nichts anfangen. Ein Kaffeebecher, auf dem das Wort »May« steht. »Den Kaffeebecher? May? Vielleicht ist der *Dealer* mit seinen Posts in Rückstand geraten. Schließlich haben wir schon Juni.«

»Nein!« Josie setzt sich auf und wirft das Kissen ans Kopfende des Bettes. »Das, was unter dem Kaffeebecher liegt.«

Ich rolle mich herum und schnappe mir mein Handy von ihrem Nachttisch, dann öffne ich Instagram und scrolle zu dem Foto. »Ich habe mir das ewig lange angesehen.«

»Und du hast die Visitenkarte nicht gesehen?«, fragt sie trocken. Sie beugt sich vor und tippt auf den Screen, und da sehe ich sie: Unter dem Becher lugt eine schwarze Visitenkarte hervor.

»Ich habe den Becher sogar nach Lippenstiftspuren oder einem Logo abgesucht.« Dass ich auch die Maserung der Tischplatte genau geprüft habe, weil ich hoffte, das Café wiederzuerkennen, in dem das Foto aufgenommen worden ist, verschweige ich ihr. Ich hatte mich so sehr auf die Details konzentriert, dass mir das Entscheidende entgangen war.

»Was steht drauf?«, fragt sie.

Ich ziehe eine Braue hoch. »Du hast sie gesehen und dir nicht mal die Mühe gemacht, sie zu lesen?«

»Nicht jeder von uns arbeitet den ganzen Nachmittag daran, eine Lizenz als Amateur-Privatdetektiv zu kriegen«, stichelt sie. »Ich dachte, wir sehen uns das später genauer an.«

Ich streiche mit den Fingern über das Display und zoome das Foto heran. Die Buchstaben aus Goldfolie auf der Karte sind nur schwer zu erkennen, zumal der Becher einen Teil davon verdeckt. »Es sieht aus wie ›a-c-h-é‹, aber das ist nicht alles.«

»Da ist doch noch ein Teil von einer Telefonnummer.«

Ich richte mich auf und schnappe mir das Laptop. »Dann wissen wir jetzt, dass der *Dealer* in Vegas ist.«

»Er hat keine Fotos von dir in Kalifornien gemacht«, sagt sie und nickt. »Und anscheinend war er heute hier.«

»Das ist so ziemlich das Einzige, was ich an Palm Springs vermisse«, murmele ich und öffne Google. Dann tippe ich ein, was ich auf der Visitenkarte erkennen kann – viel mehr als ein paar Buchstaben und der Teil einer Telefonnummer sind es nicht. Ich halte den Atem an und klicke auf Suchen.

»Hast du etwas gefunden?«, fragt Josie, als die Suchresultate geladen werden.

Nachdenklich scrolle ich nach unten und halte beim dritten Eintrag. *Caché.* Die Hälfte der Telefonnummer entspricht dem, was ich auf der Karte erkennen konnte. »Das kann kein Zufall sein.«

»Was?« Sie schlängelt sich neben mich, um auf den Bildschirm blicken zu können. »Versteh ich nicht.«

»Ich habe vergessen, dass du in Französisch durchgefallen bist.«

Sie pikst mich in den Bauch. »Ich hatte kein Französisch.«

»›Caché‹ bedeutet ›verborgen‹.« Ich lasse ihr eine Sekunde Zeit, um es sacken zu lassen. »Verborgen wie …«

»… der *Dealer*«, beendet sie den Satz für mich. »Ach du Schande.«

»Habe ich mir die Lizenz verdient?«, frage ich.

»Prüfung mit Auszeichnung bestanden.«

Wir warten nervös, dass die Homepage von Caché lädt. Die Website ist schick, modern und wirkt gut gemacht, bietet aber nur sehr spärliche Informationen. »Schauen wir mal. Sie sitzen in Las Vegas. Wer hätte das gedacht. Keine Ahnung, was sie verkaufen … oder verbergen.«

»Klick doch mal da drauf«, sagt Josie und zeigt auf den Link zum Menüpunkt *Unsere Philosophie.*

Die Firmenphilosophie besteht aus einer einzigen Zeile:

Caché bietet einen einzigartigen Escort-Service und absolute Diskretion.

»Moment mal«, Josie ringt um Worte, als uns beiden ein Licht aufgeht. »Caché ist ein Bordell.«

»Ich glaube, man nennt das Begleitservice.«

»Ist das denn so ein großer Unterschied?«

Wir wissen beide, dass es das ist. Wenn man in Nevada aufwächst, kennt man sich ein bisschen besser mit diversen Lastern aus als die meisten Gleichaltrigen. »Gib mir mein Handy.«

Josie zieht lautstark die Luft ein, bevor sie es herausrückt. »Meinst du wirklich, das ist eine gute Idee?«

»Absolut. Deshalb hat er dieses Foto ja gepostet.« Ich sehe mir die Nummer auf dem Computerbildschirm an und gebe sie in mein Handy ein.

»Vielleicht ist es eine Falle«, sagt sie nervös.

»Ich glaube nicht, dass uns der *Dealer* etwas tun will.« Ich zögere, bevor ich die Verbindung herstelle. Mit der Agentur zu reden, ist nicht gefährlich, aber warum schlägt mir das Herz dann bis zum Hals?

»Woher willst du das wissen?«

»Weil derjenige, der dir den ganzen Tag gefolgt ist, gewartet hat, bis er das Peinlichste fotografieren konnte, was du gemacht hast.« Ich deute mit dem Kopf auf die Drogerietüte.

»Kacken tun alle, Emma.« Sie springt vom Bett und läuft nervös auf und ab. »Was willst du überhaupt sagen?«

»Ich werde improvisieren«, gebe ich zu, bevor ich auf den grünen Kreis drücke. Es klingelt nur zwei Mal, dann haucht eine Stimme: »Caché.«

»Ja, ich rufe an, weil ...« Ich sehe Josie an und sage das Erste, was mir in den Sinn kommt: »... ich mich nach einem Job erkundigen möchte.«

»Jetzt drehst du völlig durch«, erklärt Josie am nächsten Morgen, als wir vor dem Eingang stehen und unseren heutigen Plan durchgehen. »Das wird nie klappen.«

»Oh doch. Ich werde Jameson West eine kleine Lektion erteilen.« Zum Schluss werfe ich meinen Führerschein in ihre Tasche und reiche sie ihr. Ich habe mir von ihr einen Jumpsuit aus schwarzer Spitze geborgt, der mehr zeigt, als er verhüllt, dazu trage ich aufreizende High Heels, die sie mir für den heutigen Undercover-Einsatz aufgedrängt hat. Nachdem ich ihr meine Tasche gegeben habe, fühle ich mich etwas verloren. »Winzige Details können wichtig sein, glaub mir. Dieser Maddox ist ein Exsoldat.«

»Von welcher Truppe?«

»Wieso interessiert dich das, Soldatin?«

Sie nimmt mir ihre Handtasche ab und angelt ihr pflaumenfarbenes Lipgloss heraus.

»Nicht!« Ich halte ihre Hand fest. »Diese Farbe würde ich nie im Leben tragen.«

»Du bist auch nicht schwarz, Emma«, stellt sie sarkastisch fest.

»Aber ich bin braun gebrannt und trage einen Hut«, gebe ich zurück.

Sie stemmt die Hände in die Hüften und blickt mich an: »Von Hut und Bräunung mal abgesehen – uns hat noch nie jemand verwechselt.«

»Wenn du genug Abstand hältst, kriegt er überhaupt nichts mit.« Ich reiche ihr meine Autoschlüssel. »Außerdem fährst du den Mercedes.«

Dass sie die Schlüssel meines schicken neuen Gefährts erhielt, war das Einzige, was sie an meinem verrückten Plan gutheißen konnte.

»Du solltest nicht allein gehen.«

»Mir bleibt nichts anderes übrig, außer ich will Maddox mitnehmen«, erinnere ich sie.

»Warum stört es dich überhaupt, wenn Jameson weiß, dass du Detektiv spielst?«, erkundigt sie sich und lässt den Schlüssel in meine Tasche fallen.

»Das tut es nicht. Ich will ihm bloß eine Lektion erteilen.«

»Muss Liebe schön sein!«, witzelt sie, dringt jedoch nicht weiter in mich. Wir haben es beide nicht gern, wenn sich ein Typ zu viel herausnimmt. »Aber versprich mir, dass du vorsichtig bist.«

»Ich werde nichts Gefährliches tun.« Jedenfalls nichts richtig Gefährliches. Ich habe ihr nur die Hälfte meines heutigen Plans erzählt. Falls Maddox sie erwischt, ist es besser, wenn sie nicht alles weiß.

»Hör mal, er macht sich Sorgen um dich, und dazu hat er auch das Recht. Ich verstehe nicht, was so verkehrt daran sein soll, einen kleinen, gemieteten Muskelmann dabeizuhaben.« Sie strafft die Schultern, dann fügt sie hinzu: »Aber ich bin deine beste Freundin – also Ende des Vortrags.«

Ich küsse sie auf die Wange. »Es ist süß, dass du dir Sorgen machst. Ich gehe durch die Garage raus. Warte ein paar Minuten und lauf dann zu meinem Wagen.«

Wenn wir beide zugleich das Haus verlassen, ist mein Schatten mit etwas Glück so abgelenkt, dass er unseren Autotausch nicht bemerkt. Als ich auf dem Fahrersitz des Civic Platz nehme, werde ich von Erinnerungen übermannt. In diesem Wagen habe ich mit Josies und Beccas Hilfe Autofahren gelernt. Dad war meistens zu betrunken, um mir vernünftige Anweisungen zu geben. Ich bin zwar immer noch keine begeisterte Autofahrerin, aber in diesem Wagen fühle ich mich wohl. Ich weiß, wozu jeder Knopf gut ist. Es gibt ein Autoradio mit Kassettendeck, und ich muss nicht erst ein dickes Handbuch durcharbeiten, um herauszubekommen, wie der Tankdeckel aufgeht.

Als ich aus der Einfahrt fahre, sehe ich mich nicht nach Maddox' Wagen um, spähe dann jedoch neugierig in den Rückspiegel und bemerke, dass er gerade aus seiner Parklücke ausschert. Verdammt, offenbar denkt er, dass wir zusammen unterwegs sind. Er ist ein paar Wagenlängen hinter mir, als er plötzlich bremst. Josie sitzt im Mercedes und steuert mit halsbrecherischer Geschwindigkeit in die entgegengesetzte Richtung.

»Hoffentlich ist der Wagen für einen solchen Fall versichert«, sage ich zu mir selbst. Aber ihr dramatischer Aufbruch funktioniert. Maddox wendet in einer Einfahrt und heftet sich an ihre Fersen. Ich hauche ihm einen Kuss hinterher.

Zu gern würde ich glauben, ich hätte den schwersten Teil des Tages schon hinter mir, aber ich habe Josie nicht in alles eingeweiht, als ich sie überredete, mich bei meinem Betrugsmanöver zu unterstützen.

Ein paar Straßen weiter biege ich ab und blicke mich um, weil ich sichergehen will, dass Maddox nicht plötzlich aufkreuzt. Als ich mich davon überzeugt habe, dass ich allein bin, ziehe ich Dominik Chambers Visitenkarte aus dem

Portemonnaie und gebe seine Adresse in das Navi meines Handys ein. Bis zu ihm sind es nur fünfzehn Minuten, also bleibt mir genug Zeit, ihm einen Besuch abzustatten und trotzdem pünktlich bei meinem Bewerbungsgespräch bei Caché zu sein.

Jetzt habe ich einen ganzen Tag vor mir, um zur rechten Zeit am falschen Ort zu sein, und kann nur hoffen, dass der *Dealer* auf mich aufmerksam wird. Was ich Josie verschwiegen habe, ist, dass ich vorhabe, den Lockvogel zu spielen. Wenn dieser Amateurspion sogar Fotos von Josie mit Toilettenpapier interessant findet, kann ich nur ahnen, wie heiß er darauf sein wird, mich dabei zu erwischen, wie ich in eine Escort-Agentur spaziere. Nur dass diesmal ich darauf warte, *ihn* vor die Linse zu kriegen.

Ich greife in Josies Handtasche, wühle mich durch einen Stapel Quittungen, bis ich auf dem Taschenboden ein paar Lippenstifte finde. Auf der Suche nach der perfekten Farbe nehme ich von jedem die Kappe ab. Der letzte Lippenstift mit dem Namen *Troublemaker* ist genau das, was ich suche. Ich trage die hellrote Farbe auf und presse die Lippen vorm Spiegel aufeinander. Der *Dealer* hat keine Ahnung, mit wem er sich da eingelassen hat.

»Bitte lächeln, du Drecksack.«

Kapitel vierzehn

Das Detektivbüro Chamber sieht aus wie die Kulisse in einem alten Film noir – bis hin zu den Goldbuchstaben an der Bürotür. Ich drücke sie auf, eine Türglocke ertönt, und als ich mich umsehe, fällt mein Blick auf einen vollgepackten Schreibtisch und einen halb toten Farn. Ein bekanntes Gesicht blickt um die Ecke. »Bin gleich so weit. Wollen Sie einen Kaffee?«, ruft er.

»Nein, danke.« Ich weiß nicht, ob ich heute etwas im Magen behalten könnte, nicht einmal etwas so Harmloses wie Kaffee. Die Aufregung wirbelt schon den Rest dessen durcheinander, was ich gestern noch spät mit Josie gegessen habe.

Dominic Chamber ist mir eher wegen seiner buschigen Augenbrauen als wegen seiner detektivischen Fähigkeiten in Erinnerung geblieben. Es ist etwas abwegig, ausgerechnet ihn um Hilfe zu bitten, zumal er nicht einmal in der Lage war, eine gefälschte Babe-Ruth-Karte zu erkennen. Aber da ich keine anderen Privatdetektive kenne, werde ich mit ihm arbeiten müssen.

Heute trägt er einen flauschigen Jogginganzug in der Farbe verkochter grüner Bohnen. Wie er so etwas tragen kann, wenn in seinem Büro kuschelige dreißig Grad herrschen, ist mir schleierhaft. Ich fächele mir mit der Hand Luft zu, während er einen Stapel Papiere zur Seite schiebt, um für seinen Kaffeebecher Platz zu machen.

»Lassen Sie mich raten … Ihr Freund geht fremd«, sagt er und mustert mich.

»Fast«, räume ich ein. »Untreue Ehefrau.« Unter anderem, aber irgendwo muss ich ja anfangen.

»Na ja, die Zeiten ändern sich.« Er lehnt sich in seinem Sessel zurück und verschränkt die Arme hinter dem fast schon kahlen Schädel. »Kennen wir uns?«

»Wir hatten schon einmal geschäftlich miteinander zu tun.« Ich zögere, die Baseballkarte zu erwähnen. Ein erfolgreicher Geschäftsmann lässt sich nicht mit Sammelkarten bezahlen.

»Warten Sie«, sagt er, bevor ich noch etwas sagen kann. »Ich kann mir gut Gesichter merken.« Ein paar Sekunden später schnippt er mit den Fingern. »Die Kellnerin aus dem Golden Nugget.«

Würden wir Topfschlagen spielen, der Bereich, wo er rumklopft, ist so kalt wie die Arktis. Ich schüttele den Kopf.

»Die Dame mit dem verloren gegangenen Shih Tzu.«

Wenn er so weitermacht, werde ich gleich selbst zum Shih

Tzu. »Ich bin das Mädchen aus dem Pfandleihhaus«, sage ich, da ich ahne, dass er nicht aufhört.

»Das mir das Herz gebrochen hat.« Er fasst sich an die Brust. Dann deutet er auf einen Bilderrahmen an der gegenüberliegenden Wand. Ich sehe hinüber und entdecke, dass dort die gefälschte Karte hängt. »Wen interessiert schon, ob sie echt ist. Die Kundschaft ist jedenfalls beeindruckt.«

»Wissen Sie was? Ich glaube, ich muss noch irgendwohin.«

Ich hebe meine Handtasche vom Boden auf, aber bevor ich aufstehen kann, sagt er: »Das ist nicht Ihre Handtasche. Und das sind auch nicht Ihre Klamotten. Ich wette, dass Sie sich mit diesem Lippenstift genauso unwohl fühlen wie in diesen Pumps. Sie wollen heute wie jemand anders aussehen, was bedeutet, dass Sie sich vor jemandem verstecken. Vielleicht vor Ihrer Mutter? Sie ist die Frau, die fremdgeht, stimmt's? Aber Sie arbeiten im Laden ihres Vaters, weshalb sollte Ihnen das also etwas ausmachen?«

Mir klappt der Unterkiefer herunter, und ich habe Mühe, den Mund wieder zuzubekommen. »Wie haben Sie das gemacht?«

»Vielleicht habe ich es nicht so mit Gesichtern, aber ich bin gut in Details.«

»Nein, im Ernst«, hake ich nach. Ich glaube nicht, dass Privatdetektive ihre Tricks so gut hüten müssen wie Zauberer, und ich will seine definitiv erfahren.

»Bevor Sie die Handtasche hochgenommen haben, haben Sie erst für einen kurzen Moment auf den Fußboden geguckt, als würden Sie eine andere suchen. Seit sie hier hereingekommen sind, zupfen Sie an Ihrem Oberteil herum. Die Frau, der es gehört, hat kleinere Brüste – nehmen Sie es mir nicht übel.«

»Kein Problem«, versichere ich ihm. »Reden Sie weiter.«

»Ich habe Sie nicht gleich erkannt, weil Sie nicht wie das Mädchen aussehen, das mir die gefälschte Karte um die Ohren gehauen hat.«

»Tut mir leid«, werfe ich ein, aber er winkt nur ab.

Er nimmt einen Schluck Kaffee und mustert mich eine Weile. »Ich kann nur vermuten, dass Sie sich vor Ihrer Mutter verstecken. Mädchen in Ihrem Alter kleiden sich gerne auf eine Weise, von der ihre Mütter nichts wissen sollen. Ich schätze mal, es würde ihr nicht gefallen, dass Sie so durch die Stadt laufen. Ich hoffe, Sie nehmen mir auch das nicht übel.«

Anscheinend bin ich wenigstens für die Escort-Agentur passend angezogen.

»Sie haben von einer Frau gesprochen, die fremdgeht, und mir fiel wieder ein, dass der andere Typ, der in dem Laden arbeitet – und der sich übrigens nicht so sehr darum schert, ob etwas echt ist oder nicht –, erwähnte, dass der Besitzer nicht da sei. Er würde sich seit seiner Scheidung nicht mehr oft blicken lassen. Daraus habe ich gefolgert, wenn Sie wegen einer Frau hier sind, die fremdgeht, und Ihre Eltern geschieden sind, dass wir dann über Ihre Mutter sprechen.«

»Alle Achtung.« Ich applaudiere höflich, und er verneigt sich.

»Also, womit kann ich Ihnen dienen, Miss?«

»Emma«, korrigiere ich. »Darf ich Dominik sagen?«

Er nickt, legt die Fingerspitzen aneinander und wartet, dass ich loslege.

»Es hat mit meiner Schwester zu tun«, fange ich an. »Sie ist … sie ist gestorben.«

»Mein Beileid.«

»Jedenfalls hatte ich neulich ihren Totenschein in der Hand, und dabei habe ich festgestellt, dass kein Vater angegeben ist.« Ich hoffe inständig, dass er auch die Gabe hat, zwischen den Zeilen zu lesen, damit ich nicht mehr davon erzählen muss als unbedingt nötig.

»Und Sie wollen wissen, wer ihr Vater ist? Sie dachten bisher, Sie hätten denselben Vater«, rät er.

»Ja«, sage ich leise.

»Ich muss Sie warnen, Emma. Bei Vaterschaftsangelegenheiten können ziemlich unangenehme Sachen zum Vorschein kommen.«

Ich denke daran, wie viel mein Vater trinkt, um mit ihrem Tod fertigzuwerden. Und dann an Hans und sein unfassbares Verhältnis mit Becca. »Es gibt so einiges, das ich nicht über meine Schwester weiß. Irgendwo muss ich anfangen.«

»Ich kümmere mich darum.« Er nimmt eine Visitenkarte von einem Stapel auf seinem Schreibtisch, doch ich schüttele den Kopf.

»Die habe ich schon.«

»Dann möchte ich Sie nur bitten, das hier auszufüllen. Allgemeine Angaben. Ihr Name. Der Name Ihrer Schwester. Das ist alles vertraulich.« Er schiebt mir ein Blatt und einen Kugelschreiber zu. »Mein üblicher Stundensatz beträgt hundert Dollar.«

Ich zucke innerlich zusammen und zwinge mich zu einem Lächeln. »Nehmen Sie auch Kreditkarten?«

»Und gefälschte Baseballkarten«, sagt er und grinst zurück.

Ich fülle die restlichen Punkte in dem Formular aus und sehe auf meinem Handy nach der Uhrzeit. »Jetzt muss ich los!«

»Ich freue mich auf die Zusammenarbeit«, ruft er mir hinterher. »Ich melde mich, sobald ich etwas habe.«

An der Tür bleibe ich stehen und überlege, ob ich auch noch meine nächste Bitte vortragen sollte. »Da ist noch etwas«, sage ich langsam. »Mein Vater hat Nathaniel West gehasst. Ich möchte wissen, wie es angefangen hat.«

»Möglich, dass einige Leute hellhörig werden, wenn ich herumschnüffele und versuche, etwas über Nathaniel West herauszubekommen«, warnt er mich.

Ich denke an meine nächste Verabredung. »Seien Sie diskret.«

Das Caché entspricht nicht dem, was ich erwartet habe. Das Büro der Agentur ist so minimalistisch wie die Website. Das Einzige, was etwas Individualität verrät, ist die schwarze Farbe an den Wänden. Passend zur schwarzen Seele des Geschäfts. Eine Frau begrüßt mich an der Tür. Sie trägt ein farblich zur Wand passendes Kostüm, dessen tiefer Ausschnitt ihre beachtliche Oberweite zur Geltung bringt. Bis auf zwei silbrige Strähnen an den Schläfen ist ihr Haar leuchtend rot.

»Du musst Caroline sein.« Sie streckt mir ihre Hand entgegen, und ich schüttele sie unsicher. »Ich bin Suzanne.«

»Oh ja, das bin ich.« Fast hätte ich den falschen Namen vergessen, den ich ihr am Telefon genannt habe.

»Ich hoffe, du hast nichts dagegen, wenn ich so direkt nachfrage, aber …« Sie macht eine Pause, und ich rechne mit einer intimen Frage. »… wie alt bist du?«

»Ich werde nächste Woche achtzehn.« Das ist nicht gelogen. »Ist das ein Problem?«

Es ist schon eine Weile her, dass ich meine Kenntnisse über das Prostitutionsgesetz in Las Vegas aufgefrischt habe. An der Belle Mère Prep geht der Witz um, dass in den öffentlichen Schulen am Berufsfindungstag ein Faltblatt zu dem Thema verteilt wird.

»Oh, entzückend!« Sie schlägt begeistert die Hände zusammen, was wohl heißen soll, dass ich als Hostess zu gebrauchen bin. »Bis es so weit ist, darfst du selbstverständlich noch nicht anfangen, aber wir könnten schon den Papierkram und die Tests machen.«

»Tests?«, erwidere ich.

»Das Übliche. Wir müssen dich auf Geschlechtskrankheiten und Schwangerschaft sowie deinen allgemeinen Gesundheitszustand untersuchen lassen.« Sie deutet auf den Stuhl an ihrem Schreibtisch. Ich setze mich hin und lasse alles auf mich wirken. Ich weiß nicht, wie weit ich gehen muss, um herauszufinden, warum mich der *Dealer* hierher gelotst hat. Aber wenn ich mir dafür Blut abzapfen lassen soll, ist für mich eine Grenze erreicht. Ganz zu schweigen davon, jemanden in meiner Vagina herumstochern zu lassen.

»Hast du damit ein Problem?«

»Mir war vielleicht nicht ganz klar, dass …« Ich laufe rot an, weshalb ich den Satz auch nicht zu beenden brauche.

»Sexuelle Beziehungen sind nicht erforderlich. Wir sind ein

Escort-Service.« Sie setzt ein Lächeln auf, das genauso einstudiert wirkt wie ihr Spruch. »Es bleibt dir überlassen, ob du dich mit deinen Klienten auf Sex einlassen möchtest.«

»Warum dann die Tests?«

Ihr Lächeln wirkt immer gezwungener. »Viele unserer Mädchen genießen sexuelle Beziehungen mit unseren Klienten, es sind sehr vermögende und großzügige Männer.«

Übersetzt heißt das doch: Sie sind zu zahlen bereit, weil sie alt, fett oder verzweifelt sind.

»Wie ich schon sagte, wir verlangen von unseren Mädchen nicht, Sex zu haben, aber …«

»Ich habe kein Problem damit«, unterbreche ich sie, bevor sie das Bewerbungsgespräch abbricht. Ich habe ja nicht wirklich vor, den Job anzunehmen, deshalb lege ich keinen Wert auf die genaue Formulierung. »Ich wollte es nur verstehen. Ich will ja nicht in Schwierigkeiten kommen.«

»Es wird keine Schwierigkeiten geben.« Ihr Tonfall wird wieder herzlich, und sie fängt an, mit der Maus herumzuklicken. »Unsere Klienten sind sehr diskret. Sie erwarten, dass die Frauen ein gewisses Niveau haben, und halten sich an die Regeln.«

»Und wenn sie es nicht tun?«

»Ich kümmere mich persönlich um alle Buchungen. Und wenn jemand auf meiner schwarzen Liste landet, dann helfen ihm auch Geld und gute Worte nicht, dort wieder herunterzukommen.«

Ihr Ton ist derart kühl, dass ich lieber gar nicht erst frage, womit man auf ihrer schwarzen Liste landet.

»Es wäre das Beste, wenn du dir einen anderen Namen aussuchst«, meint sie. »Wir raten den Mädchen davon ab, ihre richtigen Namen zu verwenden. So etwas fördert Stalking und Romanzen – und beides ist bei uns strikt verboten.«

Also darf ich mich nicht in verzweifelte alte Männer verlieben. Ich glaube, das kriege ich hin. »Dann kann ich also hier arbeiten?«

Ich bin überrascht, wie wenig sie für eine Anstellung von mir wissen will. Andererseits glaube ich, dass man die Mindestvoraussetzungen schon erfüllt, wenn man lebt, atmet und eine Vagina hat.

»Wir müssen nur noch die Tests und deinen Geburtstag abwarten, aber ich glaube, du bist genau das, was ein paar meiner Klienten suchen.« Sie schiebt ihren Stuhl zurück und steht vom Schreibtisch auf. »Bitte entschuldige mich, ich muss ein paar Formulare aus dem Drucker holen.«

Sie geht in den Nebenraum, und ich bleibe zurück. Jetzt oder nie. Ich habe keine Zeit zu verlieren und gehe das Risiko ein. Schon springe ich auf, beuge mich über ihren Schreibtisch und schnappe mir die Maus. Ich klicke herum, bis ich den Terminkalender auf ihrem Desktop finde. Ich öffne ihn und scrolle herum, bis ich finde, wonach ich suche.

May.

Auf jeden Fall ist sie sehr beliebt, denn sie ist bis Ende nächster Woche ausgebucht. Bevor ich es mir anders überlegen kann, trage ich beim nächsten verfügbaren Termin einen falschen Namen und meine richtige Telefonnummer ein. Hoffentlich machen sie es nicht wie mein Friseur und rufen an, um den Termin zu bestätigen. Jetzt muss ich bloß noch einen Treffpunkt festlegen, und zufälligerweise verfüge ich über gute Kontakte zum West Resort. Das Jameson zu erklären, wird noch lustig. Ich klicke auf Sichern, da friert der Monitor ein. Ich verfluche die Sanduhr, die den Mauszeiger ersetzt hat, und zähle die Sekunden, bis sie verschwindet und ich den Terminkalender wieder schließen kann. Gerade noch rechtzeitig schaffe ich es zurück auf meinen Stuhl, als Suzanne wieder erscheint.

»Hier sind deine Formulare und die Adresse der Klinik. Ruf an und sag denen, dass Suzanne dich schickt, wenn du einen Termin vereinbarst.«

Ich nicke, während sie weiterredet, aber meine Gedanken sind woanders.

»Hast du noch irgendwelche Fragen, Caroline? Caroline?«

Es dauert einen Moment, bis ich realisiere, dass sie mit mir spricht. »Entschuldigung. Ich dachte nur gerade daran, dass ich mir Blut abnehmen lassen muss«, lüge ich. »Ich finde das schrecklich.«

»Eine notwendige Vorsichtsmaßnahme.« Sie reicht mir die Mappe und bringt mich zur Tür. Dort zwinkert sie mir zu. »Du wirst schon sehen, es lohnt sich.«

Kapitel fünfzehn

Maddox wartet in der Einfahrt auf mich, und ich brauche nicht lange, um herauszufinden, woher er weiß, dass wir die Rollen getauscht haben. Josie lehnt an seinem Wagen, wickelt sich eine Haarsträhne um den Finger und kichert. Das Mädchen könnte Flirt-Unterricht geben. Ich kann mir nicht helfen, aber ich finde die Szene herrlich: Sollte mein Bodyguard sauer sein, dass wir die Wagen getauscht und ihn auf die falsche Fährte gelockt haben, hat sie ihn jedenfalls gut abgelenkt. Doch als ich den Türöffner fürs Garagentor drücke, fährt er herum und wirft mir einen bösen Blick zu.

Erwischt. Ich fahre den Wagen hinein und mache mich beim Aussteigen auf ein Donnerwetter gefasst. Ich hatte ja schon damit gerechnet, für meinen kleinen Stunt die Quittung zu bekommen.

»Ist Ihnen eigentlich klar, in welche Schwierigkeiten Sie mich bringen, wenn Sie so eine Nummer abziehen?«, blafft Maddox mich an, sobald ich aus der Garage komme. Die Venen an seinem muskulösen Hals pochen, als er hinzufügt: »Ich mag meinen Job. Ich hab gern etwas zu essen auf dem Tisch.«

Ich überlege kurz, wie groß die Tagesration ist, die er braucht, um satt zu werden: ein paar Dutzend Eier, vielleicht ein paar ganze Hühner. Er ist wahnsinnig groß. Seine Ahnen wurden bestimmt für Götter gehalten. Ich muss erst mühsam schlucken, bevor ich antworten kann. »Es tut mir leid, aber ich habe vergeblich versucht, Jameson zu erklären, dass ich nicht beschattet werden möchte.«

»Und stattdessen lassen Sie mich wie einen Volltrottel dastehen.« Maddox verschränkt die Arme und blickt mich wütend an. »Jetzt muss ich ihm erklären, wie das passieren konnte.«

Damit hatte ich gerechnet. Irgendwie wundere ich mich sogar, dass er sich nicht schon mit Jameson in Verbindung gesetzt hat. »Wenn Sie sowieso mit ihm reden, erinnern Sie ihn bei der Gelegenheit doch bitte daran, dass ich seine Freundin bin und nicht sein Kind.«

»Meinetwegen könnten Sie auch sein preisgekrönter Kanarienvogel sein – er bezahlt mich dafür, Sie zu beschützen«, grummelt Maddox.

»Sie brauchen es ihm ja nicht zu erzählen«, schlägt Josie vor. Sie stellt sich neben Maddox und streichelt seine Schulter. Dazu muss sie sich auf die Zehenspitzen stellen. Ich werfe ihr einen warnenden Blick zu, den sie schulterzuckend ignoriert. »Wenn er es nicht erfährt, können Sie auch keinen Ärger bekommen.«

»Das ist sehr lieb von Ihnen, Miss Deckard.« Bei ihren Worten schmilzt Maddox dahin und verwandelt sich von einem harten Soldaten in einen Kuschelbär. Mal wieder ein Beweis dafür, mit welchen Zaubertricks Josie aufwarten kann, wenn es um Männer geht. Er lächelt zu ihr hinunter, doch dann streckt er erneut die Brust raus, wie um uns beide daran zu erinnern, was für ein knallharter Kerl er ist. »Aber ich habe eine Verpflichtung.«

»Zu schützen und zu dienen. Dem Meistbietenden«, murmele ich leise. Zum Glück ist er von meiner besten Freundin so fasziniert, dass er es nicht hört.

»Ich gehe jetzt rein«, verkünde ich laut und hoffe, dass Josie sich von ihrem neuen Spielzeug losreißt und mitkommt. Ich habe jede Menge zu berichten.

»Sie haben meine Telefonnummer«, erinnert ihn Josie und hüpft lachend hinter mir ins Haus. »Du hast mir gar nicht gesagt, dass er so ein Weichei ist.«

»Die haben ihm bestimmt nicht beigebracht, sich gegen liebestolle Teenies zu verteidigen«, sage ich sarkastisch.

Josie hebt drohend den Finger, verzieht die Lippen jedoch zu einem Grinsen. »Hey, man könnte fast denken, du redest von mir.«

Wir sind immer noch dabei, uns zu kabbeln, als wir Josies Mom im Wohnzimmer überraschen. Also eigentlich nicht nur ihre Mutter, sondern auch noch irgendeinen Typen, mit dem sie gerade herumknutscht. Josie bleibt wie angewurzelt stehen und schnappt nach Luft, ich versuche, ihr zu bedeuten, dass sie still sein soll, doch da fährt das Paar schon auseinander.

»Oh Mädels, ich hab nicht so früh mit euch gerechnet!« Marion wischt sich über den verschmierten Lippenstift und versucht, so gut es geht, ihren verrutschten Rock glattzustreichen.

»Es sind Sommerferien«, erinnert Josie sie. »Du hast Glück, dass ich weg war.«

»Ich habe Emmas Zettel gesehen«, sagt sie sichtlich verlegen.

Ich werfe Josie einen entschuldigenden Blick zu. Nachdem ich tags zuvor im Morgengrauen zu einer wahrhaft unchristlichen Uhrzeit aufgekreuzt war, hielt ich es für höflicher, Marion rechtzeitig mitzuteilen, wann ich da sein würde und wann nicht.

»Hallo.« Ich trete ein und bemühe mich, die Situation zu entspannen. »Ich bin Emma.«

Marions Verehrer nimmt zögernd die Hand, die ich ihm hinhalte. Ich weiß nicht, ob er schüchtern ist, oder überrumpelt. Seine Hände sind jedenfalls verschwitzt, und als es niemand merkt, wische ich mir schnell die Hand an meinem Jumpsuit ab.

»Emma, das ist Anton.« Marion lächelt zärtlich, als sie den neuen Mann in ihrem Leben vorstellt. Anton ist der absolute Durchschnittstyp, von zwei Erkennungsmerkmalen einmal abgesehen: schütteres, braunes Haar und eine Nickelbrille mit runden Gläsern, die nicht gerade im Trend liegt.

Als wieder niemand etwas sagt und Josie keine Anstalten macht, dazuzukommen und sich vorzustellen, ergreife ich die Initiative. »Und was machen Sie so?«

»Ich bin Buchhalter.« Er seufzt. »Klingt nicht besonders aufregend, schätze ich.«

Angesichts der Tatsache, dass meinem Leben zurzeit etwas weniger Aufregung wirklich guttun würde, klingt die Vorstellung, mit einem Buchhalter zusammen zu sein, für mich sogar ziemlich sexy.

»Soll ich euch einen Happen zu essen machen?«, bietet Marion an und tippt klackernd ihre petrolfarbenen Fingernägel gegeneinander.

»Wir haben schon gegessen«, erwidert Josie kühl.

Ich wage es nicht, ihr zu widersprechen, obwohl ich gegen etwas zu essen nichts einzuwenden hätte. Wahrscheinlich müssen wir nachher zum nächsten Schnellimbiss pilgern. Josie stürmt den Flur hinunter und knallt ihre Zimmertür hinter sich zu.

Als ich ihr vorsichtig folge, schließt Josie hinter mir leise die Tür und lehnt sich dagegen.

»Was ist denn los?«, frage ich.

»Dieser Typ«, flüstert sie, und ich beuge mich vor, damit ich sie verstehe. »Vor ein paar Wochen war ich mit dem zusammen.«

Ich ziehe lautstark die Luft ein und suche nach etwas Beruhigendem, was ich sagen könnte. Das ist gar nicht so leicht, denn am liebsten würde ich sie anschreien. Früher oder später musste so etwas passieren: Eine alleinerziehende Mutter, die selbst in meinen Augen absolut verschärft aussieht, mit einer Teenager-Tochter, die auf ältere Männer steht – bei so einer Kombination kann nur entweder eine sehr schlechte Sitcom oder ein richtig guter Schundroman herauskommen.

»Na los, gib's mir«, sagt sie, als ich stumm bleibe.

»Mensch, Josie! Mit so etwas hättest du rechnen müssen. Ich weiß gar nicht, wo ich anfangen soll!«

»Vielleicht damit, dass alles meine Schuld ist«, schlägt Josie vor. »Dass du wusstest, dass so etwas passieren würde und dass es nur eine Frage der Zeit war, bis es Ärger gibt?«

»Das klingt, als ob du es auch selbst begriffen hast. Wenn ich dir helfen kann, brauchst du mir bloß Bescheid zu sagen.«

Ihre Unterlippe beginnt zu zittern, und ich bedaure meine Worte sofort. »Was soll ich jetzt bloß machen?«, seufzt sie.

»Schau mal, er kann es nicht gewusst haben. Jetzt hat er dich gesehen und wird mit ihr Schluss machen.«

»Mom mag ihn richtig gern, und ich habe alles versaut.«

»Wie jetzt? Er steht doch eigentlich auf siebzehnjährige Mädchen. Vielleicht hast du ihr in Wirklichkeit sogar einen Gefallen getan.«

»Er wusste nicht, wie alt ich bin. Ich habe bei meinem Alter gelogen«, gibt sie zu.

»Machst du das bei allen so?«

»Nur bei den Netten«, sagt sie. »Es gibt aber auch welche, die es gut finden, wenn sie wissen, dass ich jünger bin.«

Bei der Vorstellung erschaudere ich. Ich klopfe neben mir aufs Bett, und sie setzt sich zu mir. »Also war er ein Netter?«

»Ja.« Es passt gar nicht zu meiner besten Freundin, so kleinlaut zu sein.

»Dann wird er mit ihr Schluss machen. Wenn er es nicht tut, werden wir dafür sorgen«, verspreche ich.

Sie lehnt den Kopf an meine Schulter, und ihre krausen Locken kitzeln mich am Hals.

»Außerdem habe ich dir so einiges zu berichten, das dich garantiert ablenken wird.«

»Oh.« Sie klatscht in die Hände und springt auf. Ihre schnellen Stimmungsumschwünge wären ein gefundenes Fressen für Verhaltensforscher. »Du musst mir alles erzählen, ich muss nur schnell auf die Toilette, okay?«

Ich nicke. Und weil Maddox inzwischen unseren kleinen Trick durchschaut hat, brauchen wir auch nicht mehr das doppelte Lottchen zu spielen. Inzwischen sollte er Jameson von meinem Coup berichtet haben. Hoffentlich kapiert Jameson jetzt, dass ich keine Lust auf einen Bodyguard habe.

Ich nehme meine Handtasche und fange an, Josies Sachen herauszuräumen, die wir vorhin bei unserer Umtauschaktion hineingetan haben. Bevor ich ihr Handy aufs Bett werfen kann, poppt eine Instagram-Benachrichtigung auf. Ich brauche eine Sekunde, bis mir ihre PIN-Nummer wieder einfällt, doch bevor ich mir ansehen kann, was unser netter, anonymer Stalker an Fotoüberraschungen für uns bereithält, kommt Josie zurück und reißt mir das Handy aus der Hand.

»Was zum Teufel machst du da?«

»Wie jetzt? Ich sehe mir dein Handy an.« Ich finde überhaupt nichts dabei, aber als ich ihren geschockten Gesichtsausdruck sehe, dämmert mir, dass sie das möglicherweise anders sieht.

»Ich habe dir nicht gesagt, dass du mein Handy angucken sollst.«

»Was ist dir denn für eine Laus über die Leber gelaufen?«, frage ich.

»Du!«, kreischt sie. »Wie du dich hier hinsetzt und mich

fertigmachst, nachdem du bei mir übernachten durftest, obwohl du lauter Geheimnisse vor mir hast.«

Okay, jetzt dreht sie durch. Dabei schien doch vor fünf Minuten noch alles in bester Ordnung zu sein. »Ich habe überhaupt keine Geheimnisse vor dir!«

»Ach ja? Und wie war das heute, als du irgendwo hingegangen bist, wo ich nicht mitkommen durfte?«

»Mein Bodyguard sollte nicht mitkommen«, erinnere ich sie. »Ich wollte dir gerade alles erzählen, was ich gemacht habe.«

»Das kannst du dir sparen, Emma. Seit du Jameson West kennengelernt hast, hast du dich total verändert.«

Ich stehe auf, kippe ihren Handtascheninhalt aufs Bett und schnappe mir mein Handy und das Portemonnaie. Sie redet totalen Schwachsinn. »Glaubst du etwa, ich verurteile dich?«

»Ich weiß, dass du mich verurteilst, aber du bist zu nett, um es mir direkt ins Gesicht zu sagen.«

»Na schön!«, platzt es aus mir heraus. »Du tust, als wäre das alles nur ein Spiel, dabei wusstest du immer, dass du mit deinen Romanzen jemanden verletzen kannst. Diesmal ist es deine Mutter. Was ist, wenn du jemandem die Ehe ruinierst oder so ein armer Wicht deinetwegen verhaftet wird?«

»Ich bin bald achtzehn«, tut sie meinen Vortrag augenrollend ab.

»Aber du warst nicht immer achtzehn. Was denken diese Kerle eigentlich, wie alt du bist? Oder nein, sag es mir nicht, so genau will ich es eigentlich gar nicht wissen.«

»Natürlich nicht, denn du willst ja nur so tun, als ob du meine beste Freundin wärst.«

Ich habe absolut keine Ahnung, weshalb die Situation so

schnell eskaliert ist. Vor ein paar Minuten hat sie sich noch hilfesuchend an mich gelehnt, und ich war drauf und dran, ihr haarklein zu berichten, was in Palm Springs passiert ist. Jetzt bin ich froh, dass ich es nicht getan habe. Ihre Zurückweisung tut noch mehr weh als alles andere, was ich in diesem Sommer erlebt habe, und das will schon etwas heißen. Josie spinnt total, aber ich habe keine Lust, meine Zeit damit zu verschwenden, ihr das zu sagen. »Ich dachte, ich könnte mich auf dich verlassen.«

»Das kannst du. Und jetzt will ich dir mal was erzählen«, kündigt sie an, als ich die Zimmertür erreiche. »Du hast einen Freund, der unter Mordverdacht steht und einen Bodyguard angeheuert hat, der dir ständig hinterherrennt. Dein Stiefvater ist Filmproduzent, und du fährst einen brandneuen Mercedes. Hör auf, dich zu benehmen, als müssten wir alle Mitleid mit dir haben.«

»Weil mein Leben ja so perfekt ist«, zische ich. »Du hast doch keine Ahnung.«

»Spar dir das, Emma. Wenn mir nach einer Ladung harter Realität zumute ist, brauche ich mir bloß mein eigenes Leben anzuschauen.«

»Dann würde ich vorschlagen, dass du bald damit anfängst.« Ich reiße die Tür auf, renne an einer erschrockenen Marion und ihrem neuen Freund, Schrägstrich Josies Ex, vorbei und aus dem Haus. Vor der Haustür laufe ich direkt Jameson in die Arme, aber mir ist gerade überhaupt nicht danach, mich von ihm trösten zu lassen.

»Lass mich in Ruhe.« Ich stoße ihn beiseite und haste den Bürgersteig entlang.

»Wo gehst du denn hin?«, will er wissen.

»Das geht dich einen feuchten Dreck an«, rufe ich, während ich weiterlaufe.

»Emma, warte!«

Aber ich höre nicht auf ihn, sondern springe in den Wagen, lege den Rückwärtsgang ein, und fahre ihn dabei fast über den Haufen. Von jetzt an wird mich keiner mehr aufhalten, keiner wird Dinge für mich entscheiden, und keiner wird mir sagen, was ich zu tun habe.

Kapitel sechzehn

Das Schöne an Las Vegas ist, dass man in der Wüste landet, wenn man lange und schnell genug fährt. Dort kann man dann so wütend aufs Gaspedal treten, wie man es braucht.

Auf freier Strecke würdige ich meinen Tacho keines Blickes mehr. Ich weiß nur, dass der Mercedes einen Sportmodus hat und ich ihn voll ausreizen will. Ich brauche gar nicht erst nach hinten zu sehen, um zu wissen, dass Jameson mir folgt. Vielleicht hat er Maddox den Rest des Tages freigegeben und beschlossen, den Job selbst zu übernehmen. Aber entweder ist mein Wagen nicht so schnell wie sein BMW, oder er kann einfach besser mit seinem umgehen, jedenfalls zieht er nach wenigen Minuten auf der Gegenfahrbahn neben mich. Er wirft mir einen wütenden Blick zu, dann überholt er.

Ich widerstehe dem Bedürfnis, noch schneller zu fahren, als seine Bremslichter aufleuchten. Er will unsere Geschwindigkeit drosseln. Offensichtlich will er mich zum Anhalten zwingen, aber so leicht werde ich es ihm nicht machen. Jameson ist in seinem Leben einfach viel zu viel in den Schoß gefallen. Wenn er mich will, dann muss er um mich kämpfen.

Als ich doch einen Blick auf den Tacho werfe, merke ich, dass er unser Tempo auf fünfzig Stundenkilometer gedrosselt hat. Ich überlege gerade, wie ich an ihm vorbeikomme, als er mit quietschenden Reifen stoppt und dabei das Heck seines Wagens seitlich ausbrechen lässt, sodass er die ganze Straße versperrt. Ich lege eine Vollbremsung hin und springe aus dem Wagen.

»Was zum Teufel treibst du da? Weißt du, wie gefährlich das ist?«

»Du hast es gerade nötig, mir Vorträge zu halten«, gibt er zurück. »Rast mit hundertsechzig Sachen durch Las Vegas!«

Normalerweise wäre mir das wahrscheinlich peinlich gewesen. Aber ich will ihm nicht erklären, wie ich mich fühle und dass ich so schnell wie möglich von Josies Wohnung, aus Belle Mère und diesem ganzen Chaos wegmusste. Jetzt habe ich den Wagen erst seit zwei Tagen und benutze ihn schon, um mich damit abzureagieren.

»Wir müssen alle mal sterben«, sage ich schulterzuckend.

»Das ist nicht dein Ernst.« Ich mache den Mund auf, um zu protestieren, aber er redet weiter. »Und falls doch, dann haben wir ein echtes Problem. Was du getan hast, war unverantwortlich.«

»Ich weiß.« Ich verschränke die Arme vor der Brust, und

es gelingt mir nicht, die Schuldgefühle zu leugnen, die mich überkommen. Geschwindigkeit hatte bei Beccas Tod eine Rolle gespielt. Das war einer der Gründe, warum ich mich danach nicht mehr ans Steuer setzen wollte. Ich wollte einfach nicht die Verantwortung für ein so mächtiges Fahrzeug übernehmen. Aber kaum habe ich einen eigenen Wagen, missbrauche ich ihn schon. »Ich werde den Wagen zurückgeben.«

»Ich spreche nicht von dem Wagen, Herzogin.« Er blickt zu Boden und schüttelt den Kopf. Seine Verzweiflung verstärkt mein mieses Gefühl nur noch. »Ich rede davon, wie du Maddox reingelegt hast.«

»Das war nur zu deinem Besten«, kläre ich ihn auf.

»Dann erklär mir doch mal, wieso es zu meinem Besten sein soll, wenn du dich in Gefahr bringst?« Seine blauen Augen funkeln, und er packt mich am Arm. »Hast du überhaupt eine Ahnung, in welcher Gefahr du dich befindest?«

»Du etwa?«, frage ich ihn.

»Ich glaube schon, denn ich bin durchaus imstande zu kapieren, dass du über irgendwelche relevanten Informationen verfügen musst, wenn dich jemand durch ein Fenster stößt.«

»Tu ich aber nicht!«, schreie ich. »Diese ganze Geschichte ist das totale Chaos, und ich blicke da überhaupt nicht mehr durch. Wir sind alle miteinander verheddert wie eine große Schüssel Spaghetti. Ich weiß schon gar nicht mehr, was meine Lügen sind und welche die der anderen.«

»Jetzt mal langsam und ganz von vorn. Gibt es irgendetwas, das du mir nicht erzählt hast?«

Ich blicke ihn wütend an, aber er kann es genauso gut wissen. »Als ich an jenem Abend bei euch war, habe ich versehentlich etwas belauscht. Als ich Leighton darauf ansprechen wollte …«

»Moment mal, was hast du gehört?«

Ich winke ab. »Das ist nicht wichtig.«

»Und ob es das ist!«, knurrt er.

»Pfeif deinen Neandertaler zurück«, warne ich ihn. »Oder ich erzähle dir überhaupt nichts mehr.«

Jameson macht einen Schritt zurück und rauft sich mit beiden Händen die kupferroten, gewellten Haare. Dann hält er, die Hände auf dem Kopf, inne und wartet, dass ich weiterrede.

»Ich habe etwas belauscht. Dann habe ich Leighton darauf angesprochen, und jemand hat uns gestoßen.«

»Und du denkst, du bist nicht in Gefahr!«, stammelt er. »Was hat sie dir erzählt?«

»Nichts. Sie ist nicht mehr dazu gekommen.«

Er blickt in den Himmel, als würde er die Götter um Geduld bitten. Dann sieht er mich aus funkelnden Augen an. Diesem Blick kann ich mich nicht mehr widersetzen, jedenfalls nicht in Verbindung mit seiner markanten Kieferpartie, er sieht so wahnsinnig gut aus.

»Was wolltest du von ihr wissen?«, wiederholt er die Frage mit anderen Worten.

Wenn ich ihm erzähle, was ich gehört habe, weiß er auch, dass ich ihn in Verdacht hatte. Ich treffe eine Entscheidung und bin mir bewusst, dass diese unvorhersehbare Konsequenzen haben kann. »Sie hat Monroe irgendetwas davon erzählt, dass sie gesehen hätte, was passiert sei, und ihn schützen wollte.«

»Wer ist *er*?«, fragt Jameson verwirrt.

»Um ehrlich zu sein, war mein erster Gedanke, dass es um dich geht.«

»Rede weiter«, sagt er in ein Schweigen hinein, das sich weiter auszudehnen scheint als die Wüste, die uns umgibt.

»Ich dachte, sie spricht von dir. Sie hat Monroe erzählt, dass sie gesehen hat, was passiert ist, aber dass sie niemandem erzählen würde, was *er* getan hat.«

»Und du dachtest, sie redet von mir und davon, dass ich meinen Vater umgebracht hätte?«

»Ich wusste nicht, was ich denken sollte. Alles war so durcheinander. Du warst gerade verhaftet worden und …«

»Du brauchst dich nicht dafür zu rechtfertigen«, unterbricht er mich leise, aber sein Tonfall straft seine Worte Lügen.

»Ich wollte nur wissen, was sie meinte. Als ich sie darauf ansprach, erwiderte sie, sie hätten von Jonas gesprochen.«

»An dem Abend hast du mir gesagt, dass du an meine Unschuld glaubst – trotzdem bist du wieder misstrauisch geworden.«

Ihn interessiert nicht, was Leighton über Jonas wissen könnte, sondern nur, was ich über ihn gedacht hatte.

»Das stimmte auch. Und ich tue es immer noch«, flüstere ich.

»Warum?« Es klingt nicht wie eine Frage, sondern wie ein Flehen. »Ich begreife nicht, wie du mir glauben kannst. Manchmal glaube ich mir ja nicht einmal selbst.«

»Sag das nicht.« Ich trete zu ihm, aber er wendet den Blick ab.

»Ich bin nicht gut für dich.«

Das sagt er so ernst, dass es mir einen Stich versetzt. Ich fasse sein Kinn und zwinge ihn, mich anzusehen. »Du bist das Beste, was mir jemals passiert ist.«

»Wie kannst du das sagen? Dein Vater hasst mich. Weil ich mir so viele Sorgen um deine Sicherheit gemacht habe, habe ich einen Bodyguard auf dich angesetzt, den du nicht willst, und du wurdest in eine Mordermittlung hineingezogen. Ich habe nichts getan, womit ich dich verdient hätte.«

»Du hast mir geholfen auszubrechen«, flüstere ich. »Bevor ich dir begegnet bin, hatte ich gar kein eigenes Leben. Ich habe mich geweigert, eines zu haben. Ich hatte mich gerade damit abgefunden, dass sich nie etwas ändern würde, und mich schon halbwegs im Laden unter dem Plunder anderer Leute vergraben. Durch dich hat sich alles geändert.«

»Hier draußen …«, er blickt sich um und schaut danach wieder mich an, »… kann ich kilometerweit in alle Richtungen sehen. Aber eigentlich sehe ich gerade nur dich. Ich glaube, du bist das Einzige, was ich jemals ganz klar gesehen habe.«

Das braucht er mir nicht zu erklären, denn ich empfinde genauso.

Er tritt einen Schritt vor und schließt die Lücke zwischen uns. »Ich liebe dich, Emma Southerly.«

Es dauert einen Moment, bis ich begreife, was er da sagt. Ich weiß schon eine ganze Weile, dass ich ihn liebe, aber jetzt, wo ich es aus seinem Mund höre, kann ich nichts erwidern.

Jameson wartet nicht darauf, sondern fährt fort: »Ich glaube, ich habe mich in dich verliebt, als du in unsere Küche gekommen bist und mir Makkaroni mit Käse gemacht hast.«

»Und dann lässt du mich so lange zappeln, bis du damit herausrückst?«, necke ich ihn, muss jedoch schniefen, weil mir die ersten Tränen die Wangen hinunterlaufen.

Er wischt sie fort. »Es ist nicht meine Schuld, wenn ich mich benehme wie ein Verrückter. Du treibst mich dazu.«

»Okay«, krächze ich heiser. Was das betrifft, muss ich ihm recht geben. Seit wir uns kennengelernt haben, bin ich ja auch nicht gerade ein Musterbeispiel geistiger Gesundheit. Wahrscheinlich heißt es deshalb, man sei *wahnsinnig verliebt.* »Ich liebe dich auch.«

Er stößt einen Seufzer aus. »Ich weiß nicht, ob ich das verdient habe.«

»Halt die Klappe«, befehle ich ihm. Ich kralle mich in sein T-Shirt, dann stelle ich mich auf die Zehenspitzen und biete ihm meine Lippen dar. Er beugt sich herunter und nimmt sie in Besitz, wie er mein Herz in Besitz genommen hat.

Wir stolpern zum Wagen, und Jameson tastet hinter sich nach dem Türgriff, weil er den Kuss nicht unterbrechen will. Als er ihn schließlich gefunden hat, legt er mich quer über den Rücksitz des Mercedes und schiebt sich über mich. Ich schlinge die Arme um seinen Hals, ziehe sein Gesicht herunter, bis sein Mund auf meinem liegt, und wir schmiegen uns aneinander.

Ich fasse hinunter und will seine Jeans öffnen, doch er lässt ein Knurren ertönen, das in meinem ganzen Körper vibriert. »Nicht im Wagen, Herzogin.«

»Jameson!« Ich rücke ein Stück von ihm ab und mustere ihn mit ernster Miene: »Ich kann nicht mehr warten.«

Meine Entschiedenheit bringt ihn zum Lachen. »Wer von uns beiden ist noch mal der Mann?«

»Komm, wir ziehen unsere Hosen aus und finden es heraus.« Ich lasse die Hüften kreisen und hoffe, dass er meinem Drängen nicht widerstehen kann.

»Ich schwöre bei Gott, in der Minute, in der du achtzehn wirst, suche ich das nächste Bett und werde dich in aller Ruhe nehmen.«

»Mich *nehmen*?«, wiederhole ich.

Jetzt reibt er seine Hüfte an mir und treibt mir ein prickelndes Pochen zwischen die Beine. »Hast du ein Problem damit?«

»Klingt gut«, murmele ich, »aber ich möchte nicht warten.«

»Es lohnt sich«, verspricht er.

Daran habe ich keinen Zweifel. Es hat eher etwas mit Geduld zu tun. Meine ist aufgebraucht, das ist das Problem.

»Ich hab solche Sehnsucht nach dir, Jamie.« Plötzlich liegt mir der Spitzname auf der Zunge, und es ist so, als hätte ich ihn schon immer so genannt – als wäre Jamie schon immer da gewesen.

»Wir brauchen ja nicht mit allem zu warten«, beruhigt er mich und streicht mir eine vorwitzige Haarsträhne aus der Stirn.

Ich biege mich ihm entgegen und frage mich, ob er dem tatsächlich widerstehen kann. Er legt den Arm um meine Taille und hält mich. Mir rauscht das Blut in den Ohren, als er sich vorbeugt und mit den Zähnen den oberen Saum meines trägerlosen Jumpsuits fasst. Als er ihn hinunterstreift und meine Brüste freilegt, tanzen Sternchen vor meinen Augen. Ich versuche, meine Position zu verändern, um zu sehen, was geschieht, doch als sich sein heißer Mund um meinen Nippel schließt, gebe ich mich ganz dem Gefühl hin. Er nimmt ihn behutsam zwischen die Zähne und lässt die Zungenspitze um die feste Knospe kreisen.

»Ich habe mein ganzes Leben lang auf dich gewartet, Herzogin«, versichert er mir, als er wieder von mir ablässt. »Wenn das alles vorbei ist, bringe ich dich von hier weg.«

»Wohin?«, frage ich verträumt, weil ich mir so gerne ausmalen möchte, wie unser gemeinsames Leben dann sein wird.

»Das spielt keine Rolle«, scherzt er, »denn etwas anderes als das Bett kriegst du sowieso nicht zu sehen.«

Ich stöhne laut auf, als er sein Versprechen dadurch unterstreicht, dass er meinen anderen Nippel in den Mund nimmt. Als ich lustvoll die Hüften gegen seine presse, weil ich mich nach Erlösung sehne, hält er mich nicht davon ab.

»Ja, das ist gut«, keucht er, und ich spüre, wie er seine freie Hand zwischen meine Beine legt. Er streift das bisschen Spitze beiseite, das als Shorts durchgehen soll, und streicht mit den Fingern an mir herunter. Dann spüre ich, wie er zärtlich einen Finger in mich hineingleiten lässt. Ein kehliger Schrei entfährt mir, als er ihn hin und her bewegt. »Gott, du bist so eng. Ich muss das noch so oft machen, wie es geht, bevor du Geburtstag hast.«

»Versprochen?«, keuche ich. Mehr kann ich nicht sagen, denn er macht weiter.

»Natürlich, Herzogin. Und jetzt lass dich gehen.«

Dann spüre ich, wie mich ein zweiter Finger dehnt, und es ist um mich geschehen. Jameson hält mich fest, als es aus mir herausbricht, er presst die Stirn in das Tal zwischen meinen Brüsten, während ich das Geschenk auskoste, das er mir gerade macht.

Als ich meinen Körper wieder unter Kontrolle habe, grinse ich ihn schüchtern an. »Jetzt bist du an der Reihe.«

Diesmal hat er nichts dagegen einzuwenden. Stattdessen leckt er sich die Lippen und knöpft sich die Hose auf. Ich gehe auf die Knie, doch bevor ich mich revanchieren kann, kommt uns das Tonsignal einer eingehenden SMS in die Quere. »Achte nicht darauf«, verlange ich, doch im selben Moment meldet sich sein Handy wieder. Ich habe ihm noch nicht einmal die Hose heruntergestreift, als eine dritte Nachricht eingeht. Nun lehne ich mich zurück und warte, bis er alles gelesen hat.

»Levi und sein verdammtes Timing«, knurrt Jameson. »Sieht aus, als hätte ich heute einen Übernachtungsgast.«

Jetzt wäre wohl der richtige Moment zu erwähnen, dass noch ein zweiter dazukommt. Außerdem wäre es wahrscheinlich auch der richtige Zeitpunkt, um ihm zu sagen, dass er Levi Rowe zum Mond schießen sollte. Auch wenn mein Hirn noch an Sauerstoffmangel leidet, weiß ich, dass ich handeln muss, bevor Levi etwas herausbekommt, das er nicht wissen soll. Jameson steckt sein Handy ein und lehnt sich wieder zurück. »Der kann warten.«

»Ich glaube, das ist keine gute Idee«, sage ich rasch. »Außerdem gibt es bei dir zu Hause Betten.«

Er hebt eine Braue. »Ich dachte, ich hätte mich klar ausgedrückt.«

Er hatte sich glasklar ausgedrückt. So allmählich frage ich mich, ob seine Checkliste vielleicht sogar noch strenger ist als meine. »Ich dachte, wir können vielleicht üben. Wir könnten unsere Sachen anbehalten. Oder vielleicht ziehen wir sie aus und machen alles außer …«

»Es wird echt nicht leicht werden, mit einem Dauerständer durch die Stadt zu fahren.«

Ich beiße mir auf die Lippe und schmolle, weil ich mich erinnere, was er mir gestern gesagt hat. »Warum sind wir bloß mit zwei verschiedenen Autos unterwegs?«

»Weil sich jemand ein Rennen liefern wollte?«, hilft er meinem Gedächtnis auf die Sprünge.

»Wir könnten meinen Wagen hier stehen lassen«, schlage ich vor und streiche mit den Fingern über die Beule in seiner Hose. »Und holen ihn später ab.«

»Das klingt nach einer Menge Schwierigkeiten.« Sein Atem beschleunigt sich, als ich den Kopf schüttele.

»Es lohnt sich, versprochen.«

Schließlich gibt er nach. Jameson fährt meinen Wagen an den Straßenrand. »Falls damit etwas passiert, kaufe ich dir einen neuen.«

Ich mache mir nicht die geringsten Sorgen wegen des Wagens, obwohl ich zugeben muss, dass ich ganz gern meine eigenen vier Räder habe. Ich setze mich auf den Beifahrersitz des BMW.

»Schnall dich an«, fordert er mich auf, legt einen Gang ein und lenkt den Wagen stadteinwärts.

»Kann ich nicht«, teile ich ihm mit. »Fahr vorsichtig. Ach, und Jameson: Wetten, du kannst dich nicht beherrschen?«

Dann schiebe ich mich unter den Arm, mit dem er kuppelt, und lasse ihm keine Chance, die Wette zu gewinnen.

Kapitel siebzehn

Diesmal sehe ich mich etwas ausführlicher um, als wir vor Jamesons Haus in Belle Mère ankommen. Es ist einer italienischen Villa nachempfunden, mit Ziegeldach und großem Brunnen vor dem Tor. Das war mir schon beim letzten Mal aufgefallen, aber da war ich nicht dazu gekommen, es mit allen Details auf mich wirken zu lassen. Wenn Jameson mir erzählen würde, die Villa sei aus einem Dorf in der Toskana hierhergebracht worden, ich würde ihm glauben. Ich stoße einen leisen Pfiff aus. »Beeindruckend. Warte mal, ihr habt das Penthouse über dem Casino, ein Chalet oben am Mount Charleston und eine Villa in der Stadt. Gibt es sonst noch irgendwelche Immobilien, von denen du mir erzählen möchtest?«

»Da ist noch die Wohnung in London«, neckt er mich. »Unter anderem.«

»Hast du ein Album, wo ich mir das alles mal genau ansehen kann, oder …«

»Ich möchte dich lieber überraschen und dich überallhin mitnehmen.«

Zugegeben, dass klingt ziemlich gut. Er parkt seinen BMW in der Auffahrt. Ich habe gelernt, brav sitzen zu bleiben, bis er mir die Tür öffnet. Alle Welt beklagt sich, dass es keine Kavaliere mehr gäbe. Falls er der Letzte seiner Art ist, werde ich nicht zu seiner Ausrottung beitragen. Als ich ausgestiegen bin, nimmt er meine Hand, und wir gehen zum Haus hinüber.

Gerade, als wir das Foyer betreten, klingelt mein Handy. Moms Klingelton. »Das ist meine Mutter«, erkläre ich. »Ich kann sie immer nur eine gewisse Zeit hinhalten, weil sie mir sonst die Polizei auf den Hals hetzt, und nachdem ich bereits diverse Stunden auf der Polizeistation von Belle Mère zubringen durfte, ist mein Bedarf für die nächsten Jahre gedeckt.«

»Geh ran, ich suche inzwischen Levi.« Er gibt mir einen flüchtigen Kuss und verschwindet in Richtung Küche. Eine simple Geste, und ich bleibe atemlos zurück. Was habe ich mir mit ihm bloß eingehandelt?

»Hi, Mom«, begrüße ich sie.

»Wo bist du?«

»Ich freue mich auch, dich zu hören.« Ich finde ein leeres Zimmer, das eine Art Besprechungszimmer zu sein scheint, und hoffe, dass niemand mein Gespräch belauscht. »Ich bin in Belle Mère.«

»Ich habe versucht, deinen Vater zu erreichen, aber …«

»Ich wohne nicht mehr bei ihm«, unterbreche ich sie. Es hat keinen Zweck, die Fakten vor ihr geheim halten zu wollen. Ich höre sie am anderen Ende nach Luft schnappen.

»Wo schläfst du denn?«

»Bei Josie.« Genau genommen ist das keine Lüge. Ich habe Jameson noch nichts von meinem Streit mit ihr erzählt, deshalb weiß ich nicht genau, ob ich hierbleiben kann. Falls nicht, werde ich Josie wahrscheinlich um Vergebung bitten, sobald es dunkel wird.

»Emma«, sagt sie mit warnender Stimme.

»Ruf doch Marion an, wenn du mir nicht glaubst«, sage ich patzig.

»Na schön. Hast du wenigstens deinen Wagen bekommen?« Man kann sich darauf verlassen, dass meine Mutter Themen anspricht, bei denen sie eine gute Figur macht. Sie versucht, Schadensbegrenzung zu betreiben, ohne dass sie überhaupt weiß, was die Ursache des Dramas ist.

»Habe ich. Er ist schön.«

»Vielleicht solltest du damit herkommen und deine Sachen einsammeln«, schlägt sie vor.

»Mom«, sage ich. »Ich komme nicht mehr nach Palm Springs, es sei denn, Hans ist nicht in der Stadt.« Ich bin zwar sauer auf sie, weiß jedoch, dass es nicht ihre Schuld ist, darum lasse ich diese Möglichkeit offen.

»Emma, was ist zwischen dir und Hans vorgefallen?«, fragt sie mit leiser Stimme.

Und da ist sie. Meine Chance, ihr die Wahrheit zu erzählen. Doch bevor ich es tun kann, erinnere ich mich an Josies Gesichtsausdruck, nachdem sie Anton mit ihrer Mutter gesehen hat. Sie hat eine Linie überschritten, hinter die es kein Zurück mehr gibt. Wenn ich es meiner Mutter erzählte, würde sie sich auf meine Seite schlagen, das weiß ich. Und ich weiß auch, dass es einen Ehevertrag gibt, dass die Scheidung hässlich wird und ihr schon wieder das Herz gebrochen würde. Sie muss doch ahnen, was für einen Mann sie geheiratet hat. Aber vielleicht weiß sie nicht, *wie* verkommen er ist, und ich will nicht diejenige sein, die es ihr erzählt. Noch nicht. »Ich habe das Drehbuch für Hans' Film gesehen.« Dieser Grund ist so gut wie jeder andere. »Es gibt dort eine Sexszene zwischen mir und Jameson.«

Zunächst herrscht langes Schweigen am anderen Ende der Leitung.

»Hattest du in jener Nacht Sex mit ihm?«

Ich hätte nie gedacht, dass sie so direkt sein kann. »Nein, hatte ich nicht. Das habe ich Hans auch gesagt, aber er weigert sich, die Szene herauszunehmen.«

»Süße, du kannst doch nicht über geschäftliche Dinge entscheiden.«

Jetzt fängt das Schönreden an. Für heute Abend habe ich ihr genug durchgehen lassen. »Mom, tut mir leid, ich muss auflegen. Mein Typ wird verlangt.«

Ich lege auf, bevor sie mich davon abhalten kann, und schalte mein Handy stumm. Heute Abend will ich mich nur noch um Jameson kümmern. Aber als ich in den Flur einbiege, der zur Küche führt, wird mir klar, dass das schwerer werden könnte als gedacht.

Die Clique ist vollzählig versammelt.

»Ich sollte wohl nicht überrascht sein, dass ich keine Einladung bekommen habe«, sage ich zu Monroe. Ich bin ihr nicht mal eine Antwort wert. Vermutlich war unsere kurze Gemeinschaft gestern nur ein Zufallstreffer. Im Gegensatz zu allen anderen besitzt Jonas den Anstand, zu mir zu kommen.

»Schön, dich zu sehen«, sagt er und umarmt mich verlegen. Es gab eine Zeit, in der ich diesen kurzen Kontakt auf Flaschen gezogen und mich monatelang davon ernährt hätte. Nachdem ich nun endlich über Jonas hinweg bin, fällt es mir schwer, mich nicht für mein jämmerliches Verhalten zu verurteilen.

Ich löse mich von ihm, sobald es nicht allzu unhöflich wirkt. »Ich habe dich im Krankenhaus gesehen.«

»Wie bitte?«

»Vor ein paar Tagen«, versuche ich, seiner Erinnerung auf die Sprünge zu helfen, aber er starrt mich nach wie vor an, ohne dass der Groschen fällt. Andererseits war er zwar schon immer attraktiv, aber auch schon immer etwas hohl. Wenn ich ihn jetzt so sehe, frage ich mich unwillkürlich, wovor ihn Leighton beschützen zu müssen glaubte. »Hast du Leighton besucht?«

»Nein.« Er holt sich ein Bier aus dem Sixpack auf dem Küchentresen. »Ich bin gerade erst wieder zurück in der Stadt.«

»Na, so was? Das hat Hugo auch schon gesagt.« Er streitet es weiterhin ab. Was hat Jonas zu verbergen? »Dann habe ich mir wohl nur eingebildet, dass du es warst.«

Ich bin mir hundertprozentig sicher, dass ich Jonas im Belle Pointe gesehen habe. Was versucht er zu verheimlichen? Er behauptet also, nicht in der Stadt gewesen zu sein, aber ich weiß es besser. Vielleicht bin ich nicht immer gut mit Namen oder Fakten, aber was Gesichter anbelangt – besonders solche, mit denen ich himmlisch geknutscht habe –, bin ich richtig gut.

»Willst du mir etwa mein Mädchen ausspannen?« Levi kommt herübergeschlendert und legt mir mit dem Selbstvertrauen eines Mannes, der sich seines guten Aussehens bewusst ist, den Arm um die Schultern. Normalerweise würde mir seine Aufmerksamkeit schmeicheln, aber nachdem ich sein Porträtfoto im Büro meines Stiefvaters gesehen habe, werde ich den Verdacht nicht los, dass sich Levi in der Casa de West nicht nur aufhält, um sich nach dem Befinden der Familie zu erkundigen.

Ich löse mich aus seinem Griff und zwinge mich zu einem Grinsen. »Schön, dich zu sehen.«

Dem vernichtenden Blick nach zu urteilen, den mir Sabine, Monroes nicht ganz so nette beste Freundin, zuwirft, dürfte er leicht ein anderes Mädchen finden, das sein Ego streichelt. Sie trabt heran und quetscht sich in die Lücke zwischen uns. Wenn sie wüsste, wie dankbar ich bin, dass sie als Puffer fungiert, würde sie mich wahrscheinlich mit ihm in einem Zimmer einsperren. Sabines exzentrisches Benehmen folgt dem unbeirrbaren Grundsatz, dass sich der Rest der Menschheit gefälligst ihr unterzuordnen hat.

Weil ich aber weiß, wie sehr es sie ärgern wird, lasse ich mir die Gelegenheit nicht nehmen, beuge mich zu ihr hinüber und flüstere ihr ins Ohr: »Danke. Ich konnte mich nicht von ihm loseisen, um meinen Freund zu suchen.«

Das Einzige, was Sabine vielleicht sogar noch mehr nervt

als der Hinweis, dass sie mir geholfen hat, ist die Information, dass ich mir Jameson West geangelt habe. Das muss sie erst einmal verdauen, und ich sehe zu, dass ich schnell verschwinde.

Jameson ist nirgendwo zu entdecken, was weniger erfreulich ist, weil ich auf die Weise beim Klassentreffen der Hölle festhänge: mit meinem Exfreund, mit dem Typen, mit dem ich geschlafen habe, um meinen Exfreund zurückzukriegen, mit der Freundin meines Exfreunds – der erste weibliche Antichrist – und mit dem heißen Typen, der vorhat, seinen besten Freund ans Messer zu liefern, um etwas Ruhm ernten. So ein Freitagabend kann es ganz schön in sich haben.

Ich flüchte in den Garten hinter dem Haus. Die Wests haben auf den traditionellen Grill samt Tisch verzichtet und ihn durch eine Felshöhle, eine Feinschmecker-Outdoorküche und nicht eins, nicht zwei, sondern drei Gästehäuser auf der gegenüberliegenden Seite des Swimmingpools ersetzt, wo ein Wasserfall über die Felsen plätschert.

»Gediegen«, murmele ich leise vor mich hin.

Hinter mir geht eine Tür auf, aber als ich über die Schulter blicke, werde ich enttäuscht. Es ist nicht Jameson. »Hast du Lust, eine Runde schwimmen zu gehen?«, grinst mich Levi mit seinem berühmten Lächeln an.

»Ich habe keine Schwimmsachen dabei.«

Er lehnt sich gegen eine Steinsäule und kichert. »Das war noch nie ein Problem für mich.«

»Ich glaube, es gibt so einiges, das kein Problem für dich ist«, entgegne ich. Dein Gewissen, zum Beispiel.

Er blinzelt, sieht etwas verdutzt aus, dann zuckt er die

Schultern. »Hast du etwas dagegen, wenn ich schwimmen gehe?«

»Lass dich nicht aufhalten, aber wenn du absäufst, springe ich nicht hinterher.«

Levi greift sich an die Brust. »Jetzt hast du mich aber verletzt. Was habe ich nur getan, dass du so furchtbar sauer auf mich bist, Emma …?« Er macht eine Pause und versucht, sich an meinen Nachnamen zu erinnern.

»Southerly«, helfe ich ihm aus Gründen, die ich gar nicht so genau wissen will. Es ist sein verdammtes charismatisches Grinsen.

Er streift sich das T-Shirt über den Kopf, doch bevor er die Hose ausziehen kann, überlege ich es mir anders. »Eigentlich macht es mir doch etwas aus, wenn du schwimmen gehst.«

Er hält in der Bewegung inne, die Finger am Knopf seiner Shorts. »Ich hätte nicht gedacht, dass du so schüchtern bist.«

»Bin ich nicht«, versichere ich ihm. »Aber ich habe mir einen Rest Anstand bewahrt.«

»Ich kann die Shorts anbehalten«, sagt er, aber ich schüttele den Kopf.

»Darum geht es nicht, Levi. Wann willst du Jameson die Wahrheit sagen?«

»Ich weiß nicht, was du meinst.« Auf die Tour will er es also versuchen.

»Du wirst schon ein bisschen subtiler werden müssen, wenn du Jameson im Film ›Wild West‹ spielen und eventuell einen Preis gewinnen willst.«

»Woher weißt du davon?«, fragt er verblüfft.

»Anscheinend hat Jameson dir nicht erzählt, wer mein Stiefvater ist.«

Als er mich immer noch völlig baff anstarrt, seufze ich und fahre fort: »Hans von Essen. Klingelt da was?«

»Verdammter Mist. Ich hatte keine Ahnung, so …«

»Ja.« Ich hebe die Hand, um ihn zum Schweigen zu bringen. »Das habe ich schon vermutet, denn sonst wärst du ja nicht so dumm gewesen hierherzukommen.«

»Was ist dumm daran, einen alten Freund zu besuchen?« Für seine Zukunft als Oscar-Preisträger sehe ich schwarz. Aber vielleicht kann er auf der Leinwand besser lügen als von Angesicht zu Angesicht. Charismatisch mag er ja sein, aber überzeugend ist er nicht.

»Ich finde es ziemlich beleidigend, belogen zu werden«, teile ich ihm mit.

»Ich lüge dich nicht an. Ich bin nur vorbeigekommen, um zu hören, wie es läuft, um mir seine typischen Gesten einzuprägen und um mich zu erkundigen, wie es seiner Familie geht«, fährt er fort. Ich begreife, dass er sich selbst etwas vormacht. Vielleicht ist das unumgänglich, wenn man vorhat, einem Freund derart in den Rücken zu fallen. »Was ist schon dabei, wenn ich einfach nur versuche, ihn richtig darzustellen? Wer Jameson spielt, sollte authentisch sein.«

»Spar dir das«, schneide ich ihm das Wort ab. »Hast du Jameson schon erzählt, dass du vorhast, ihn in dem Film darzustellen?«

»Das habe ich noch vor«, weicht er aus, aber ich weiß, dass er gar nicht daran denkt. »Du hast es ihm doch nicht erzählt, oder?«

»Doch natürlich, ich habe mir überlegt, wie ich ihn maximal verletzen könnte. Weißt du, sein Vater wurde gerade erst ermordet, und die Polizei ermittelt gegen ihn.« Mit tonloser Stimme zähle ich die Fakten auf.

»Moment mal«, sagt Levi und kommt ein paar Schritte auf mich zu. »Wenn du Hans' Tochter bist …«

»Stieftochter«, korrigiere ich ihn. Auf diesen Unterschied lege ich momentan äußersten Wert. Doch Levi hört mir überhaupt nicht mehr zu.

Er stößt einen Pfiff aus. »Ich bin ein bisschen überrascht. Ich meine, ich wusste, dass Hans ein perverser Hund ist, aber …«

»Kein Wort mehr. Ich weiß von der Sexszene.«

»*Sexszenen* meinst du wohl, oder? Ich persönlich finde, sie sollten alle rein. Sie wollen Blake Lively für deine Rolle ins Spiel bringen.« Er grinst anzüglich, als würde er sie sich nackt vorstellen.

Ich stöhne und überlege, wie heftig ich wohl meinen Kopf gegen die Mauer schlagen muss, um bewusstlos zu werden.

»Aber eigentlich kann Blake dir nicht das Wasser reichen.« Levi kommt noch einen Schritt näher, er hat jegliche Zurückhaltung aufgegeben.

Ich starre ihn wütend an. »Du kannst deine Hände und alles andere bei dir behalten.«

»Ich würde einfach gern mehr darüber erfahren, wie du die Geschichte siehst.« Er streicht mit einem Finger über meine nackte Schulter, und ich mache einen Satz rückwärts.

»Weißt du, was total komisch ist?«, zische ich. »Dieser ganze Film hat von vorn bis hinten nichts mit der Realität zu tun.«

»Das kommt daher, weil die Zuschauer von der Realität nichts wissen wollen«, versucht Levi diesen Umstand zu rechtfertigen.

Jetzt wünschte ich, ich hätte ihn doch schwimmen gehen lassen. Dann hätte ich die Chance gehabt, ihn zu ertränken.

»Spar dir deine Märchen«, rate ich ihm. »Und verschwinde von hier, bevor ich den Wests erzähle, warum du wirklich gekommen bist.«

»Es ist ein Job, nichts Persönliches.«

»Bildest du dir ernsthaft ein, dass sie das genauso sehen werden?«, frage ich.

»Klar.«

»Dann bist du entweder dumm, oder du machst dir etwas vor. Wenn du ehrlich glaubst, dass es ihnen nichts ausmacht, dann solltest du hineingehen und ihnen auf der Stelle erzählen, warum du hier bist«, fordere ich ihn auf, die Karten auf den Tisch zu legen.

»Die haben gerade eine ganze Menge durchzustehen, und ich würde nicht …«

»Ja. Genau so habe ich mir das vorgestellt«, grolle ich.

»Emma, du musst verstehen …«

»Was ist denn hier los?«, unterbricht uns Jameson. Ich brauche meinen Freund gar nicht erst anzusehen, um zu wissen, dass er sauer ist. Ich trete innerlich etwas zurück und versuche, die Situation mit seinen Augen zu sehen. Der superheiße Filmstar-Freund steht viel zu nah vor der aktuellen Freundin und redet eindringlich auf sie ein. Egal, wie man es betrachtet: Es sieht nicht gut aus. Levi kommt zu derselben Schlussfolgerung, denn er rückt von mir ab und hebt die Hände in die Luft. »Es ist nicht so, wie es aussieht, Kumpel.«

»Wirklich? Denn es sieht aus, als würdest du dich an meine Freundin ranmachen.«

»Ist das jetzt die Stelle, an der ihr euch in die Brust werft, euch auf dem Boden herumwälzt und prügelt?«, frage ich sie.

Jameson deutet warnend mit dem Zeigefinger auf mich, aber ich schlage ihn fort. »Hast du immer noch nicht begriffen, dass ich es nicht leiden kann, wenn man mir sagt, was ich zu tun habe?«

»Und ich mag keine Freunde, die ihre Grenzen überschreiten.« Er kommt noch näher, und langsam wird mir klar, dass es gleich eine Schlägerei geben wird.

»Hör mal, Mann. Ich will mich nicht mit dir prügeln. Ich muss nächste Woche zum Dreh, und …«

Jamesons Faust beendet den Satz für ihn.

Levi fasst sich an die Nase, aus der Blut sickert. »Hast du mir gerade die Nase gebrochen? Hast du auch nur die leiseste Ahnung, was diese Nase wert ist?«

Jameson holt sein Portemonnaie heraus und wirft ihm ein paar Hundertdollarnoten vor die Füße. »Das sollte reichen.«

Er wendet sich mir zu und deutet zum Haus. »Komm mit rein.«

Ich stemme die Hände in die Hüften und schüttele den Kopf. »Ich lasse mir von dir nichts befehlen.«

»Können wir das woanders klären?«, bittet Jameson.

»Nein«, weigere ich mich, »denn Levi hat dir etwas zu sagen.«

»Was denn?«, fragt Levi verwirrt.

Bevor er begreift, dass ich ihm keine andere Wahl lasse,

als ein Geständnis abzulegen, schiebt Jameson ihn gegen die Säule. »Hast du sie angefasst? Hast du sie etwa mit deinen Drecksfingern angefasst?«

Levi stößt ihn weg. »Ich will dir nicht wehtun.«

»Es gibt einen Unterschied zwischen einem gespielten Kampf und einem echten Kampf«, warnt ihn Jameson.

Bei seinen Worten zieht sich mein Magen erwartungsvoll zusammen. Mit ziemlicher Sicherheit ist es ein bisschen primitiv von mir, mich daran hochzuziehen, dass sich zwei attraktive Männer vor meinen Augen die Nasen blutig schlagen, aber ich kann es nicht ändern.

»Sag ihm, warum du hier bist, Levi«, rufe ich ihm zu und hoffe, dass die zwei mich überhaupt noch hören und ihnen das Adrenalin noch nicht ganz den Verstand geraubt hat.

»Was ist hier draußen los?« Monroe tritt auf die Terrasse, ihr Blick wandert von ihrem Bruder zu Levi. »Ihr wollt euch doch nicht etwa prügeln, oder?«

»Ich hab nicht angefangen«, sagt Jameson.

Ich kann nicht länger an mich halten.

»Levi ist hergekommen, weil er dich in der Filmbiografie darstellen soll, bei der Hans von Essen Regie führt.« Die Wahrheit platzt aus mir heraus. Sie ihnen zu verschweigen, wäre genauso schlimm, wie zu lügen. Levi mag damit leben können, aber ich kann es nicht mehr.

»Ist das wahr?«, fragt Jameson mit Grabesstimme.

Levi zögert, was Antwort genug ist.

»Verschwinde«, befiehlt ihm Jameson. »Und lass dich nie wieder hier blicken. Ruf nicht an. Komm nicht vorbei. Unsere Anwälte werden sich um die Sache kümmern.«

»Anwälte?«, wiederholt Levi. »Ich habe keinen Anwalt.«

»Dann schlage ich vor, du besorgst dir einen.« Jameson dreht seinem ehemaligen Freund den Rücken zu.

»Du kannst mich nicht verklagen, nur weil ich eine Rolle annehme.«

»Das vielleicht nicht, aber ich kann etwas finden, wofür ich dich verklage, und das werde ich.«

Levi protestiert. »Das meinst du doch nicht ernst.«

»Noch gestern hätte ich gesagt, du würdest nie eine Rolle annehmen, in der du behauptest, ich hätte meinen Vater umgebracht. Offenbar stecken wir beide voller Überraschungen. Weißt du, wie leicht es für mich wäre, dafür zu sorgen, dass du diese Rolle nicht bekommst?«

»Das will ich sehen«, höhnt Levi. Und zum ersten Mal fällt mir auf, dass seine Zähne ein wenig schief stehen. Ein Ohr ist größer als das andere, und er hat Akne-Narben im Gesicht. Anscheinend kann sich ein Mistkerl mit einem guten Grinsen tarnen.

»Monroe, sag du doch auch mal was«, wendet sich Levi an sie und versucht, seinen Charme spielen zu lassen, doch sie hebt nur eine Braue.

»Du hast gehört, was er gesagt hat. Verschwinde.«

»Ich dachte, wir wären Freunde.«

»Das waren wir«, teilt sie ihm mit. »Aber hier geht es um die Familie.«

»Eure Familie ist fertig. Das wisst ihr ganz genau. Ihr wisst, was euer Vater alles verheimlicht hat und wie er eure Mutter behandelt hat. Das habt ihr mir selbst erzählt.«

»Ja, die Familie ist ganz schön fertig.« Jameson geht einen

Schritt auf ihn zu, und Levi zuckt zusammen. »Aber es ist unsere Familie, und du gehörst nicht dazu.«

»Habe ich irgendwas verpasst?«, fragt Hugo und reibt sich beim Herauskommen die Hände.

Levi wischt sich mit dem Handrücken über die blutige Nase, dann richtet er sich auf. »Nichts. Du hast nichts verpasst. Ich wollte gerade gehen.«

»Das ist aber schade«, sagt Hugo, der die Spannungen zwischen uns nicht wahrnimmt, und klopft ihm noch auf den Rücken, als Levi an ihm vorbeigeht. »Nächstes Mal musst du mir erzählen, wie es ist, Blake Lively zu besteigen.«

Levi wirft Jameson einen Blick zu. »Klar. Ich erzähle dir alles.«

Dann verschwindet er im Haus und aus unserem Leben.

»Wie lange weißt du das schon?«, fragt mich Jameson, als die anderen ins Haus gehen.

»Seit der Nacht, in der wir Palm Springs verlassen haben. Es tut mir leid. Ich hätte es dir sagen sollen.«

»Nein. Entschuldige dich nicht bei mir, Herzogin. Du hast nichts falsch gemacht.«

»Ich wusste nicht, wie ich dir sagen sollte, dass dich dein bester Freund hintergeht«, gebe ich zu.

»Ich kann mir vorstellen, dass es für jemanden wie dich schwer ist, so etwas zu verstehen.«

»Was zu verstehen?«, flüstere ich, als er näher kommt und mich mit seinen Lippen sucht.

»Treulosigkeit.«

»Das eine oder andere weiß ich darüber.« Ich denke an Becca und die Lügen, die sie von mir ferngehalten hat.

»Vielleicht tust du das, aber in dir steckt kein Gramm davon. Das ist einer der Gründe …«

Bevor er den Satz beenden kann, küsse ich ihn, weil ich ihm vertraue und weil er mir vertraut. Denn darauf kommt es an, gerade jetzt, wo die ganze Welt um uns herum zusammenbricht.

Als wir uns wieder trennen, ringe ich um Atem. Jameson lehnt seine Stirn an meine.

»Darf ich für eine Weile bei dir bleiben?«

»Du kannst für immer bei mir bleiben«, verspricht er. Dann besiegelt er den Schwur mit einem Kuss.

Kapitel achtzehn

Seine Mutter zeigt mir ein freies Zimmer. Anscheinend herrscht ein anderes Regiment, wenn sie zu Hause ist. Sie lächelt, als sie den Wandschrank öffnet, einen Gästebademantel herausnimmt und ihn aufs Bett legt. Dann zeigt sie mir, wo ich Handtücher, Shampoo und eine Ersatzzahnbürste finde.

»Bitte machen Sie sich keine Umstände«, antworte ich, als sie mich fragt, ob ich sonst noch etwas brauche.

»Unsinn, dafür haben wir doch Gästezimmer. Jameson hat erwähnt, dass du erst siebzehn bist. Ich fühle mich nicht wohl bei dem Gedanken, einer Siebzehnjährigen zu erlauben, mit ihrem Freund in einem Bett zu schlafen.«

Ich beiße mir auf die Unterlippe. Warum um Himmels willen kann sich nicht einfach ein Loch im Boden öffnen, in dem ich bei Bedarf vollkommen versinken kann?

»Ich kannte deine Mutter«, fährt sie fort, »und ich glaube, sie wäre ganz meiner Meinung.«

»Wenn Sie wüssten«, sage ich fast unhörbar. Denn wenn es nach meiner Mutter ginge, würde ich nicht bei den Wests schlafen: Sie würde versuchen, eine richterliche Anordnung gegen sie zu erwirken. Aber das behalte ich für mich.

Nachdem sie gegangen ist, blicke ich mich in dem großen Zimmer um und fühle mich irgendwie fehl am Platz. Als ich Stimmen im Flur höre, schleiche ich zur Tür.

»Es ist nicht nötig, dass du uns getrennte Zimmer zuweist«, erklärt Jameson seiner Mutter.

Ich höre sie durch die Tür leise lachen. »Ich habe doch gesehen, wie du sie anschaust. Es ist besser so. Die Polizei hat uns sowieso schon auf dem Kieker. Etwas Abstand zwischen dir und ihr ist angebracht, solange sie noch minderjährig ist.«

»Ich weiß, wir haben schon darüber gesprochen.«

»Habt ihr?«, fragt sie überrascht.

»Wir reden über vieles, Mom. Sie ist nicht wie die anderen Mädchen.«

Das sind die Worte, die wir alle hören wollen, denn ist nicht jede neue Freundin oder jeder neue Freund genauso wie die anderen, bis endlich jemand kommt, der anders ist?

Für Jameson bin ich anders als die anderen.

Mit diesem Gedanken lege ich mich ins Gästebett und schlummere friedlich ein.

Mitten in der Nacht wache ich auf, weil Jameson zu mir unter die Bettdecke schlüpft.

»Du darfst nicht hier sein«, murmele ich verschlafen.

Er kuschelt sich von hinten an mich und küsst mich auf

den Nacken. »Du kannst ja versuchen, mich auf Abstand zu halten, Herzogin.«

Ich rücke näher an ihn heran und dränge schamlos meinen Hintern an seinen Unterleib.

»Herzogin, was hast du an?«, fragt er mit erstickter Stimme.

»Das, was ich immer im Bett anziehe.« Es ist schwierig, sich ganz unschuldig zu geben, wenn man noch halb schläft, aber ich gebe mein Bestes. »Meinen Slip und ein Tanktop.«

Ich weiß, was seine Aufmerksamkeit erregt hat. In neunundneunzig Prozent aller Fälle trage ich eher normale Slips, aber weil ich heute diesen Hauch von Jumpsuit tragen musste, habe ich mich für einen Tanga entschieden. Stöhnend streicht er über meinen nackten Po.

»Du bist derjenige, der warten will«, erinnere ich ihn.

»Schhh«, bringt er mich zum Schweigen. »Ich versuche gerade, mich krampfhaft daran zu erinnern, warum eigentlich.« Ich kichere, genieße seufzend seine Hände überall auf meinem Körper und flehe um mehr. »Sei leise. Am Ende des Korridors ist meine Mutter, schon vergessen?«

Ich drehe mich zu ihm um und lege den Kopf an seine Schulter. »Ich glaube nicht, dass sie uns hören würde.«

»Herzogin, wenn es nach mir ginge, würden sie dich bis nach China hören«, verspricht er. Dann küsst er mich auf die Stirn. »Du wirst dich einfach noch ein bisschen gedulden müssen.«

»Das wäre einfacher, wenn du nicht in mein Bett kommen würdest«, sage ich.

»Das wäre einfacher, wenn du nicht halb nackt wärst.« Er

stößt einen tiefen Seufzer aus und bewegt die Hände nach oben, bis sie auf meinem Rücken liegen. »Hör auf zu schmollen.«

»Es ist dunkel, woher weißt du, dass ich schmolle?«

»Du schmollst so laut, dass ich es hören kann. Du musst jetzt schlafen«, erklärt er.

»Bekommen wir keinen Ärger, wenn sie dich hier erwischt?«

»Klar«, sagt er matt. »Sie wird mir auf die Finger klopfen und mich dann fragen, was ich zum Frühstück möchte.«

»Ich wünschte, meine Mutter wäre wie deine.«

»Pass auf, was du dir wünschst«, sagt er nur. Ich weiß nicht recht, was ich von dieser Aussage halten soll, dringe jedoch nicht weiter in ihn. Alle Begegnungen mit Evelyn West verstärken meinen Eindruck, dass sie eine wundervolle Beziehung zu ihren Kindern hat. Andererseits hat es Tage gedauert, bis sie nach der Ermordung ihres Mannes nach Hause zurückgekommen ist. Sie behauptete, ihr Vater sei krank gewesen, aber wenn ich in meinem Leben etwas gelernt habe, dann, dass der Schein trügen kann.

»Ich will nicht schlafen«, gestehe ich Jameson. »Ich habe ständig Albträume.«

»Ich sorge dafür, dass du heute Nacht keine hast.« Er schlingt die Arme um meine Taille. »Heute Nacht wirst du nur schöne Träume haben. Wovon willst du träumen, Herzogin?«

»Von meinem Geburtstag«, sage ich schüchtern.

»Warum? Worauf freust du dich denn?« Ich kann das Lächeln in seiner Stimme hören.

»Ich habe das Gefühl, es wird der beste Geburtstag aller Zeiten.«

»Wenn es nach mir geht, auf jeden Fall«, flüstert er, die Lippen auf meiner Stirn. Seine Worte kitzeln auf meiner Kopfhaut, rieseln meinen Hals hinab und landen schließlich in meinem Bauch. »Hast du noch mal darüber nachgedacht, wo du hinmöchtest?«

»Nicht so weit weg«, antworte ich.

»Paris und London sind out?«

»Zu weit weg. Ich möchte schnell dorthin kommen«, gebe ich zu.

»Wie wäre es mit Mexiko? Es gibt ein kleines Resort in Playa del Carmen. Wir könnten nah am Wasser schlafen.«

»Schlafen?«, wiederhole ich.

»Miss Southerly, worauf spielen Sie an?«, sagt er mit gespieltem Entsetzen.

»Am besten gebe ich dir einen Vorgeschmack«, murmele ich. Dann lege ich meine Lippen auf seine.

»Das hätte ich mir ja denken können, dass du hier steckst.« In diesem süffisanten Tonfall von Monroe geweckt zu werden, ist nicht gerade das, was ich mir unter einem angenehmen Aufwachen vorstelle. Ich verkrieche mich unter der Bettdecke und überlasse Jameson seiner Schwester.

»Was willst du, Monroe?«, grummelt er, rollt sich von mir weg und schläft sofort wieder ein. Eine Sekunde lang erinnert mich das daran, wie es früher immer mit Becca war.

»Ihr zwei habt Besuch.«

»Wie spät ist es?«, flüstere ich.

»Acht.«

Monroe steht garantiert jeden Tag im Morgengrauen auf, um zwei Stunden Kardio-Training zu machen. Als ich mich aufsetze, sehe ich meinen Verdacht bestätigt, denn sie trägt einen Sport-BH und Shorts.

»Wer ist es?«, frage ich und bete zum Himmel, dass es nicht mein Dad ist.

Sie klingt überhaupt nicht selbstgefällig, als sie antwortet: »Detective Mackey.«

Ich springe aus dem Bett und werfe mir den Morgenmantel über, den mir ihre Mutter hingelegt hat.

»Weck ihn nicht auf«, befehle ich ihr.

Sie packt meinen Arm und bohrt mir ihre Nägel in die Haut. »Was hast du zu verbergen?«

»Nichts.« Ich reiße mich von ihr los. »Und falls du es noch nicht mitbekommen hast, dein Bruder verhält sich nicht immer rational, wenn er meint, ich wäre in Schwierigkeiten.«

Langsam steige ich die Treppe hinunter. Ich bin nicht gerade scharf darauf, meiner liebsten Bundespolizistin wiederzubegegnen. Dass sie hier so früh auftaucht, wie es gesellschaftlich gerade noch vertretbar ist, ist ein ziemlich sicheres Zeichen dafür, dass sie schlechte Nachrichten hat. Zu spät komme ich auf den Gedanken, dass ich Monroe besser nach weiteren Einzelheiten hätte fragen sollen. Wollte Mackey mich und Jameson sehen? Oder nur ihn?

Nur mich?

Als ich ins Wohnzimmer komme, fällt mir sofort auf, dass der schicke Bob, den sie damals hatte, ein bisschen zu lang geworden ist. Sie hat zu viel gearbeitet. Fast hätte ich Mitleid mit ihr, wenn sie nicht meinem Freund einen Mord anhängen wollte.

»Möchten Sie einen Kaffee?«, frage ich und setze mich ihr gegenüber in den Sessel.

Jetzt reiß dich mal zusammen und spiel hier nicht die Gastgeberin, Emma. Ich weiß ja noch nicht einmal, wo die Kaffeemaschine steht. Mackey zieht eine Braue hoch, die dringend mal wieder gezupft werden müsste. »Sie fühlen sich ja schon ganz wie zu Hause.«

Ich höre auf herumzuzappeln und setze mich gerade hin.

»Ich versuche nur, höflich zu sein. Sollten Sie auch mal probieren.«

Über ihre Lippen huscht der Anflug eines Lächelns, doch sie gönnt es mir nicht. Sie lehnt sich zurück, schlägt die Beine übereinander und betrachtet mich eine ganze Weile, bevor sie zum Punkt kommt. »Es wird heute eine Pressekonferenz geben. Ich dachte, das sollten Sie wissen.«

»Ich hatte keine Ahnung, dass das öffentliche Interesse derart nachgelassen hat, dass Sie jetzt schon Hausbesuche machen müssen, damit sich überhaupt noch jemand für den Fall interessiert«, sage ich schulterzuckend. Wenn sie mir zu verstehen geben will, dass ich ihr kein Lächeln wert bin, dann werde ich ihr zu verstehen geben, dass ich weder sie, noch ihre Spiele interessant finde.

Sie faltet ihre Hände im Schoß. »Möchten Sie wissen, worum es geht?«

»Um den Mörder, vermute ich. Wollen Sie mir etwa sagen, Sie hätten echte Polizeiarbeit geleistet und könnten endlich den wahren Täter präsentieren?«

»Ja, das können wir.« Mackey legt den Kopf schräg und sieht mir in die Augen. »Sie, Miss Southerly.«

Ich zucke nicht mit der Wimper. Einerseits, weil ich nicht will, dass sie sieht, was für einen Schrecken sie mir eingejagt hat, doch vor allem, weil ich erstarrt bin. Ich zwinge mich zu einer Reaktion: »So verzweifelt sind Sie also?«

»Sagt das Mädchen, das bei Milliardärs einen auf Familie macht.«

»Na schön, ich werde anbeißen.« Ich beuge mich vor und stütze meine Ellenbogen auf die Knie, um die Distanz zwischen uns zu verringern. »Wie kommen Sie darauf?«

»Darf ich Ihnen zunächst ein paar Fragen stellen?«

»Wäre es besser, wenn ich einen Anwalt dabeihätte?«, kontere ich. Wenn ich schlau wäre, würde ich sie hinauswerfen, aber dazu bin ich zu neugierig.

»Das wäre es«, sagt Jameson, der auf einmal in der Tür steht. Er wirkt überhaupt nicht, als hätte er gerade geschlafen – er ist angezogen und hellwach. Von mir kann ich weder das eine noch das andere behaupten. Ohne mich zu beachten, kommt er ins Zimmer, dabei lässt er Mackey nicht aus den Augen.

»Mister West, wie reizend, Sie zu sehen.« Mackey klingt alles andere als erfreut, dass er sich zu uns gesellt. »Ich führe gerade ein vertrauliches Gespräch mit Ihrer Freundin.«

»Alles, was Sie ihr zu sagen haben, können Sie auch vor mir sagen.«

Diese Zeile stammt direkt aus einer CSI-Episode.

»Stimmt das?«, fragt sie mich.

»Ja«, sage ich, ohne zu zögern. »Ich habe keine Geheimnisse vor ihm.«

»So jung und so wenige Geheimnisse. Wie lange kennen Sie sich schon?«

»Lange genug«, antwortet Jameson für mich, während ich noch rechne. Sind es wirklich noch keine zwei Monate? »Haben Sie ernsthafte Fragen? Und hätten die auch Zeit, bis meine Anwälte da sind?«

»Sie brauchen keinen Anwalt«, korrigiert ihn Mackey. »*Sie* braucht einen.«

»Ich habe mich falsch ausgedrückt. Ich meinte unsere Anwälte.«

»Sie beide stehen sich recht nahe. Was überraschend ist, wenn man bedenkt, dass Sie sich erst so kurz kennen. Oder haben Sie sich schon vorher gekannt?«, erkundigt sie sich.

Ich stöhne und lasse mich in meinen Sessel zurückfallen. Schwer zu glauben, dass jemand auf diesen Mist hereinfällt, aber Partner gegeneinander auszuspielen, scheint hin und wieder zu funktionieren, sonst würde sie es nicht versuchen.

»Ich verzichte auf mein Recht, einen Anwalt hinzuzuziehen.«

»Emma, davon würde ich dir abraten«, setzt Jameson an, doch ich hebe eine Hand.

»Hör zu, ich habe keine Lust, den ganzen Tag darauf zu warten, dass sie zum Punkt kommt. Soll sie doch ihre Fragen stellen. Wir kennen die Wahrheit, also lass uns doch mal sehen, was ihrer Meinung nach ausreicht, mich des Mordes zu beschuldigen.«

»Momentan ist es nur ein Bauchgefühl«, gibt Mackey zu.

»Sie würden mir also gern nachweisen, dass ich ihn umgebracht habe. Soll ich das als Kompliment oder als Beleidigung verstehen?«

Sie antwortet nicht auf meine Frage. »Sie kommen am ehesten infrage.«

»Genug der Theorie«, schaltet sich Jameson ein. »Stellen Sie Ihre Fragen und verschwinden Sie.«

»Ihrer Aussage zufolge waren Sie in der Nacht, als Nathaniel West ermordet wurde, im West Casino.« Sie nimmt einen Notizblock aus ihrer Tasche und schlägt ihn auf.

»Ja, und das entspricht nach wie vor der Wahrheit«, versichere ich ihr. »Die Zeitmaschine, an der ich arbeite, ist noch nicht fertig, also hatte ich bislang keine Gelegenheit, die Vergangenheit zu ändern.«

Sie ignoriert meinen Sarkasmus. Ich schätze, meine Mom hat recht, und mein schwarzer Humor schadet mir eher, als dass er mir nützt.

»Außerdem haben Sie behauptet, dass Sie beide den ganzen Abend über zusammen waren.«

»Das sind alles keine Fragen«, stellt Jameson klar.

»Nein«, erwidere ich. Ich möchte die Sache schnell hinter mich bringen, um die beiden zu trennen. »Wie ich Ihnen schon gesagt habe, haben wir nackt gebadet, dann haben wir etwas Zeit miteinander verbracht und sind eingeschlafen.«

Sie bekommt schmale Augen. So viel zu ihrem Versuch, mir einen Bluff anzuhängen. Weshalb sollte ich meine Geschichte auf einmal ändern?

»Sind Sie sicher, dass es so gewesen ist?«

Wie heißt es so schön? Die Wahrheit wird dich befreien. Oder stellen sie einem einfach nur immer wieder dieselbe Frage, bis man schließlich lügt, damit sich nicht immer alles wiederholt? »Ja, genauso war es.«

Jameson hat von mir verlangt, dass ich nicht für ihn lügen soll, und deshalb behaupte ich jetzt auch nicht ausdrücklich, dass er wirklich den ganzen Abend an meiner Seite war.

»Das heißt also, einer von Ihnen beiden hätte noch einmal aufstehen können, ohne dass der andere es bemerkt.« Es fällt ihr gar nicht leicht, tatsächlich Fragen zu stellen. Wahrscheinlich können wir froh sein, dass sie sich an rechtsstaatliche Prinzipien hält und wir nicht in einem Polizeistaat leben. Ob das eine Suggestivfrage ist?

»Könnte sein.« Wenigstens das will ich ihr zugestehen, zumal es sich kaum leugnen lässt.

»Wen verdächtigen Sie eigentlich, Detective Mackey?«, kommt Jameson direkt zum Punkt. »Wenn Sie keine Beweise haben, wird das Ganze zu einem Fall von übler Nachrede.«

»Ist es nicht herrlich, dass sich das FBI um solche Kinkerlitzchen nicht kümmern muss?« Sie grinst ihn gelassen an und wendet sich dann wieder mir zu. »Emma, sind Sie noch Jungfrau?«

Ich schnaube überrascht. Von allen erdenklichen Fragen, die Detective Mackey mir stellen könnte, habe ich mit dieser am allerwenigsten gerechnet.

»Du brauchst diese Frage nicht zu beantworten«, sagt Jameson, doch sie hebt erneut die Hand, um ihn zum Schweigen zu bringen.

»Miss Southerly wollte kooperieren.«

Na schön, sei's drum. »Nein, bin ich nicht.«

»Seit wann sind Sie sexuell aktiv?«, fährt sie fort.

»Entschuldigen Sie, aber was hat das mit dem Mord zu tun?« Ich ignoriere ihre Frage, weil meine Antwort ziemlich peinlich wäre, insbesondere wenn man bedenkt, dass ich meinen Freund schon die ganze Woche lang anflehe, mit mir zu vögeln.

»Ich würde es vorziehen, wenn Sie einfach meine Frage beantworten.«

»Na schön.« Ich verschränke die Arme, als könnte mich das vor der Peinlichkeit schützen, die mir bevorsteht. »Ich habe meine Jungfräulichkeit vor ein paar Jahren in einem plötzlichen Anfall geistiger Umnachtung verloren, und seitdem habe ich nichts mehr gemacht.«

»Also sind Sie sexuell nicht aktiv?«

Es ist schon komisch zu sehen, dass Mackey jetzt genervt ist. Das ist nicht die Antwort, die sie erwartet hat, aber ich verstehe immer noch nicht, was das mit Nathaniel West zu tun hat oder mit dem, was in jener Nacht geschehen ist.

»Nein, ich habe keinen Sex, wenn das Ihre Frage beantwortet.«

»Sie werden mir verzeihen, dass ich das überraschend finde.« Sie schreibt etwas auf ihren Notizblock.

»Sie meinen, wie ich es geschafft habe, mir ohne die Hilfe meiner Vagina einen Milliardär zu angeln?«, gebe ich zurück. Wenn ich mich schon quälen muss, sollen es die anderen auch nicht leicht haben. »Hören Sie, Sie können mich gerne zu einem Arzt schicken. Wahrscheinlich ist es schon so lange her, dass sie wieder zugewachsen ist.«

»Vaginas wachsen nicht wieder zu.«

»Prima, vielen Dank für den Bio-Unterricht«, erwidere ich, »aber so sieht es aus. Ich hatte seit über drei Jahren keinen Sex.«

»Nachdem sie die Frage beantwortet hat, könnten Sie sich vielleicht die Mühe machen, uns zu erklären, was Sie eigentlich herauszufinden hoffen?«, sagt Jameson.

Sie schließt ihren Notizblock und schiebt ihn in ihre Handtasche. »Ich habe Ihre Antwort, und ob sie sich als wahr oder falsch erweist, steht auf einem völlig anderen Blatt.«

Oh mein Gott. Wo ist die Wand zum Draufhauen, wenn man sie braucht?

»Wenn ich Ihnen etwas mitzuteilen hätte, würde ich es tun.«

Ich habe all die Spielchen und das Drumherumgerede satt, deshalb nehme ich jetzt kein Blatt mehr vor den Mund. »Ich lüge aber nicht, und ich kann Leute nicht ausstehen, die einfach aufkreuzen und mir vorwerfen, ich würde es tun.«

»Das werde ich mir merken.« Mackey steht auf und streicht sich die Hose glatt. »Sollten wir noch weitere Fragen haben, melden wir uns.«

»Ich kann es kaum erwarten«, entgegne ich.

»Und was hat das alles mit der Ermordung meines Vaters zu tun?«, fragt Jameson, während er sie zur Tür bringt.

»Nun, da Sie beide ja so unschuldig sind, können Sie es gemeinsam mit allen anderen erfahren. Die Pressekonferenz findet heute Mittag um zwölf statt.«

Ich gebe es nur äußerst ungern zu, aber wir wissen beide, dass wir sie uns ansehen werden.

Kapitel neunzehn

Sobald sie weg ist, nimmt Jameson meine Hand und führt mich in Richtung Treppe. Ich habe das bedrängende Gefühl, dass wir uns unterhalten oder einen Plan schmieden müssen, aber ich bin mutlos.

»Ich kann jetzt nicht mehr schlafen«, sage ich.

»Darf ich kurz mit Emma sprechen?«, fragt Evelyn, die plötzlich aus dem Nichts auftaucht, bevor wir den unteren Treppenabsatz erreichen.

»Ich warte in deinem Zimmer auf dich«, sagt Jameson, dann lässt er mich mit ihr allein.

Evelyn hat dunkle Ringe unter den Augen. Gibt es überhaupt jemanden in diesem Haus, der genug Schlaf bekommt?

»Was wollte sie?«, fragt sie, als wir beide allein sind.

»Mir vorwerfen, Ihren Mann umgebracht zu haben«, platzt

es aus mir heraus. »Am besten sage ich es Ihnen gleich, denn es wird eine Pressekonferenz geben.«

Ich weiß nicht, welche Reaktion ich erwartet habe, doch als sie mich fest in den Arm nimmt, bin ich überrascht.

»Aber wie können Sie wissen, dass ich …« Ich führe den Satz nicht zu Ende.

Sie tritt einen Schritt zurück und fasst mich an den Schultern. »Genauso wie ich weiß, dass Jamie unschuldig ist.«

»Aber *er* ist Ihr *Sohn.*« Das ist eigentlich zu selbstverständlich, um es noch einmal zu betonen.

»Das ist er, und er ist in dich verliebt. Was mich betrifft, macht dich das zu meiner Tochter, und ich weiß, was meinen Kindern zuzutrauen ist und was nicht.«

Ich schlucke und wünschte, ich würde ihr Vertrauen verdienen. Wenn sie wüsste, welche Geheimnisse ich mit mir rumtrage, hätte sie keine so hohe Meinung mehr von mir.

»Jetzt ruh dich ein bisschen aus.«

Als ich in mein Zimmer komme, schließt Jameson die Tür hinter uns und nimmt mich in die Arme.

»Mackey kann dir nichts tun«, verspricht er.

»Ich verstehe nicht, warum sie all diese Fragen gestellt hat«, gebe ich zu. »Jameson, du musst wissen, dass ich nichts mit …«

»Das weiß ich schon, Herzogin. Ich lasse dir jetzt ein Bad ein, anschließend gehe ich runter und rufe meinen Anwalt an.«

»Das musst du nicht.« Er bringt mich mit einem Kuss zum Schweigen.

»Doch, das muss ich.«

Ich blinzele gegen die Tränen an, die mir in den Augen brennen. »Sie wird versuchen, uns gegeneinander auszuspielen.«

»Das wird ihr aber nicht gelingen«, verspricht er.

»Es wird Verhöre geben, vielleicht sogar ein Gerichtsverfahren.« Ich bin viel zu panisch, um mich von ihm beruhigen zu lassen, aber er legt die Hände um mein Kinn und zwingt mich, ihn anzusehen.

»Das werde ich nicht zulassen, Emma.«

»Ich habe nicht die Mittel, die dir zur Verfügung stehen, außer ich bitte Hans um Hilfe«, sage ich.

»Ich stehe mit allen meinen Möglichkeiten hinter dir«, korrigiert er.

»Sie werden dich vorladen und dazu zwingen, über unser Sexleben zu reden.« Oder unser nicht vorhandenes, füge ich im Stillen hinzu.

Er hält inne, und ich sehe, wie es hinter seinen blauen Augen rattert. »Das lässt sich vermeiden.«

»Wie?«, frage ich verzweifelt. Ich muss wissen, wie er das wieder in Ordnung bringen will. Ich möchte glauben, dass er es schaffen kann, weil ich zum ersten Mal, seit diese Sache ihren Anfang genommen hat, wirkliche Angst empfinde.

»Du wirst bald achtzehn.« Daran braucht er mich nicht zu erinnern, schließlich denke ich ständig daran.

»Emma, sie können dich nicht dazu zwingen, gegen deinen Ehemann auszusagen.«

Ich zucke zurück, als hätte er mir gerade gestanden, dass er eine ansteckende Krankheit hat. »Wie bitte?«

»Zeugnisverweigerungsrecht. Wenn es hart auf hart kommt,

können wir heiraten.« Er sagt das ganz nüchtern. Was er vorschlägt, ist eine vorbeugende Maßnahme.

Man mag mich altmodisch nennen, aber ich will nicht aus strategischen Gründen vor den Traualtar treten. »Wir werden nicht heiraten.« Jetzt bin ich nicht mehr nur ängstlich, sondern auch fassungslos. »Wir hatten nicht einmal Sex, wie können wir dann über solche Dinge reden? Ich habe noch ein Jahr auf der Highschool vor mir. Und ich möchte ganz bestimmt nicht als Mörderin abgestempelt werden, die sich einen reichen Kerl geangelt hat.«

»Du bist weder das eine noch das andere«, weist er mich zurecht.

»Erzähl das mal denen in meiner Klasse«, knurre ich.

»Wen interessiert, was die denken?«

Mich, wie es scheint. Ich bin über diese plötzliche Selbsterkenntnis zu geschockt, um es auszusprechen.

»Hör zu, ich will dich nicht dazu zwingen, mich zu heiraten«, hebt Jameson an.

»Gut, denn ich habe nicht die Absicht, deinem Wunsch zu entsprechen.«

»Offen gestanden tut es mir weh, dass du nicht willst.«

»Es ist ja nicht, weil …« Ich suche nach den richtigen Worten, die das Durcheinander in meinem Kopf beschreiben. Wie um alles in der Welt sind wir an diesem Punkt gelandet? Da bettele ich fast die ganze Woche darum, dass er mit mir ins Bett geht, und jetzt will er mich vor den Traualtar schleifen. Irgendwie ist doch bei dieser Geschichte alles verdreht. »Du brauchst jetzt wirklich nicht zu solch extremen Maßnahmen greifen.«

»Das ist doch keine große Sache.«

»Doch, das *ist* eine große Sache.« Ich gebe mir keine Mühe zu verbergen, wie fassungslos ich bin. »Die Ehe ist eine sehr große Sache. Jedenfalls für mich.«

»Du darfst nicht vergessen, dass mich ein Milliardär großgezogen hat. Herrgott, ich kann mir ein paar Frauen leisten.«

»Ein paar Frauen, ja?« Allein bei der Vorstellung, dass sich Jameson für eine andere interessieren könnte, kneife ich die Augen zusammen.

»Du siehst eifersüchtig aus, Herzogin.« Er klingt äußerst zufrieden.

»Mach dir um mich keine Sorgen. Träum nur weiter von Trophäen. Vielleicht schaffst du dir einen Mahagonischrank an, um sie darin aufzubewahren?«

»Du bist ja wirklich eifersüchtig.« Er schnappt sich den Saum meines Morgenmantels und zieht mich näher zu sich. »Ich mag es, wenn du eifersüchtig bist.«

»Bin ich nicht.« Wie er es geschafft hat, mich von dem aktuellen Drama abzulenken, ist mir ein Rätsel.

Jameson geht ins Bad, das zu meinem Zimmer gehört, und lässt Wasser in die Wanne laufen.

»Ich bin dann mal unten«, sagt er, als ich mich ausziehe und mir ein Handtuch nehme, während ich darauf warte, dass die Wanne vollläuft.

Als er gerade durch die Badezimmertür verschwinden will, rufe ich ihm hinterher: »Ach, übrigens: Das war der schlechteste Heiratsantrag aller Zeiten.«

Darauf streckt er noch einmal den Kopf durch die Tür. »Mein nächster wird besser.«

Worauf habe ich mich da bloß eingelassen?

Als die Wanne fast voll ist, drehe ich den Hahn ab. Ich will gerade hineinsteigen, als es an die Badezimmertür klopft. Ich wickele mich in mein Handtuch. Jameson würde kaum klopfen, so würde er sich ja die Chance ruinieren, ein Auge auf das riskieren zu können, was ich zu bieten habe. Ich rechne damit, dass Evelyn vor der Tür steht, doch es ist Monroe. »Ich hab was für dich.«

Sie reicht mir zuerst ein Glas Wasser, dann öffnet sie die Hand und zeigt mir eine kleine blaue Pille.

»Hm.« Ich bin eigentlich nicht darauf aus, mir von Fremden Drogen zustecken zu lassen, auch wenn Monroe streng genommen keine Fremde ist. Eigentlich ist sie etwas Schlimmeres: eine Feindin. Obwohl sie in den letzten Tagen in neutraleren Fahrwassern unterwegs zu sein scheint.

»Xanax«, beteuert sie. »Ich habe belauscht, was Mackey von dir wollte.«

»Wehe, du erzählst das jemandem …«, platzt es aus mir heraus.

In ihren kristallblauen Augen sehe ich, wie sie mit sich ringt, doch nach einem Moment sagt sie: »Das werde ich nicht, Emma. Ich weiß, dass du es nicht getan hast.«

Am liebsten würde ich sie fragen, woher sie das wissen will und woher dieser plötzliche Gesinnungswandel rührt, der mir äußerst verdächtig scheint. Doch stattdessen nehme ich ihr die Pille aus der Hand und stecke sie mir in den Mund.

»Versuch, dich zu entspannen«, rät sie. »Jameson hängt schon am Telefon und spricht mit den Anwälten.«

Ich nehme einen großen Schluck Wasser und reiche ihr das Glas. »Danke schön.«

Es kommt mir kaum über die Lippen und so, wie sie zusammenzuckt, fällt es ihr schwer, meinen Dank anzunehmen. Deshalb kann ich es nicht auf sich beruhen lassen.

»Warum bist du so nett zu mir?«, frage ich sie.

Sie zuckt die Schultern. »Du bist ein Gast, und … ich habe den Eindruck, du hast nicht vor, uns demnächst zu verlassen.«

»Habe ich auch nicht«, warne ich sie.

»Dann werden wir uns wohl aneinander gewöhnen müssen.« Dieser Waffenstillstand ist bestenfalls von mittelmäßiger Qualität. Wir haben uns nicht freiwillig dazu entschieden, er wurde uns aufgezwungen, aber es ist ein Anfang.

»Brauchst du sonst noch etwas?«, fragt sie. Ich schüttele den Kopf und bin immer noch völlig fassungslos ob ihrer plötzlichen Großzügigkeit.

Die Wests sind jedenfalls immer für eine Überraschung gut, denke ich und lasse mich in die Wanne gleiten.

»Gar nicht schlecht«, sage ich zu mir selbst und frage mich, womit sie mich als Nächstes überraschen werden.

✦ ✦ ✦

»Ich begreife einfach nicht, warum sich ihre Eltern nicht darum kümmern.«

Wie angewurzelt bleibe ich vor der Küchentür stehen und warte, dass Monroe noch mehr sagt. Ich rechne damit, dass mich Jameson verteidigt, doch stattdessen ergreift seine Mutter Partei für mich.

»Nicht jede Familie verfügt über die Mittel, mit einem Skandal dieser Größenordnung fertigzuwerden.«

Skandal. Ich bin ein Skandal. Und sie sitzen zusammen und überlegen sich, wie sie mit mir umgehen sollen.

»Ihr Stiefvater hat doch Geld«, sagt Monroe.

»Das werde ich nicht zulassen«, erklärt Jameson. Er sagt es mit solcher Entschlossenheit, dass kein Raum für Zweifel bleibt.

Dieser improvisierte Familienrat geht mich nichts an – abgesehen davon, dass sie offensichtlich über mich reden.

Jameson fährt fort und wendet sich endlich einem anderen Thema als seiner unstatthaften Freundin zu. »Ich habe gestern mit Richard gesprochen. Es sind einige neue Verfahren gegen den Konzern eröffnet worden.«

»Scheißgeier.« Monroe nimmt kein Blatt vor den Mund.

»Nicht diese Sprache«, tadelt ihre Mutter.

»Stimmt doch«, verteidigt sich Monroe. »Ein Mann ist gestorben, da kann man sich doch gleich mal alles unter den Nagel reißen.«

»Was können wir dagegen unternehmen?«, fragt Evelyn. »Oder lassen wir es gleich bleiben?«

»Es könnte uns den Großteil unserer Beteiligungen kosten«, teilt Jameson mit.

»Kämen wir über die Runden?«

»Ja.« Er räuspert sich, und ich wünschte, ich könnte seinen Gesichtsausdruck sehen. »Unsere Angestellten aber nicht.«

»Manchmal vergesse ich, wie sehr du dich von deinem Vater unterscheidest«, sagt sie sanft.

»Und deshalb habe ich mich entschieden, vorübergehend die Geschäftsleitung zu übernehmen«, verkündet er.

Ich schnappe so laut nach Luft, dass in der Küche alle verstummen. Das nächste Mal werde ich mir ein Glöckchen umhängen, damit sie mich kommen hören. Ich nehme meinen Mut zusammen und marschiere in die Küche.

Jameson schüttelt den Kopf, er glaubt keine Sekunde, dass ich rein zufällig gerade jetzt hereinschneie. »Magst du an unserem kleinen Familienrat teilnehmen, Herzogin?«

»Ich gehöre nicht zur Familie«, weiche ich aus. »Ich dachte, ich sehe mal, ob ich mir einen Kaffee besorgen kann.«

»Blödsinn«, fährt Evelyn auf. »Setz dich. Das geht dich genauso an. Ich hole dir einen Kaffee.«

Ich will mich auf den Barhocker am anderen Ende des Tisches setzen, doch Monroe überlässt mir den Stuhl neben Jameson und setzt sich an meiner Stelle ans Kopfende. Ich versuche, mir nicht anmerken zu lassen, wie sehr mich ihre aufmerksame Geste überrascht, ich komme mir vor wie bei *Twilight Zone*.

»Erzähl Emma, worüber wir gesprochen haben.« Evelyn reicht mir einen Becher Kaffee. Ich nehme ihn mit beiden Händen und genieße die Wärme der Keramik an meinen Handflächen. Jameson gibt mir eine Zusammenfassung. Ich bringe es nicht über mich, ihm zu sagen, dass ich das meiste davon bereits belauscht habe.

»Und damit sind wir wieder bei dem Punkt, dass ich als Geschäftsführer einspringe.« Er blickt mir in die Augen und wartet darauf, dass ich etwas sage.

»Okay«, erwidere ich. Will er noch mehr von mir hören,

oder will er mich nur quälen, aus Rache dafür, dass ich so tue, als hätte ich das alles nicht bereits heimlich mit angehört? Aber dass man mich beim Lauschen erwischt hat, ist jetzt nicht meine größte Sorge. »Willst du das denn?«

»Das ist wirklich eine gute Frage«, unterstützt mich seine Mutter. »Du hast dein BWL-Studium abgebrochen.«

»Ich weiß nicht«, gibt er nach einer langen Pause zu. »Aber ich habe eine Verantwortung.«

Am liebsten würde ich ihm sagen, er solle das mit der Verantwortung vergessen. Er schuldet seinem Vater und dessen Vermächtnis überhaupt nichts. Doch hier in diesem kleinen Kreis begreife ich, dass er es nicht für sich tut. Wenn der Konzern auf dem Spiel steht, gefährdet das die finanzielle Absicherung seiner Familie.

Ist das nicht auch der Grund, warum ich mich so lange im Pfandhaus herumgetrieben habe? Für niemanden nehmen wir so Schweres auf uns, wie für unsere Liebsten. Nichts sonst hat uns so fest im Griff.

»Emma?« Er will meine Meinung hören, und für einen kurzen Moment ist es, als wären wir allein im Raum.

»Ich finde deine Entscheidung richtig«, versichere ich ihm. »Tu, was du tun musst.«

»Dann werde ich bis auf Weiteres die Leitung übernehmen.«

Evelyns Blick springt kurz zu mir, und ich sehe ein anerkennendes Funkeln in ihren Augen, das sie schnell wieder verbirgt. In diesem Moment wird mir klar, dass sie will, dass Jameson den Job antritt. Doch warum hat sie ihn dann daran erinnert, dass er das Studium geschmissen hat?

Ich räuspere mich verlegen. Auch wenn es mir vorhin noch total peinlich war und auch auf die Gefahr hin, dass es mir die Wests bis in alle Ewigkeit übelnehmen könnten – ich kann ihre Freundlichkeit nicht ausnutzen, auch wenn es Monroe schwerfällt, sich gesittet zu benehmen. Als ich ihre Aufmerksamkeit habe, beginne ich: »Ich habe vorhin versehentlich gelauscht. Ich brauche keine Hilfe von den Anwälten.«

»Das kommt überhaupt nicht infrage«, knurrt Jameson, und wir drei drehen ihm gleichzeitig die Köpfe zu.

»Reg dich ab«, bremst ihn Monroe.

Jameson wirft ihr einen wütenden Blick zu, hinter seiner versteinerten Miene tobt ein Gefühlsaufruhr, den ich nur erahnen kann. »Du hast doch keine Ahnung. Die Situation …«

»… nervt«, beendet Monroe für ihn den Satz. »Aber lass dich von Jamie nicht verrückt machen. Genaueres wissen wir erst nach der Pressekonferenz.«

»Aber wir wissen jetzt schon, dass der Bezirksstaatsanwalt einen Knüller verspricht«, erinnert er sie.

»Was für einen Knüller?«, greife ich den altmodischen Ausdruck auf und versuche, mir nicht anmerken zu lassen, wie nervös er mich macht.

»Sie werden bestimmt nicht jedes Detail auf der Pressekonferenz bekanntgeben«, sagt Monroe.

»Ich wette, es ist nichts Wichtiges«, sage ich leise.

Das ist also der Grund, warum Mackey vorbeigekommen ist: Sie will sehen, wie ich mich winde.

»In ein paar Tagen dürften wir mehr wissen«, erklärt mir Jameson.

Ich presse die Lippen aufeinander und lasse das sacken. »Aber woher beziehen wir unsere Informationen?«

»Willst du das wirklich wissen, oder möchtest du es notfalls lieber glaubhaft abstreiten können?«

»Wenn ich es mir recht überlege, muss ich es auch nicht wissen.« Die Wests verfügen über die finanziellen Möglichkeiten, sich jede Information zu beschaffen, die sie brauchen, und Jameson ist nicht davon zu überzeugen, sich aus der Sache herauszuhalten.

Am Mittag versammeln wir uns im Fernsehzimmer und schalten den örtlichen Nachrichtensender ein. Wir brauchen nicht lange zu warten, bis der Bezirksstaatsanwalt aufs Podium tritt. Mackey baut sich neben ihm auf, und sie warten darauf, dass die Menge sich beruhigt.

»Bei den Ermittlungen im Mordfall eines der bekanntesten Einwohner Belle Mères sind neue Beweise sichergestellt worden.«

Ich riskiere einen Blick in die Runde. Nathaniel Wests Familie wurde für diese Erklärung nicht mit auf die Bühne gebeten. Das FBI hält die Wests nicht nur aus dem Scheinwerferlicht heraus, es hat auch schon Ermittlungsergebnisse vorzuweisen. Jameson nimmt meine Hand und drückt sie fest, als der Bezirksstaatsanwalt das Mikrofon an Detective Mackey weitergibt.

»Bei einer gründlichen Autopsie der Leiche von Mister West haben die Ermittler DNA-Spuren sichergestellt. Bei einer anschließenden Durchsuchung des Tatortes wurde ein Gegenstand sichergestellt, an dem sowohl DNA-Spuren von Mister West als auch DNA-Spuren einer bisher unbekannten Person entdeckt wurden. Der Gegenstand gibt Grund zu der Annahme, dass das Opfer in der Nacht seiner Ermordung Geschlechtsverkehr gehabt haben muss.«

Jameson stellt den Fernseher aus. »Es tut mir leid, Mom.«

»Es zu leugnen, macht es nicht weniger wahr.« Die Erschöpfung in ihrer Stimme passt nicht zu ihrer sonst so munteren Art.

»Deshalb ist sie hergekommen.« Ich schlage mir die Hand vor den Mund. Detective Mackey geht davon aus, dass ich mit Mister West Sex hatte.

»Wenigstens wissen wir jetzt, womit wir es zu tun haben«, sagt Jameson grimmig.

»Jedenfalls das meiste«, murmele ich.

Evelyn steht auf und schaut durch den Raum, ohne jemandem in die Augen zu blicken. »Ich lege mich hin.«

Niemand unternimmt den Versuch, sie daran zu hindern, und sobald sie außer Hörweite ist, wende ich mich an Jameson und Monroe: »Wusste sie, dass euer Dad ...«

»... fremdgegangen ist?«, ergänzt Jameson das fehlende Wort. »Jeder wusste das.«

Ich blicke in die Richtung, in die Evelyn geflüchtet ist. »Sie wirkte so überrascht.«

»Gedemütigt«, stellt Monroe klar.

Es ist eine Sache, einen untreuen Ehemann zu haben, aber eine ganz andere Sache, wenn die schmutzige Wäsche der Familie vor der ganzen Stadt ausgebreitet wird.

Als sie auch zum Abendessen nicht aus ihrem Zimmer kommt, fange ich an, mir Sorgen zu machen.

»Ob wir mal nach ihr sehen sollten?«, frage ich Jameson.

»Es ist nicht ihr erstes Rodeo«, schaltet Monroe sich ein. »Sie braucht einfach Zeit.«

Ich finde, dass sie auch einen Tee braucht. Eine der wenigen angenehmen Erinnerungen an meine eigene Mutter haben mit heißem Tee zu tun. Sie hat uns welchen gekocht, wenn wir Bauchschmerzen hatten oder erkältet waren. Und manchmal hat sie ihn einfach nur so gemacht. Ich krame in den Küchenschränken nach Teebeuteln. Nachdem sich Jameson erkundigt hat, was ich vorhabe, hält er sich zurück. Monroe hilft mir jedoch, die Küchenzeile auf den Kopf zu stellen.

Dann hält sie triumphierend einen Karton mit Teebeuteln hoch.

»Kräutertee.« Sie rümpft die Nase, als wäre alles außer Schwarztee unter ihrer Würde.

»Weißt du, wie sie ihn trinkt?«, frage ich. Schließlich mache ich mich mit einer Tasse Tee ohne Milch und Zucker auf den Weg in ihr Zimmer. Ich klopfe vorsichtig an und warte, bis ich ein leises »Herein« höre.

»Ich habe Ihnen etwas Tee gebracht.« Ich stelle die Tasse auf ihren Nachttisch.

»Es tut mir leid, dass du in diese Sache mit hineingezogen wirst.«

»Ich habe mich selbst da hineingezogen.« Ich hätte in jener Nacht auch Nein zu Josie sagen und zu Hause bleiben können. Oder mich unter das Partyvolk mischen. Ich hätte Jameson nicht kennenlernen müssen. Die Gewissheit, dass er jetzt zu meinem Leben gehört, ist alle Angst und aller Kummer wert.

Evelyn senkt die Stimme zu einem Flüstern, und ich muss mich zu ihr beugen, um sie zu verstehen: »Es gibt nur sehr wenige Menschen in Belle Mère, denen du trauen kannst. Jameson ist einer von ihnen.«

Dass Jameson der einzige West auf ihrer Liste ist, lasse ich unkommentiert. Aber ich lese zwischen den Zeilen.

Kapitel zwanzig

Das Leben gehorcht einem gleichmäßigen, aber zunehmend anstrengenderen Rhythmus. Reporter belagern in der Hoffnung auf Neuigkeiten das Tor zum Familienanwesen. Eine Handvoll Freunde erschwindelt sich Einladungen, um am Pool neben der Felsenhöhle sitzen zu können. Fernsehsender feilschen um Exklusivinterviews.

Eines frühen Morgens gehe ich an die Haustür und bin so dumm, mir einen Umschlag aushändigen zu lassen.

»Nicht!«, schreit Jameson noch, doch da halte ich ihn bereits in den Händen. Er reißt ihn mir aus den Fingern. Darin befindet sich eine offizielle Vorladung. Ich soll mich gegen Ende der Woche in einer Klinik einfinden.

»Das verstehe ich nicht.« Ich betrachte das Schreiben, als wäre es in Altgriechisch verfasst, doch Jameson wählt bereits die Telefonnummer seiner Anwaltskanzlei. Er redet so oft mit ihnen, dass wir sie auch gleich bitten könnten, bei uns einzuziehen.

»Sie wollen dein Blut«, sagt er tonlos, bevor die Verbindung hergestellt wird.

Mein Leben besteht jetzt darin, umgeben von lauter Milliardärsspielzeugen, Familie zu spielen und mich dabei wie unter einem Mikroskop beobachten zu lassen. Wenn ich nicht aufpasse, lässt mich der, der die Lupe hält, in Flammen aufgehen.

Gegen Ende der Woche ist das alles fast Routine geworden, und ich finde es furchtbar. Das einzig Positive in diesem ganzen Albtraum ist Jameson, der im dreiteiligen Anzug mit Krawatte am Frühstückstisch erscheint.

Ich pfeife, als er das Zimmer betritt.

»Jetzt macht er aber etwas her.« Evelyn will ihm durch die Haare streichen, aber er weicht ihr aus.

»Herzogin, auf ein Wort?«

Ich eile hinter ihm her, doch kaum sind wir um die Ecke zum Wohnzimmer gebogen, hebt er mich hoch. Ich halte mich an seinem Schlips fest, während er mir einen innigen Kuss gibt.

»Mister West«, sage ich atemlos, als wir uns wieder voneinander lösen.

»Mister West war mein Vater«, sagt er mit angespannter Stimme.

»Und jetzt bist du es«, flüstere ich und richte seinen Krawattenknoten. Ich beiße mir auf die Lippe, und er stöhnt.

»Wenn du so weitermachst, komme ich hier nie weg«, warnt er mit rauer Stimme.

Genau darauf lege ich es an. Ich kannte Nathaniel West nicht. Man hat mir von klein auf Vorurteile gegen ihn eingeimpft. Je mehr ich jetzt erfahre, desto weniger will ich wissen. Dass Jameson nun freiwillig seinen Platz einnimmt, und sei es auch nur aus familiären Gründen, belastet mich.

»Ich möchte, dass du heute mit Maddox zusammenbleibst.«

»Das klingt fast wie eine Bitte«, murmele ich anerkennend.

Er spannt die Kiefermuskeln an, dann gesteht er: »Ist es auch.«

»Ich brauche keinen Babysitter«, erinnere ich ihn.

»Die Reporter werden ...«

»Lass das meine Sorge sein. Wir haben eine Übereinkunft«, falle ich ihm ins Wort, bevor er unsere Vereinbarung bricht, dass ich selbst entscheiden kann, wann ich Maddox brauche. Ich streiche ihm eine widerspenstige, kupferrote Haarsträhne aus der Stirn und fahre fort: »Und jetzt geh und spiel mit deinen Milliarden.«

»Ja«, erwidert er sarkastisch. »Ich glaube, als Erstes werde ich einen großen Geldspeicher voller Goldmünzen bauen lassen, in den ich wie Dagobert Duck hineinspringen kann.«

»Das wird der Aufsichtsrat bestimmt befürworten.«

Er lacht, doch dahinter verbirgt sich eine gewisse Nervosität. Als er mich schließlich wieder auf dem Boden absetzt, lässt er seine Hände auf meiner Taille ruhen. »Ich liebe dich.«

»Ich liebe dich auch.« Es ist unglaublich, dass mich diese drei kleinen Worte jedes Mal, wenn er sie sagt, aus den Socken hauen, obwohl die Welt ringsum in Flammen steht.

»Mach Maddox das Leben nicht so schwer, und pass auf

dich auf.« Ich salutiere, dann schiebe ich ihn in Richtung Haustür. Er stiehlt sich einen letzten Kuss und steigt in den Fond der Limousine, die von einem Chauffeur gelenkt wird.

Das Haus zu verlassen, ohne von Hunderten von Möchtegern-Reportern verfolgt zu werden, die auf ihre große Story hoffen, ist ein echtes Kunststück. Ich habe keine Ahnung, wie ich an ihnen vorbeikommen soll. Ich ziehe ein schwarzes Wickelkleid an und stecke mir die Haare in den Nacken. Kein Make-up, kein Lippenstift. Ich muss versuchen, möglichst wenig aufzufallen. Mein Mercedes parkt in der Auffahrt, denn Jameson hat es geschafft, ihn aus der Wüste zurückzuholen. Ich steuere darauf zu, doch als ich die Hand auf den Türgriff lege, erscheint Maddox.

»Kann ich Sie irgendwo hinbringen?«, fragt er.

Ich drehe mich schnell um und lächele ihn verführerisch an. »Nein, aber ich werde Ihnen sagen, was Sie tun sollen.«

Der einzige Vorteil daran, sich eine Woche lang einzusperren, ist, dass sich die Reporter, die das Haus belagern, leicht austricksen lassen. Ich schicke Maddox zusammen mit einem der Hausmädchen der Wests vor, das Besorgungen zu erledigen hat. Als ich danach zum Tor am Ende des Privatweges fahre, ist von den Blutsaugern keiner mehr in Sicht.

Niemand hat diesen Wagen gesehen, deshalb entferne ich mich so weit wie möglich vom Anwesen der Wests, ehe ich vom Gas gehe. Dabei blicke ich ständig in den Rückspiegel und biege ein paar Mal links ab, bis ich davon überzeugt bin, dass mir niemand folgt. Wer hätte gedacht, dass man im Internet lernen kann, wie man Verfolger abschüttelt? Google sei Dank.

Es ist schon eigenartig, wie anders mein Gefühl ist, als ich an dem kastenartigen Zweizimmerhaus vorfahre, das nur wenige Straßenkreuzungen entfernt liegt. Die gravierenden Unterschiede zwischen Jamesons Lifestyle und meiner eigenen Vergangenheit lassen sich nicht leugnen. Doch obwohl mir meine Nervosität inzwischen heftig auf den Magen schlägt, kommt es mir vor wie eine Heimkehr, als ich den Weg zur Haustür hinaufgehe.

Als auch nach zweimaligem Klopfen niemand an die Tür kommt, bin ich drauf und dran aufzugeben. Ich habe zwar einen Schlüssel, aber mir steckt noch in den Knochen, wie wütend Josie war, als ich letzte Woche ihr Handy angefasst habe. Wie würde sie es erst finden, wenn ich einfach in ihre Wohnung spaziere? Ich bleibe einen Moment stehen und starre auf die geschlossene Tür, als sie sich unvermittelt öffnet.

»Emma!« Marion schlingt sich fest den Morgenmantel um den Leib.

»Tut mir leid!« Ich blicke sie erschrocken mit großen Augen an, weil mir klar wird, wie früh es für Deckard'sche Verhältnisse noch ist. Sie ist wahrscheinlich erst vor ein paar Stunden von der Arbeit gekommen.

Doch als ich mich entschuldigen will, winkt Marion ab. »Ich habe meinen freien Tag. Ich würde dich hereinbitten, aber Josie ist krank.«

»Was hat sie?«, frage ich.

»Nichts Schlimmes. Wahrscheinlich hat sie nur etwas Falsches gegessen.«

Ich würde gern etwas mehr erfahren, aber ich bohre nicht nach. Marion Deckard hat mich nicht in die Wohnung gebeten, und das heißt, Josie ist entweder wirklich krank, oder sie will mich nicht sehen.

»Richtest du ihr aus, dass ich hier war?«

»Natürlich«, verspricht sie und blickt noch schnell die Straße hinauf und hinunter, bevor sie wieder hineingeht. Vielleicht wäre es den beiden lieber, mich nicht mehr zu sehen.

Aber ich habe keine Zeit, in Selbstmitleid zu versinken. Wenn man etwas regeln will, ist das kontraproduktiv. Die richterliche Anordnung sieht vor, dass ich am Montag in der Klinik erscheine. So habe ich das Wochenende über Zeit, den merkwürdigen Spuren zu folgen, die uns der *Dealer* mit seinen Fotos hinterlassen hat. Er postet jetzt nicht mehr so oft. Ich weiß nicht, was das zu bedeuten hat, aber ich will nichts unversucht lassen, um herauszufinden, was er mir mitteilen will.

Wie um mich in meinem Entschluss zu bestärken, erscheint am späten Vormittag ein neues Foto in seiner Timeline. Es stammt aus der letzten Woche. Ich trage den schwarzen Jumpsuit und betrete ein unscheinbares Bürogebäude. Ich weiß genau, wo das ist und was er mir zu sagen versucht.

Heute Abend habe ich eine Verabredung, die ich nicht versäumen darf. Doch vorher habe ich noch Zeit, jemandem einen Besuch abzustatten.

Dominik Chambers Büro ist eine reporterfreie Zone, offenbar hat er Wort gehalten und niemandem gesagt, dass er für mich arbeitet. Es ist noch so früh am Tag, dass ich ihn an seinem Schreibtisch antreffe. Die dunklen Gestalten kriechen in dieser Stadt erst nachts aus ihren Löchern.

Er blickt von seinem Computer auf und stößt die Luft aus, als sich unsere Blicke begegnen. Schließlich richtet er sich an seinem Schreibtisch auf, bedeutet mir, in einem Sessel Platz zu nehmen, und lümmelt sich dann in seinen eigenen. »Sie sind nicht leicht zu erreichen.«

»Ich bin ein bisschen vorsichtiger geworden und blockiere die meisten Anrufer. Das nächste Mal versuchen Sie es über die Polizei von Belle Mère. Dort scheint man rund um die Uhr zu wissen, wo ich mich aufhalte.«

Er verzieht das Gesicht. Vielleicht bin ich doch nicht so witzig, wie ich es mir einbilde. »Ich habe von verschiedenen Apparaten aus angerufen.«

»Tut mir leid, aber mein Anwalt …« Es fühlt sich immer noch seltsam an, das zu sagen. »… hat gemeint, ich soll bei unbekannten Telefonnummern nicht ans Telefon gehen.«

»Das ist unter den gegebenen Umständen nachvollziehbar. Aber wenn wir weiterhin zusammenarbeiten wollen, muss ich Sie erreichen können. Besorgen Sie sich ein billiges Prepaid-Handy, das Sie später leicht wieder loswerden können.«

»Eins zum Wegwerfen?«, frage ich. Ich dachte immer, so etwas gäbe es nur in Agentenfilmen, aber er nickt.

»Wird gemacht«, verspreche ich. »Wenn Sie versucht haben, mich zu erreichen, bedeutet das, dass Sie etwas für mich haben?«

Er wühlt in ein paar Ordnern herum, die kreuz und quer auf seinem Schreibtisch verteilt sind, bevor er findet, was er sucht. Vermutlich könnte ich das Honorar, das ich ihm schulde, bei ihm als Sekretärin abarbeiten.

»Es gibt keine schriftlichen Aufzeichnungen darüber, wer der Vater Ihrer Schwester ist.« Bevor ich mich bei ihm für diese nichtssagende Information bedanken kann, fährt er fort: »Es ist sogar so, dass der Großteil der Krankenakten und sonstigen Dokumente versiegelt wurde.«

»Was meinen Sie mit ›versiegelt‹?«

»Es geht gar nicht darum, dass Ihr Vater unbekannt ist. Man scheint vielmehr einen bekannten Mann zu decken – und zwar einen ziemlich bekannten, könnte man sagen.«

»Aber warum sollten sie das tun?«, frage ich. Das ergibt doch alles keinen Sinn. Es ist schwer genug zu begreifen, dass wir unterschiedliche Väter haben. Zu erfahren, welche Mühe sich meine Eltern gemacht haben, diese Information zu verheimlichen, übersteigt meinen Verstand.

»Ich habe mir dieselbe Frage gestellt, also habe ich ein bisschen tiefer gegraben. Ich habe überprüft, ob der Name Ihrer Eltern in anderen Zusammenhängen aktenkundig wurde. Adoptionsurkunden, Gerichtsurteile.«

»Haben Sie etwas gefunden?«

»Wissen Sie, dass sich Ihre Familie vor etwa dreizehn Jahren mit einem großen Betrag von Nathaniel West abfinden ließ?«, erkundigt er sich.

Ich nicke. »Mein Vater hat ihn vor einem Zivilgericht verklagt, weil er ihn nach einer gemeinsamen Geschäftsgründung ausgebootet hat.«

Meine Eltern hatten die Summe als Startkapital zur Gründung von Pawnography verwendet. Es war ein neuer Versuch, den amerikanischen Traum zu leben, um den ihn sein früherer Geschäftspartner gebracht hatte.

Dominik reibt sich die Schläfen. Das ist nicht die erhoffte Antwort. »Mehr habe ich bisher noch nicht. Nicht gerade viel.«

Ich denke unwillkürlich, dass es viel mehr ist, als er ahnt. Jemand hat sich große Mühe gegeben, etwas zu vertuschen.

»Was schulde ich Ihnen?«, frage ich und ziehe mein Portemonnaie aus der Handtasche.

Dominik hebt abwehrend eine fleischige Hand. »Heute nichts. Ich konnte Ihnen nicht die Information liefern, die Sie verlangt haben.«

»Aber Sie haben daran gearbeitet«, sage ich zögernd.

»Ich schreibe Ihnen mit dem größten Vergnügen eine Rechnung, wenn ich den Auftrag erledigt habe.«

Ich hatte ja keine Ahnung, dass es bei Privatdetektiven eine Zufriedenheitsgarantie gibt. Wenn man allerdings seinen Stundensatz bedenkt, habe ich mehr Antworten verdient.

»Ich werde mich bei Ihnen melden«, verspricht er.

Mein Verstand rotiert durch einen endlosen Strom von Theorien, als ich mich verabschiede, manche sind so verrückt, dass ich über mich selbst lachen muss. In meine Gedanken vertieft, checke ich beim Verlassen des Bürogebäudes nicht die Umgebung. Als es mir einfällt, schaue ich mich um und prüfe jede Ecke. Niemand in Sicht.

Gegenstand einer Mordermittlung zu sein, macht einen anscheinend waghalsig und vorsichtig zugleich.

Als könnte er meine Gedanken lesen, ruft Jameson an.

»Beste Freundin der Welt«, melde ich mich schlagfertig.

»Wo bist du, Herzogin?«, fragt er mit einer leisen und so tiefen Stimme, dass ich eine Gänsehaut bekomme.

»Ich musste etwas erledigen.« Gelogen ist das jedenfalls nicht.

»Ohne deinen Bodyguard?«, will er wissen.

»Ist das eine Frage oder weißt du es?«

»Ich weiß es. Maddox hat mich angerufen, um mir zu erzählen, dass du ihn mit dem Hausmädchen zum Supermarkt geschickt hast«, sagt er.

»Wir hatten keine Eier mehr.«

Er hält inne, und ich mache mich auf einen Vortrag gefasst. »Versprich mir nur, dass du vorsichtig bist.«

»Bin ich. Sieh mal, man ist nirgendwo so sicher wie auf der Liste der Verdächtigen.« Wer mich reinlegen will, braucht mich lebend. Ich könnte jetzt nackt mit brennenden Haaren durch Las Vegas laufen, und keiner würde mich anfassen.

»Sehe ich dich heute Abend?«, fragt er.

»Du siehst mich jeden Abend«, beruhige ich ihn, bevor wir auflegen. Aber vorher habe ich noch eine sehr wichtige Verabredung.

Kapitel einundzwanzig

Es ist so leicht zu lügen und so schwer zu verzeihen. Seltsam, wie trügerisch selbst eine einfache Farbschicht sein kann, bis man sie im richtigen Licht sieht. Ich wusste nicht, was mir lieber war – eine hübsche Lüge oder ein reuiger Sünder –, bis jetzt.

Man hat die Lobby des West Casino umgestaltet. Ich glaube, wenn ich ein Hotel leiten würde, indem es in weniger als zwei Monaten einen Mord und einen Unfall gegeben hat, würde ich auch versuchen, dem Laden ein neues Gesicht zu verpassen.

Es ist ein bisschen früh, um einzuchecken, aber je näher meine Verabredung mit May vom Caché rückt – beziehungsweise der Person, die sich hinter dem Namen verbirgt –, desto nervöser werde ich. Ich hatte vorgehabt, Josie zu bitten, mich heute Abend zu begleiten, war aber vor unserem Zerwürfnis nicht mehr dazu gekommen, sie in den Plan einzuweihen.

Bevor ich die Rezeption erreiche, tritt mir Mackey in den Weg. Ich bleibe stehen und sehe mich um, ob sie allein ist. Ich kann keine anderen Polizisten entdecken, aber sie sind schließlich darin ausgebildet, sich inkognito unter die Leute zu mischen. Gut zu wissen, dass meine Steuergelder gut angelegt sind.

So viel zum Thema unentdeckt bleiben.

»Sind Sie hier, um mich festzunehmen?«, frage ich sie unumwunden.

»Ich bin hier, um Sie allein zu sprechen.«

Übersetzung: Sie will mit mir reden, ohne dass Jameson oder die Anwälte dabei sind.

»Ich habe eine Verabredung zum Mittagessen«, lüge ich. »Fassen Sie sich kurz.«

Sie wirft einen Blick auf ihre goldene Armbanduhr. »Ein spätes Mittagessen.«

»Ein vorzeitiges Verhör«, kontere ich. »Ich habe noch bis Montag Zeit, der gerichtlichen Anordnung Folge zu leisten.«

»Das haben Sie«, bestätigt sie. »Setzen wir uns doch.«

»Bleiben wir doch stehen.« Ich werde nicht zulassen, dass sie es sich zu bequem macht.

»Ihr Freund lässt in der Stadt alle seine Kontakte spielen, um mehr über die DNA-Spuren in Erfahrung zu bringen, die wir entdeckt haben.«

Ich zucke die Schultern. Sie will etwas von mir hören – das kann sie haben. »Ich sage ihm ständig, er soll nicht so viel CSI gucken. Wenn das so weitergeht, versucht er bald noch, selbst die Blutspritzer zu analysieren.«

»Wir haben in der Wohnung ein Handtuch mit Spermaspuren gefunden.«

Ich muss mir Mühe geben, nicht zu würgen.

»Und Blut. Außerdem Gewebereste.«

»Gewebe?«, wiederhole ich und hoffe, sie meint Stofffetzen.

»Dem vorläufigen Untersuchungsbericht nach stammt es von einem Jungfernhäutchen.«

Es gibt Dinge, die man nie wieder vergessen kann, nachdem man sie einmal gehört hat. »Wollen Sie damit sagen, dass Nathaniel West ...«

»Er hatte Geschlechtsverkehr mit einer Frau, von der wir glauben, dass sie zu dem Zeitpunkt noch Jungfrau war.«

»Dann haben Sie ja den Beweis«, erkläre ich ihr. »Damit scheide ich aus dem Kreis der Verdächtigen aus, weil ich für eine Hochzeit in Weiß nicht mehr die nötigen Voraussetzungen mitbringe.«

»Wenn man sich Ihre faszinierende sexuelle Vergangenheit anhört, könnten Sie es gewesen sein.«

»Ich habe Ihnen doch schon gesagt, dass ich keine Jungfrau mehr bin«, flüstere ich wütend, während eine Gruppe japanischer Touristen mit ihren Rollkoffern vorbeizieht.

»Ihrer Aussage zufolge hatten Sie erst einmal Geschlechtsverkehr. Es ist sehr gut möglich, dass Ihr Jungf...«

»Jetzt reicht es aber mit den Theorien über meine Vagina. Das erklärt alles nicht, warum ich es gewesen sein soll.« Ich bin kein Rechtsanwalt, aber es muss doch echte Beweise geben, die mich mit dem Verbrechen in Verbindung bringen, bevor Sie anfangen dürfen, mir Blut abzuzapfen.

»Deshalb bin ich hier«, sagt sie. »Ich will Ihnen verraten, was Ihr Freund mit aller Macht herauszufinden versucht.«

»Aus reiner Freundlichkeit?«

»Bevor es zu spät ist.« Das ist nicht die Antwort, die ich erwartet habe. »Unsere Ermittlungen haben interessante Verbindungen zwischen Ihrer Familie und den Wests ans Licht gebracht.«

Das kann man nicht gerade ein brillantes Ermittlungsergebnis nennen. »Es ist allgemein bekannt, dass unsere Väter einander gehasst haben.«

»Aber warum?«, fragt sie. »Es hat uns einige Zeit gekostet, das Gericht davon zu überzeugen, die versiegelten Dokumente zu öffnen, aber jetzt kennen wir die Antwort. Nathaniel West hat sich vor einigen Jahren mit Ihrem Vater in einem Zivilprozess verglichen.«

»Ich weiß. Es gab eine Meinungsverschiedenheit über eine geschäftliche Vereinbarung.«

Mackey lächelt nur matt, und mir stockt der Atem. »Die Sache wurde vor einem Familiengericht ausgefochten, und die Aufzeichnungen wurden aus Gründen des Kindswohls versiegelt.«

Inmitten einer der beliebtesten Hotellobbys in Las Vegas bleibt die Welt stehen.

»Wussten Sie, dass Nathaniel West der Vater Ihrer Schwester war?«

Das Wort nein beschreibt es nicht annähernd.

Mackey fährt fort, sie lässt mir keine Zeit, damit fertigzuwerden. »Die beiden am Tatort gefundenen DNA-Spuren sind teilweise identisch.«

»Das verstehe ich nicht«, sage ich langsam.

»Eine Probe lässt sich Nathaniel West zuordnen. Die andere seiner Nachkommenschaft.«

* * *

Mackey folgt mir nicht, als ich losrenne und zur Toilette in der Lobby haste. Nachkommen. Kind. Tochter. Die Worte stürzen auf mich ein, als ich mich über die Toilette krümme. Mackey vermutet natürlich, dass ich ebenfalls seine Tochter bin, weil Becca es war.

Das bin ich nicht, aber jemand anders ist es. Um Monroe kann es nicht gehen. Sie hat dem ganzen neuen Schülerjahrgang aus nächster Nähe den Beweis ihrer Verdorbenheit geliefert. Und ich weiß, dass ich es nicht bin.

Zumindest nicht diejenige, die ...

Ich muss mich noch einmal übergeben, als ich an das denke, was sie mir erzählt hat. Auch wenn ich nicht die bin, nach der sie sucht, kann ich die Bombe nicht ignorieren, die sie gerade platzen ließ.

Becca war Nathaniel Wests Tochter, und meine beiden Eltern wussten davon – dieselben Eltern, die um jeden Preis meinen Freund und mich auseinanderbringen wollen.

Ich übergebe mich in der öffentlichen Toilette des Fünfsternehotels, bis nur noch Galle kommt. Wenn Mackey sichergehen wollte, dass ich mich dem DNA-Test unterziehe, wusste sie genau, welche Knöpfe sie dafür bei mir drücken musste.

Als ich schließlich wieder zu Kräften gekommen bin, spüle ich mir den Mund im Waschbecken aus. Ich bringe es nicht über mich, in den Spiegel zu sehen. Ich habe zu viel Angst, Nathaniel West könnte mich aus dem Spiegelbild anstarren.

Ich checke in mein Zimmer ein und ignoriere die nervtötende Fröhlichkeit der Rezeptionistin am Empfang. Man hat den Raum umgestaltet, damit er edel und modern aussieht. Alles ist weiß und minimalistisch – klare Linien und abstrakte Kunst. Doch noch immer hängt abgestandener Zigarettenrauch in der Luft. Dies ist der Beweis, dass Vegas als Stadt aus der Zeit gefallen ist, vielleicht hat sie auch nur den Bezug zur Realität verloren. Wäre da nicht dieser säuerliche Geruch, der meine Nase malträtiert, würde der Raum sogar luxuriös wirken. Die Renovierung diente einzig dem Zweck, die Gäste davon zu überzeugen, dass das Hotel den deftigen Preis wert ist, der hier für ein Zimmer verlangt wird. Eine einzige Täuschung.

Wenn meine Mom und Hans nächsten Monat die Abrechnung meiner Not-Kreditkarte bekommen, werde ich in ernsthafte Schwierigkeiten geraten. Aber wenn meine jetzige Situation nicht als Notlage zählt, dann weiß ich auch nicht.

Die Hände im Schoß gefaltet, sitze ich auf der Bettkante und warte. Es ist absurd, nervös zu sein, aber schließlich habe ich mir noch nie jemanden aufs Zimmer bestellt. Bis vor einigen Tagen bestand mein einziger Kontakt zu Callgirls in den Flyern, die auf den Gehwegen herumliegen und über die ich mit meinen Schuhen gelaufen bin. Dennoch fühlt es sich irgendwie unvermeidlich an. Ich stecke zu tief drin, um den Spuren nicht nachzugehen.

Doch dieses Zimmer in diesem Hotel, in dieser Stadt, ist nichts anderes als eine Illusion. Denn das Einzige, was Touristen nie zu sehen bekommen, ist die Wahrheit. Die Verdorbenheit steckt Las Vegas tief in den Knochen, es ist geschwächt von Gier und Exzessen. Darüber kann auch kein edles Hotelzimmer hinwegtäuschen.

Ebenso wenig, wie ich mich selbst darüber hinwegtäuschen kann, dass mein ganzes Leben eine Lüge ist. Bin ich schon mit einer Lüge geboren?

So wollte ich das alles nicht. Nichts davon. Und wenn stimmt, was Mackey mir erzählt hat, hat sie mir das Einzige genommen, was in meinem Leben jemals gut gewesen ist.

Während ich warte, ruft mich Jameson ein paar Mal an, aber ich leite die Anrufe auf die Mailbox weiter. Dass ich das Gespräch nicht annehme, treibt ihn bestimmt in den Wahnsinn, aber wird es ihm auch noch so viel ausmachen, wenn er erfährt, dass ich seine Schwester bin?

Falls ich seine Schwester bin.

Falls.

Ich klammere mich an das kleine Wörtchen, als wäre es mein Rettungsfloß in stürmischer See.

Mein Handy vibriert von einer Benachrichtigung, und ich sehe unwillkürlich nach. Der *Dealer* hat wieder ein Foto gepostet. Ich würde mich nicht wundern, wenn es ein Foto von mir wäre, wie ich gerade die Toilette des West Casino vollkotze.

Aber es ist nur ein Foto der Klinik von Belle Mère.

Wer immer diesen Account hat, versteht es, mir Salz in die Wunden zu reiben. Ich sehe mir das Foto an und frage mich, ob dieser Ort meine Erlösung oder meine Verdammnis werden wird. Ich starre so lange darauf, dass das Foto zeitweise vor meinen Augen verschwimmt. Dabei werde ich auf etwas aufmerksam, das mir vorher noch gar nicht aufgefallen war.

Das Bild wurde von einem Autofenster aus aufgenommen. Der *Dealer* muss es eilig gehabt haben, denn auf dem Foto ist ein Stück vom Seitenspiegel auf der Fahrerseite zu erkennen. Ich vergrößere den Ausschnitt, bis die kleine Ecke gut zu sehen ist.

Mir fällt fast das Handy runter, aber irgendwie schaffe ich es, meine zitternden Hände so lange darumzukrallen, bis ich eine SMS abgeschickt habe.

Ich weiß, wer du bist.

Als es an der Tür klopft, schrecke ich zusammen, stehe auf und streiche mein Kleid glatt, als könnte ich May damit beeindrucken, obwohl ich nach Erbrochenem rieche. Als ich die Tür öffne, sehe ich in bekannte, wenn auch überraschte Augen. Aus dem Schreck, der sich darin spiegelt, wird schnell blanker Zorn.

Ich trete zur Seite und mache eine einladende Geste. Ich habe nicht erwartet, dass sich hinter May jemand verbirgt, den ich kenne, aber jetzt wird mir plötzlich einiges klar. »Willst du nicht reinkommen, Monroe?«

Dank

Von diesem supergeheimen Projekt wussten bis zu seiner Fertigstellung nur sehr wenige Menschen, die überaus geduldig mit mir waren, während ich über den Drehungen und Wendungen der Geschichte brütete. Ihnen gilt mein ganzer Dank.

Ohne sie würde ich keinen einzigen Tag überstehen. Sie ist meine Komplizin, meine Schwester und meine Managerin: Elise Lee.

Rebecca Yarros, du bist mein Cheerleader und meine Seelenverwandte – eine bessere als dich gibt es nicht. S. L. Scott, nach jedem Gespräch mit dir fühle ich mich von Neuem inspiriert. Deine Begeisterung ist über alle Maßen mitreißend. Shayla – deinen Nachnamen gebe ich nicht preis, doch hab Dank für all die nächtlichen Gespräche und Schreibsprints. Was für ein Segen, euch alle zu kennen.

Louise Fury – dein Name passt zu dir. Ich kann kaum glauben, dass du meine Literaturagentin bist. Ich danke dir für deine Unterstützung und deinen Rat. Dies ist der Beginn einer wunderbaren Freundschaft.

Becca Mysoor, als ich dich und deinen fantastischen Lippenstift kennengelernt habe, wusste ich gleich, dass wir Freundinnen werden. Du bist der süßeste Lippenstift-Guru, den ich kenne, und eine großartige Herausgeberin. Danke, dass du es mit mir versucht hast.

Janet Wallace, du stellst meine Welt auf den Kopf und überraschst mich jeden Tag aufs Neue. Ich bin so froh, dich in meinem Team zu haben!

Mein Dank gilt den Autoren, die mich jeden Tag von Neuem inspirieren, ich selbst zu sein, weiterzuschreiben und Geschichten zu erzählen. Danke, Meredith Wild, dass du die Kneipen- und Limo-Touren organisierst. Audrey Carlan, dein wacher Geist ist täglich neuer Ansporn für mich. Ich könnte noch so viele andere aufzählen, doch dazu würde ich ein ganzes Buch benötigen. Ich fühle mich über die Maßen geehrt, mit euch in dieser Branche arbeiten zu dürfen.

Jackie, danke, dass du mir zur Seite stehst, wenn es auf den Abgabetermin zugeht.

Und ich danke dem ganzen Team von Ivy Estate. Ihr lasst meine Träume wahr werden.

Auch meinem großartigen Team bei Blanvalet und der Agentur Meller kann ich gar nicht genug danken. Vielen Dank für all eure harte Arbeit, eure Unterstützung und Begeisterung.

All ihr Lieben, ich weiß gar nicht, wo ich anfangen soll. Nur für euch möchte ich jeden Tag schreiben, ich danke euch, dass ich euch Geschichten erzählen darf. Kein Buch lebt ohne seine Leser. Ich danke euch, dass ihr dieses Buch lest. Ihr seid der Grund, warum ich das alles tue.

Meinen deutschen Lesern gebührt ein besonderer Dank. Ihr seid mein Fels in der Brandung und inspiriert mich jeden Tag aufs Neue. Vielen Dank für eure Nachrichten und Fotos. Ihr weckt in mir den Wunsch, weiter Bücher für euch zu schreiben – ich kann es kaum erwarten, meine Geschichten mit euch zu teilen.

Und Josh: Ich bin so froh, dass wir den ganzen Tag lang miteinander reden oder schweigen können. Du lässt mich an die wahre Liebe glauben.

Leseprobe

GAME OF

Destiny

Band 3 der Love-Vegas-Trilogie
von Geneva Lee

Die leidenschaftliche Liebe, die Emma Southerly und Jamie West verbindet, konnten auch die jüngsten Ereignisse in Belle Mère nicht ins Schwanken bringen, sie sind sich näher denn je. Doch der Mord an Jamies Vater bleibt ungeklärt und hält die High Society von Las Vegas weiter in Atem. Das junge Paar muss fest zusammenhalten, um nicht weiter in den Fokus der Polizei zu geraten. Doch das ist nicht Emmas einziges Problem: Sie wird von der dunklen Vergangenheit ihrer Familie eingeholt und muss sich schließlich einer bitteren Wahrheit stellen – doch das könnte bedeuten, dass sie Jamie für immer verliert …

Kapitel eins

Manchmal sind Entscheidungen gefragt. Beispielsweise, wenn man eine Tür öffnet und davor jemand steht, mit dem man absolut nicht gerechnet hat. Soll man die Tür wieder zuschlagen oder so tun, als wäre man erfreut? Ein netter Mensch würde die Ertappte vielleicht gnädig davonkommen lassen. Doch dass ich nett bin, muss ich mir nicht vorwerfen lassen. Jedenfalls nicht von Monroe West.

»Monroe.« Als sie ins Zimmer tritt, spreche ich sie mit dem Namen an, unter dem ich sie kenne. Dann korrigiere ich mich: »Ich meine, May. Wie ich sehe, hast du deinen Traumjob gefunden.«

May West. Das hat was. Ich frage mich, ob sie sich etwas dabei gedacht hat oder ob sie versehentlich ein so berühmtes Pseudonym gewählt hat. Ihr normalerweise glattes Haar fällt ihr in Wellen über die Schultern, und sie hat so viel Lidschatten aufgetragen, dass ein Pornostar vor Neid erblassen würde. Sie sieht nicht mehr wie eine Siebzehnjährige aus gutem Hause aus, sondern würde auch als verlebte fünfundzwanzigjährige Showtänzerin durchgehen. Stünde sie nicht direkt vor mir, hätte ich meine Mitschülerin, die Schwester meines Freundes und – wenn ich das so sagen darf – völlig durchgeknallte Zicke womöglich gar nicht erkannt. In letzter Zeit waren wir uns ein kleines bisschen nähergekommen, aber irgendetwas sagt mir, dass diese unerwartete Begegnung uns weit zurückwerfen wird.

Monroe zupft an dem paillettenbesetzten, silberfarbenen Schlauch, der vorgibt, ein Kleid zu sein, und sieht mich wütend an. Eins muss man ihr lassen: Die Angst, die ich kurz in ihren Augen aufblitzen sah, als ich die Tür öffnete, ist nun hinter einer bösartigen Maske verschwunden. Trotz des gewagten Kleides wirkt sie im Zimmer dieses Fünfsternehotels nicht deplatziert. Andererseits ist in diesem Zimmer des West Casino Hotel alles mehr Schein als Sein: Das fängt mit dem schimmernden Glanz der Tapeten an und reicht bis zu der prall gefüllten Minibar. Diese Schwäche scheinen die Hotels von Nathaniel West und seine Familie gemein zu haben.

»Wie viel?«, fragt sie mit zusammengebissenen Zähnen.

»Ich dachte, ich müsste *dich* bezahlen.« Ich schließe die Tür und lehne mich dagegen. Als sie begreift, dass ihr der Ausgang versperrt ist, bekommt sie schmale Augen.

»Spar dir die Witze«, zischt sie. »Was willst du, damit du die Klappe hältst?«

Ich atme hörbar aus. »Ein Pony. Das verlorene Atlantis. Und vielleicht noch eine Reise zum Zauberer von Oz.«

Ich mache mir nichts vor. Wäre die Situation umgekehrt, würde die böse Hexe des Westens, alias mein Herzchen Monroe, die Nachricht von meinem Sündenfall an der Belle Mère Prep breittreten. Aber ich will ihr nicht schaden, darum bin ich nicht hier. Dass ich hier bin, hat nur einen einzigen Grund: der *Dealer*.

Vor ein paar Tagen war ein mysteriöses neues Foto in der Timeline vom *Dealer* aufgetaucht. Ich hatte nicht erwartet, dass die Spur zu einer Escort-Agentur führen würde. Als ich begriffen hatte, ließ ich es darauf ankommen und tat, als würde ich mich dort für einen Job interessieren. Der Trick funktionierte, und es gelang mir, einen Termin mit May einzutragen. Ihr Name war der einzige Hinweis, mit dem der *Dealer* seinen Post versehen hatte.

Doch weshalb führte er mich her? Was haben Monroes außerschulische Aktivitäten mit der Nacht zu tun, in der Nathaniel West umkam? Ich dachte, der Zweck dieses Instagram-Accounts sei es, den Mörder zu offenbaren. Jetzt bin ich mir nicht mehr so sicher. Vielleicht legt es der *Dealer* auch nur darauf an, jeden Einzelnen von uns auf schlimmste Weise zu blamieren.

Monroe kommt auf mich zu und bohrt mir ihren Zeigefinger in die Brust. »Wie hast du es überhaupt herausbekommen?«

Ich weiche zur Seite aus und gehe zur Minibar. Dort greife ich mir zwei kleine Fläschchen West Tennessee Whisky. Eines werfe ich ihr zu. Auch wenn sie cool tut, ist mir klar, dass sie eine flüssige Stärkung genauso gut vertragen kann wie ich.

Als sie das Etikett sieht, rollt sie mit den Augen und stolziert zur Bar. »Ich bevorzuge Gin.«

»Gehört West Tennessee Whisky nicht eurer Familie?«, frage ich, drehe den Verschluss ab und leere den Inhalt mit einem einzigen Schluck. Er läuft mir heiß die Kehle hinunter und entfacht ein Feuer in meinem Magen.

»Ja, aber meiner Familie gehört sowieso alles.« Ihre Stimme klingt brüchig, doch das spült sie mit dem Whisky hinunter. Dann sucht sie noch ein Fläschchen Beefeater Gin heraus.

»Was machst du nur?«, frage ich, und plötzlich ist es kein Verhör mehr. Ich will keine Informationen aus ihr herausquetschen. Stattdessen möchte ich sie am liebsten schütteln. Ich empfinde nicht gerade Zuneigung für Monroe West, aber ich weiß, was sie ihrer Familie damit antut. Ich mag ihre Mutter, und in ihren Bruder bin ich verliebt. Die beiden mussten dieses Jahr ohnehin so viel durchmachen, das hier könnte den Zusammenhalt ihrer Familie endgültig zerstören.

»Was geht dich das an?«

Das klingt nicht gerade wie ein Hilfeschrei. »Der *Dealer* hat mich hergeschickt, und das heißt, dass dir jeder, der seine Posts verfolgt, hier die Tür hätte öffnen können.«

Es ist nur eine Frage der Zeit, bis die Polizei und das FBI von dem Account Wind bekommen. Dann gibt es richtig Ärger. Zurzeit folgen dem mysteriösen Feed nur eine Handvoll Leute, und jeder von uns hat gute Gründe, sich für die Identität unseres netten Nachbarschafts-Stalkers zu interessieren. Der *Dealer* hat nicht gerade unsere Sternstunden gepostet, weshalb die Bilder auch noch keiner geteilt hat – bis jetzt.

»Was hat er gegen dich in der Hand?«, fragt sie, und ihre Augen blitzen, als sei ihr plötzlich etwas Wichtiges klar geworden.

Monroe ist wohl doch nicht so dumm, wie sie aussieht. Ich hatte schon immer den Verdacht, dass ihr Auftreten als blonde, hohlköpfige Erbin nur Show ist und sie mehr begreift, als sie zugibt – jetzt bin ich mir sicher. Dass ich hier gelandet bin, habe ich auch nicht allein meiner Neugier zu verdanken. Ich zucke die Schultern.

»Vielleicht hat er den Beweis, nach dem Mackey sucht«, sagt sie und nimmt sich noch ein Fläschchen, stürzt es diesmal jedoch nicht mit einem Schluck hinunter, sondern nippt nachdenklich daran und mustert mich, wahrscheinlich sucht sie in meinem Verhalten nach einem Hinweis, der ihren Verdacht bestätigt.

»Tut mir leid, dich enttäuschen zu müssen, aber er hat nichts gegen mich in der Hand«, sage ich. Keines der Fotos in dem Feed schien direkt auf mich abzuzielen, doch viele nahmen jemanden aus meiner Umgebung aufs Korn. Für das FBI sind allerdings die Leute in meinem Umfeld schon so gut wie ein Schuldbeweis. Schlechter Umgang. Plötzlich fällt mir etwas ein. »Ich weiß, was ich für mein Schweigen haben möchte.«

»Ja?«, bellt sie. Ich könnte schwören, dass ihre Augen für den Bruchteil einer Sekunde rot glühen wie bei einem Dämon, aber vielleicht bilde ich mir das auch nur ein.

»Die Wahrheit.« Wenn Monroe von mir verlangt, über

meine Entdeckung Stillschweigen zu bewahren, muss sie mir zuerst sagen, warum sie das hier überhaupt tut.

»Wahrheit ist heutzutage Mangelware.« Sie lässt sich in einen Sessel fallen und starrt durch das große Fenster hinaus auf die glitzernden Lichter der Stadt. Selbst am Tage setzt Vegas sein schönstes Gesicht auf, um Touristen mit der Aussicht auf Glück und Reichtum zu locken. Monroes Blick bekommt etwas Abwesendes, als hätte die Stadt sie ebenso in ihren Bann gezogen wie all die anderen.

»Warum?« Ich lasse nicht locker. »Du hast doch alles. Warum wirfst du das weg?«

»Glaubst du, ich würde es wegwerfen?« Sie reißt den Kopf herum und starrt mich wütend an. »Weißt du, was Vegas ist? Ein Platz für Träumer. Hier kann man leicht aus der Spur geraten. Frag deinen Daddy.«

»Frag doch deinen«, kontere ich kühl.

Sie verzieht kurz das Gesicht, doch dann lacht sie hohl, wirft sich das Haar über die Schulter und fährt fort: »Entweder geht man unter, oder man macht etwas aus sich.«

Ich bin mir ziemlich sicher, dass Monroe ihre Wahl bereits getroffen hat, aber das behalte ich für mich. Wenn ich sie weiterhin provoziere, werde ich nie die Antworten erhalten, auf die ich aus bin.

»Mein Vater ist aus eigener Kraft stinkreich geworden. Alle erwarten von mir, dass ich den Rest meines Lebens im Wellnesscenter oder beim Shoppen verbringe. Ich brauche nicht zu arbeiten.« Sie blickt kurz zu mir herüber, um sich zu vergewissern, dass ich ihr zuhöre. Ich nicke, damit sie weiterredet. »Aber ich will keine von diesen Erbschleicherinnen werden, die auf Kosten anderer leben. Gott weiß, dass es davon schon genug auf der Welt gibt.«

»Willst du lieber eine Nutte sein?« Die Frage ist mir so rausgerutscht, und ich kneife die Lippen zusammen. Mein Hang zum Sarkasmus ist wirklich ein Problem.

»Ich bin keine Nutte«, sagt sie und wirft mir einen vernichtenden Blick zu.

»Escort«, korrigiere ich mich und hänge noch ein »Tut mir leid« an.

»Mein Vater hat sein Vermögen mit Spielern verdient. Er hat Geld mit Geld gemacht. Jameson wird sein Reich übernehmen. Keine Arbeit. Keine Herausforderung. Es gehört ihm einfach.«

»Ich bezweifle, dass er das auch so sieht.« Als sie meinen Freund erwähnt, erwacht mein Beschützerinstinkt.

»Natürlich nicht. Wie die meisten Männer kann er sich den Luxus leisten, sich über seine Lebensumstände zu beklagen und gleichzeitig alle Vorteile genießen, die sie bieten.« Sie zeigt mit dem Finger auf mich, dann auf sich: »Wir beide können das nicht.«

Bin ich jetzt auf einmal ihre Schicksalsgenossin? Tja, Wunder gibt es immer wieder. Allerdings kann ich mir nicht vorstellen, dass unser Zwei-Mädels-Frühstücksclub noch einmal stattfinden wird, nachdem wir diesen Raum verlassen haben.

»In Vegas gibt es jede Menge Geld. Es ist fast schon eine Schande, Geld mit Geld zu verdienen.«

»Dann willst du also Geld mit Sex verdienen?«, rate ich.

»Ich werde mit Sex ein Imperium aufbauen«, korrigiert sie mich. »Die jüngste Bordellchefin in der Geschichte von

Vegas. Ich habe das Geschäft von den Besten gelernt, und seien wir ehrlich: Ich bin gebildet.«

Ich denke an den Englischunterricht zurück. Vermutlich muss man sich nicht groß mit klassischer Literatur auskennen, um eine Escort-Agentur leiten zu können.

»Um die Konkurrenz brauche ich mir keine Sorgen zu machen.« Die Aussage ist ganz klar ein Köder.

Und ich beiße an: »Wieso nicht?«

»Weil alle Angst davor haben werden, dass ich auspacke. Weil sie mich eingestellt haben, als ich noch minderjährig war. Ich werde mich als geschäftliche Naturbegabung präsentieren«, beendet sie ihren Vortrag.

Sich als Volltrottel zu präsentieren, gelingt ihr jedenfalls schon ganz gut, denke ich.

Monroe betrachtet mich einen Moment, mit Sicherheit fragt sie sich, was ich jetzt von ihr denke. »Wenn das mit Jameson nicht klappt, hätte ich vielleicht einen Job für dich.«

»Ich glaube, wir zwei sollten lieber keine Geschäfte miteinander machen.« Dass Monroe nicht nur meine Highschool-Feindin, sondern auch noch meine Zuhälterin sein soll, ist doch ein bisschen viel auf einmal.

»Du weißt ja, wo du mich findest«, sagt sie unbeeindruckt. »Und wenn du mich jetzt bitte entschuldigen würdest, ich habe wichtigere Dinge zu erledigen. Und du … hast sicher auch noch etwas vor.«

Mit deinem Bruder zum Beispiel.

Als sie gegangen ist, lege ich mich aufs Bett und starre an die Decke. Wie die Teile eines geheimnisvollen Puzzles treten einzelne Schemen aus der Dunkelheit hervor. Eine Frage habe ich Monroe zu stellen vergessen: Welches Interesse könnte der *Dealer* daran haben, sie zu outen? Ich frage mich, ob ich etwas übersehen habe. Ich suche auf meinem Handy nach einer Antwort, doch da ist nichts. Als ich Instagram öffne, ist das Foto verschwunden. Sieht aus, als hätte der *Dealer* meine Botschaft verstanden und endlich reagiert. Das müsste sich eigentlich wie ein Sieg anfühlen, doch stattdessen habe ich das Gefühl, mir eine riesige Zielscheibe auf den Rücken gemalt zu haben.

Meine Sandalen klackern über den Marmorfußboden der Lobby des West Resort. Weiter hinten klingeln die einarmigen Banditen, und selbst hier schmecke ich noch den abgestandenen Zigarettenrauch aus der Casino-Etage. Es ist genau wie in jedem anderen Hotel-Casino in dieser Stadt. Vielleicht ein bisschen netter als in den meisten. Warum ist in einer Stadt, in der überall die Sünde lauert, eigentlich ausgerechnet dieses Hotel in letzter Zeit vermehrt zum Tatort von Verbrechen geworden?

Hier hat das Rätsel für mich begonnen. Hat hier auch für den Mörder alles seinen Anfang genommen? Kaum zu glauben, dass jene tödliche Party, durch die ich in diese Welt hineingeraten bin, schon Monate zurückliegt. Dabei hatte ich gar nicht hingehen wollen, doch meine beste Freundin Josie, die unbedingt zu den angesagten Leuten gehören will, hatte mich überredet, sie auf Monroe Wests Party zu begleiten. Es wurde der letzte Tag unseres ersten Jahres in der Oberstufe gefeiert, und ich war natürlich nicht eingeladen.

Wir schmuggelten uns auf die Party, und ich müsste lügen, würde ich behaupten, dass ich mich nicht über Monroes Gesicht gefreut habe, als sie mich erwischte. Wir waren noch nie beste Freundinnen gewesen, schon gar nicht, nachdem Monroe vor der halben Jahrgangsstufe mit meinem damaligen Freund herumgevögelt hatte. Seitdem befanden wir uns im permanenten Kriegszustand, und auf ihrer Party aufzukreuzen, kam einer Kampfansage gleich. Nach unserer Konfrontation wollte ich gehen, doch anstatt Josie einzusammeln, lernte ich jemanden kennen. Ich hatte ihn noch nie gesehen, aber etwas an ihm zog mich unwiderstehlich an. Wir verbrachten die Nacht zusammen – nicht im biblischen Sinn, aber ziemlich knapp davor. Am nächsten Morgen war er verschwunden.

Als ob es nicht schon schlimm genug gewesen wäre, allein am Pool meiner besten Feindin aufzuwachen, musste ich mich auch noch von meinem Exfreund Jonas und seinem schmierigen besten Freund Hugo nach Hause fahren lassen. Eigentlich wollte ich diese Nacht nur schnell vergessen, doch dann erfuhr ich aus den Nachrichten, dass man Nathaniel West ermordet hatte. Die Hauptverdächtigen? Alle, die auf der Party seiner Tochter waren. Ich wäre vielleicht mit einer einfachen Befragung davongekommen, doch dann fand ich heraus, dass der Typ, mit dem ich in jener Nacht herumgemacht hatte, Jameson West war – Erbe des West-Imperiums und Sohn des Mordopfers. Ganz offensichtlich habe ich einen zweifelhaften Männergeschmack – wenn auch nicht so merkwürdig wie der Geschmack meiner besten Freundin Josie, die auf ältere Männer steht. Diese Schwäche hatte sie dazu gebracht, in jener Nacht mit irgendeinem Typen in seinem Hotelzimmer zu verschwinden, wodurch ich in die Verlegenheit kam, mir ein Alibi verschaffen zu müssen.

Jameson galt als Hauptverdächtiger – und zwar zunächst auch mir. Insbesondere, nachdem er anfing, überall dort aufzutauchen, wo ich mich gerade aufhielt. Obwohl er sich wie ein Stalker aufführte, wollte ich mehr über ihn wissen. Ich hätte nie damit gerechnet, dass ich mich in ihn verlieben würde.

Jetzt weiß ich, dass er unschuldig ist, aber in den Augen des FBI sind wir beide nach wie vor verdächtig. Als dann ein mysteriöser Instagram-Account von einem gewissen *The Dealer* mit peinlichen Fotos all jener Belle-Mère-Prep-Schüler auftauchte, die auf der Liste der Verdächtigen ganz oben standen, begann ich, auf eigene Faust nachzuforschen. Ich will Frieden. Ich will unsere Namen reinwaschen, und das kann ich nur, wenn ich herausfinde, wer Nathaniel West umgebracht hat.

Doch seit heute Nachmittag gibt es etwas, das mir noch schwerer auf der Seele liegt. Dank der zuständigen Nervensäge vom FBI, Detective Mackey, mache ich mir jetzt Sorgen, ob ich überhaupt mit Jameson zusammen sein darf. Dass meine Schwester einen anderen Vater hatte als ich, habe ich bereits herausgefunden – eine Tatsache, die meine Eltern sogar noch über ihren Tod hinaus vor mir geheim gehalten haben. Doch dass auch ich einen anderen Vater haben könnte als gedacht, war mir nicht in den Sinn gekommen. Falls Mackey nicht lügt – und als rechtschaffener Polizistin ist ihr das garantiert untersagt –, muss ich jetzt mehr als ein Geheimnis lüften. Ob es für Fernsehdetektivin Nancy Drew im Streifen »Das Geheimnis des Kindsvaters« (mit mir in einer der Hauptrollen) ein Happy End geben kann, wird sich erst noch herausstellen.

Es stimmt nicht. Ich bin nicht Nathaniel Wests Tochter.

Diesen Gedanken wiederhole ich innerlich wie ein New-Age-Mantra. Ich muss fest daran glauben, denn sonst wird aus dem flauen Gefühl in meinem Magen ein Abgrund, der mich verschlingt.

Die Frage arbeitet noch in mir, als ich die Drehtür erreiche, doch bevor ich hindurchgehen kann, packt mich jemand an der Schulter und wirbelt mich herum. In Gedanken noch ganz bei dem Verbrechen, stoße ich einen spitzen Schrei aus, den Jameson West mit seinen Lippen erstickt.

Ich reiße mich von ihm los und versuche, das Bedürfnis zu unterdrücken, mich an ihn zu schmiegen.

In seinem Anzug sieht er älter aus, als er in Wirklichkeit ist. Wenn man genau hinsieht, entdeckt man sogar einen feinen Bartschatten auf seinen Wangen. Ohne lange nachzudenken, streiche ich mit den Fingerspitzen darüber. Er seufzt. Dann reibt er sich mit der Hand über die Stoppeln und schüttelt den Kopf. »Ich habe mich heute Morgen erst rasiert, Herzogin.«

»Damit siehst du so mächtig aus.«

Eine seiner Brauen nimmt die Form eines Fragezeichens an. »Es macht mich alt.«

Nach dem unerwarteten Tod seines Vaters hat Jameson die Leitung des Familienunternehmens übernommen. Er hatte sich gerade erst mit seinem Vater gestritten, weil er das College geschmissen hatte, und war bestimmt nicht darauf eingestellt, einen Fortune-500-Laden zu leiten, eines der weltweit umsatzstärksten Unternehmen. Vielleicht lässt ihn die Verantwortung, die neuerdings auf ihm lastet, vorzeitig altern, und ihm zu sagen, was ich seit heute weiß, wäre da sicher nicht gerade hilfreich.

Ich suche in seinem Gesicht nach der Wahrheit, sehe jedoch nur seine markanten Gesichtszüge und einen undurchdringlichen Blick. Sein widerspenstiges, kupferfarbenes Haar ist gebändigt. Heute spielt er die Rolle des Geschäftsmannes: distanziert, unnahbar und berechnend. Und im Moment bin offensichtlich ich diejenige, die er analysiert. Ich weiche vor ihm zurück.

»Was ist mit dir los?« Sein misstrauischer Ton macht mich nur noch nervöser.

»Nichts«, lüge ich – zu schnell, um glaubwürdig zu klingen. »Ich habe nur nicht mit dir gerechnet.«

»Ich auch nicht mit dir«, sagt er gedehnt. »Wolltest du zu mir? Oder was machst du hier?«

»Warum sollte ich ausgerechnet hierherkommen, wenn ich dich sehen will?« Ich bräuchte jetzt dringend ein Mittel gegen den verbalen Durchfall, den meine Paranoia auslöst.

»Weil ich hier arbeite, Herzogin. Ich habe die Neuerungen bezüglich der Sicherheitssysteme kontrolliert.« Er wartet, dass bei mir der Groschen fällt, aber irgendwie bin ich gerade völlig neben der Spur. »Ich hab dir eine SMS geschickt.«

»Mein Handy spinnt heute ein bisschen.« Lügen und Paranoia sind ganz schlechte Redner. Völlig unglaubwürdig.

»Ich habe ein paar Minuten Zeit. Wie wäre es, wenn ich dir mal die Büros zeige?«

Als er meine Hand nehmen will, weiche ich noch weiter zurück. Kurz wirkt er verletzt, doch er zwingt sich zu einem angespannten Lächeln.

»Tut mir leid. Josie ist krank, ich muss mich beeilen, und wenn wir zwei erst einmal anfangen …«

Er lässt mich davonkommen – gnädig, könnte ich hinzufügen – und enthält sich jeglichen weiteren Kommentars, doch kurz bevor sich die Drehtür zwischen uns schiebt, ruft er mir noch eine letzte Frage hinterher: »Was wolltest du hier?«

Ich komme auf der anderen Seite heraus, und wir blicken einander durch die Scheibe hindurch an. Ich könnte jetzt wieder hineingehen und ihm alles erklären, doch ihn überhaupt zu sehen, ist schon schlimm genug. Vielleicht ist das unser Schicksal: Wir sehen einander, dürfen uns aber niemals berühren.

Kapitel zwei

Als ich vor Josies Häuschen stehe, sehe ich den winzigen Zweizimmerkasten auf einmal als das, was er ist. Ich war heute schon einmal hier, um Abbitte zu leisten, da war es mir noch nicht aufgefallen. Doch jetzt steht meine ganze Welt kopf – vielleicht sehe ich deshalb alles in einem anderen Licht. Die letzten paar Monate bin ich zwischen Milliardären herumgegeistert wie in einer schlechten Folge von »MTV-Cribs« (eigentlich sind alle Folgen schlecht, wer will schon sehen, wie Stars wohnen), doch nun bin ich wieder hier, und es zählt nur noch eins: Ich fühle mich, als wäre ich endlich zu Hause. Ich kam mir vor wie eine Hochstaplerin, und es ist an der Zeit, innezuhalten und zu den Leuten zurückzufinden, die mich kennen und lieben.

Trotz meiner neugefundenen Entschlossenheit klopfe ich

ziemlich zaghaft an die Tür. Marion, Josies Mutter, öffnet mit erstaunter Miene.

»Seit wann klopfst du denn?«, fragt sie. Und das ist es, sie hat recht: Ich bin zu Hause. Hier gehöre ich hin, das sind meine Leute. Sie ist frisch geschminkt und hat das Haar zu einem festen Knoten nach hinten gebunden. Es dauert einen Moment, dann fällt mir ein, dass Freitagabend ist. »Tut mir leid, Süße, aber ich bin auf dem Sprung. Ich muss in dreißig Minuten in der Garderobe sein.«

So sieht das Leben von Showgirls in Las Vegas am Wochenende aus. Die nächsten paar Tage ist sie damit beschäftigt, die Annäherungsversuche allzu selbstbewusster Geschäftsmänner und schmieriger Teilnehmer von Junggesellenabschieden abzublocken. Diese Leute fallen für zwei Tage in Las Vegas ein, dann ziehen sie wieder ab und hinterlassen nichts als einen Haufen Rechnungen.

»Eigentlich wollte ich zu Josie«, sage ich.

Sie zieht die Augenbrauen zusammen. »Sie ist krank, und du weißt ja, wie sie dann ist.«

»Und ob ich weiß, wie meine beste Freundin drauf ist, wenn sie krank ist.«

Krankenhäuser wurden für Leute wie Josie Deckard erfunden, die es schafft, aus jeder Erkältung eine Schwindsucht zu machen. Seit ich sie kenne, geht sie geradezu in Quarantäne, sobald auch nur ihre Nase zu laufen droht. Früher war es mir dann gestattet, ein paar Opfergaben in Form von Disneyfilmen an ihrer Tür zu hinterlegen, eintreten durfte ich allerdings nie. Selbst Marion musste ihre ganze Überredungskunst einsetzen, um in ihr Zimmer zu dürfen. Doch heute muss sich ihre Hypochondrie auf den Rücksitz verziehen, weil ich auf meinen Rechten als bester Freundin bestehe. Ich zögere. Falls ich Marion meine traurige Geschichte erzähle, würde sie mir sofort die Couch anbieten, die mir sowieso schon sicher ist. Aber diese Entscheidung darf ich nicht ihr überlassen. Dazu ist zwischen Josie und mir noch zu vieles ungeklärt.

»Ich riskiere es«, sage ich laut. Ganz gleich, wie gut es sich anfühlt, hier zu sein, ich brauche Josies Segen, um in meine zweite Heimat zurückzukehren.

Marion küsst mich auf die Wange, und das vertraute Zeichen ihrer Zuneigung lindert meine Nervosität ein wenig. Ihre Haut streicht über meine. Sie ist warm und weich, so wie sich die Wange einer Mutter anfühlen sollte. Diese Überzeugung beruht ausschließlich auf den Erfahrungen, die ich in den vergangenen Jahren mit ihr als Ersatzmutter machen durfte. Meine eigene Mutter bevorzugt europäische Luftküsse, bei Fremden genauso wie bei ihren eigenen Kindern. Der deutliche Kontrast zwischen Josies Mom und meiner eigenen war mir noch nie so bewusst wie in diesem Augenblick. »Mach die Tür hinter mir zu«, sagt sie mit einem Lächeln.

Ich nicke und spüre einen dicken Kloß in meinem Hals. Hätte ich doch besser hier meinen Sommer verbracht! Zwischen meinen Einsätzen im Pfandleihhaus meines Vaters hätte ich Netflix-Serien gucken, jede Sekunde meines zukünftigen Abschlussjahres an der Belle Mère Prep verplanen und ein wachsames Auge auf Josies Liebesaffären haben können. Stattdessen drückte man mir plötzlich und ohne Vorwarnung die Rolle des bösen Schickeria-Mädchens auf. Jetzt ist es an der Zeit, diese Rolle abzulegen und wieder auf den Boden der Tatsachen zurückzukehren.

Ich winke Marion hinterher, drehe den Griff der Eingangstür, hole tief Luft und marschiere den kurzen Weg durch den Flur zu Josies Zimmer. Dort versuche ich, mich nicht abschrecken zu lassen, und klopfe. Totenstille empfängt mich, und nach einer Ewigkeit sagt eine erstickte Stimme: »Geh weg.«

Es läuft in etwa so, wie ich es mir vorgestellt habe.

Ich versuche es mit dem Türknauf, bin jedoch nicht überrascht, dass abgeschlossen ist. Doch weil dieses Haus, wie so vieles in Las Vegas, aus den 1970er Jahren stammt, brauche ich nur eine Haarnadel, um mich mit meiner besten Freundin auseinandersetzen zu können. Ich ziehe mir eine aus dem Haar und fummele damit so lange in dem kleinen Loch neben dem Knopf herum, bis das Schloss aufspringt. Die Erbauer dieser Häuser dachten bestimmt, sie würden den Eltern einen Gefallen tun. So können sie ihren Kindern Autonomie vorgaukeln, doch in Wirklichkeit reicht ein Metallteilchen im Wert von einem Cent, um die Tür zu öffnen.

»Wird schon«, murmele ich leise vor mich hin und stoße die Tür auf. Josie liegt unter ihren Decken vergraben und hat ein Kissen auf dem Gesicht.

Augenblicklich sitzt sie kerzengerade im Bett, ihre Baumwollfestung sackt um sie herum zusammen, und sie starrt mich an.

»Mir geht's nicht gut«, zischt sie.

Ich zucke die Schultern.

»Die Welt erlebt eine Wirtschaftskrise, ein Reality-Star bewirbt sich um die Präsidentschaft, und wir hängen in einer Stadt fest, in der man immer noch glaubt, Passivrauchen sei unschädlich. Niemandem geht's gut«, erwidere ich. Ich stemme die Hände in die Hüften und warte, was sie mir als Erstes an den Kopf werfen wird, doch stattdessen wirft sie sich zurück aufs Bett.

Ich nehme mir einen Moment Zeit und sehe mich im Zimmer um. Viel hat sich nicht verändert. Überall liegen Haufen von Klamotten herum, auf dem Schreibtisch Hefte und Zeitschriftenstapel. Sie hat nichts umgestaltet, nichts umgestellt und auch keinen Hobbyraum aus ihrem Mädchenzimmer gemacht. Alles ist immer noch so, wie es sein sollte, doch auf den zweiten Blick entdecke ich ein paar Auffälligkeiten. Die Kleiderstapel sind höher, als sie sein sollten. Die Zeitschriften auf ihrem Schreibtisch sind auch nach dem langen Sommer, den sie eigentlich am Rand eines Swimmingpools verbringen wollte, noch unberührt. Am meisten beunruhigt mich jedoch, dass der Fernseher nicht eingeschaltet ist. Dabei weiß doch jeder, vom Kleinkind bis zum Greis, dass bei Krankheit heutzutage nur noch Netflix helfen kann.

»Du bist gar nicht krank«, stelle ich fest. »Du versteckst dich. Ich will gar nicht erst lange herumreden. Hast du dich verleugnen lassen, als ich heute vorbeigekommen bin?«

Es sieht Josie überhaupt nicht ähnlich, in einer solchen Situation den Kopf einzuziehen und sich zu verstecken.

»Da ist aber jemand ganz schön eingebildet. Das kommt vermutlich dabei heraus, wenn man mit einem West zusammen ist.«

Sie spricht den Namen aus wie ein Schimpfwort, und ich würde lügen, wenn ich behauptete, dass mich diese Provokation kaltlässt. Ich gehe um ihr Bett herum und suche nach Hinweisen.

»Ja, ich bin in die Geheimgesellschaft der Houser eingeführt worden«, erwidere ich und fülle meine Worte mit der richtigen Menge Verachtung. Wir beide gehörten nie zu den Housern. Dieser Ehrentitel ist der Elite von Belle Mère vorbehalten – den Kindern der Ober-Oberschicht von Las Vegas. Die schmeißen die Show, und wir andern hoffen auf ein Plätzchen im Zuschauerraum. »Meine Kacke stinkt nicht mehr, und ich kenne ihren speziellen Handschlag.«

Sie sieht mich nur böse an, deshalb setze ich meine Analyse fort.

Eine Weile lässt sie mich reden und schaut mich nur ungläubig an. »Oh mein Gott, hör endlich auf«, sagt sie schließlich. »Du hast ja recht. Ich sterbe nicht, du Geier. Falls du vorhattest, dich über meine Leiche herzumachen, musst du dir ein anderes Opfer suchen.«

»Das ist süß von dir. Aber deshalb bin ich nicht hier. Ich muss dich um einen Gefallen bitten.«

»Das ist also deine Art, jemanden um etwas zu bitten?«

Na schön, da hat sie vielleicht nicht ganz unrecht. Zu den wenigen guten Ratschlägen, die mir meine Mutter gegeben hat, gehört, dass man mit Honig Fliegen fängt. Ich habe diese Strategie noch nicht ausgiebig erprobt, vielleicht auch, weil meine Mutter sich nie bequemt hat, mit gutem Beispiel voranzugehen. Außerdem sind Josie und ich über die gezuckerten Plattitüden aufgesetzter Freundschaftsbezeugungen längst hinaus. Trotzdem hat sie recht. Wir müssen unseren Streit beilegen, bevor ich wieder nach Hause kommen kann. Doch zunächst mache ich ihr natürlich erst einmal Vorwürfe: »Was ist los mit dir, Josie? Du bist schon seit Wochen so komisch. Und jetzt versteckst du dich auch noch im Bett und tust, als wärst du krank? Und das nicht nur mir gegenüber, sondern auch noch gegenüber deiner Mutter.«

Es tritt eine Stille ein, die geradezu biblische Längen erreicht. Dann richtet Josie sich auf. Jetzt, wo sie mich nicht mehr so böse anblickt, sehe ich, dass ihre Augen gerötet sind. Josie Deckard hat geweint. Dass Teenie-Mädchen in ihre Kissen schluchzen, mag nichts Ungewöhnliches sein, aber meine beste Freundin passt nicht in dieses Klischee. Hat sie nie.

»Was hast du so getrieben in der Zwischenzeit?«, fragt sie mich leise.

Die Frage ist nicht so leicht zu beantworten, wie es vielleicht aussieht, und sie verdient keine knappe Antwort oder nichtssagende Höflichkeitsfloskel. Also packe ich alles aus. »Ich stehe unter Mordverdacht, ich habe mich verliebt, meine ganze Familie zerstört, unglaublich blöden Mist gemacht und festgestellt, dass alles umsonst war.«

Aber das ist erst der Anfang, das ist uns beiden klar. Dann setze ich mich auf ihre Bettkante und informiere sie ausgiebig über den Stand der Dinge. Manches lasse ich aus, wahrscheinlich auch Wichtiges, aber das Wesentliche bringe ich rüber. Als ich fertig bin, ist mir eine große Last von den Schultern genommen. Ich hatte ganz vergessen, wie schwer es ist, Geheimnisse mit sich herumzuschleppen. Dass ich sie jemandem anvertrauen kann, erleichtert mich enorm.

»Und was ist mit dir?«, frage ich. »Ich bin nicht die Einzige, die diesen Sommer nicht erreichbar war.«

Josie und ich waren in den letzten paar Jahren während der Sommerferien oft voneinander getrennt gewesen. Entweder musste ich nach Palm Springs zu meiner Mutter, oder ich hing bei meinem Dad im Pfandleihhaus fest. Josie musste zu Hause bleiben oder irgendeinen Job annehmen, um zum Unterhalt beizutragen, da niemand für sie zahlt. Aber wir haben immer telefoniert. Später gesimst oder geskypt. Und immer haben wir es ab und zu möglich gemacht, zusammen zu übernachten, gemeinsam essen zu gehen oder auch dann und wann mal eine Kleinigkeit in einem Laden mitgehen zu lassen. Aber diesen Sommer hat es zwischen uns kaum für ein Emoji gereicht.

Josie lässt meine Frage unbeantwortet. Stattdessen steht sie auf. Es dauert lange, so als müsste sie ihren Gliedmaßen erst befehlen, sich zu bewegen, und ihren Körper dazu überreden, einen Schritt nach dem anderen zu machen. Sie öffnet die Schreibtischschublade, kramt ein paar Minuten darin herum und hebt schließlich den doppelten Boden heraus. Das war jahrelang unser Geheimversteck für Dinge wie ein Päckchen Zigaretten, Schnaps oder Kondome – in der Phase, als wir älter sein wollten, als wir aussahen. Sachen, von denen alle Eltern wissen, die wir aber trotzdem verbergen wollten.

Auf das, was sie jetzt aus der Schublade herauszieht und mir hinhält, bin ich überhaupt nicht vorbereitet. Weil ich so gut wie keine Erfahrung mit der Sache habe, starre ich viel zu lange auf das Schwarz-Weiß-Foto in meiner Hand. Das Papier ist dünn, und das Bild verzerrt, aber ich kann lesen.

In der Ecke steht ihr Name. Ich kann gerade noch begreifen, dass die Zahlen Wochen und Tage bedeuten. Doch sosehr ich mich auch anstrenge – das unscharfe weiße Geflimmer in der Mitte des Bildes ergibt für mich keinen Sinn.

»Ist das …« Ich stocke mitten im Satz und verschlucke die Worte. Wenn ich sie nicht ausspreche, ist es vielleicht nicht wahr.

»Ein Ultraschallbild«, sagt sie. Ihre Stimme scheint sich von ihrem Körper zu lösen, als sie ganz sachlich weiterredet. »Die Klinik, in der ich war, zwingt einen dazu, eins zu machen, bevor man sich entscheidet. Selbst wenn man sich schon entschieden hat. Das hat sich bestimmt irgend so ein Politiker als Strafe ausgedacht.«

Sie redet weiter, als könnte sie die Spannung, die in der Luft liegt, mit ihren Tiraden zerstreuen. Sie erzählt, wie sie in die Klinik gegangen ist. Weiße Wände, Gestank.

»Oh mein Gott«, keuche ich und höre ihr schon gar nicht mehr zu. »Hast du …? Bist du …?«

»Bin ich«, sagt sie.

»Warum?«, platzt es aus mir heraus. Plötzlich ergibt alles einen Sinn: ihre Distanziertheit, ihre Reizbarkeit. Aber dass ich jetzt alles weiß, macht die Sache auch nicht besser. Es fühlt sich eher an, als würde ich aus einem Albtraum erwachen und merken, dass ich gar nicht geschlafen habe. Dass es kein Traum war. Sie reißt mir das Bild aus der Hand und stopft es zurück in die Schublade, als wäre die Situation anders, wenn sie es versteckt. »Es wird so viel davon geredet, aber keiner sagt einem, wie viel Geld so etwas kostet. Ich habe den ganzen Sommer über gespart. Es reicht immer noch nicht und…« Sie führt den Satz nicht zu Ende, doch das braucht sie auch nicht. Allein die Vorstellung, das alles durchzumachen, ist furchtbar, auch wenn ich es nicht selbst über mich ergehen lassen muss.

»Ich kann dir helfen.« Das ist nicht nur ein Angebot, sondern eine Aufforderung. Sie wird meine Hilfe annehmen, ob sie will oder nicht. »Ich hätte dir doch geholfen. Warum hast du mir nichts davon gesagt?«

»Es ist kompliziert.«

»Weiß der Vater davon?«

»Er hat keine Ahnung«, sagt sie mit trotzig bebenden Nasenflügeln.

Ich halte es für das Beste, nicht weiter nachzubohren. Wenn sie bereit ist, mir mehr zu erzählen, wird sie es tun.

»All die Jahre über war sie immer so paranoid«, sagt Josie geistesabwesend. »Und dann gehe ich los und tue genau das, was meiner Mutter das Herz brechen wird.«

»Sie muss es nicht erfahren«, flüstere ich.

Sie blinzelt, als würde sie sich wieder erinnern, dass ich da bin, dann sieht sie mich an. »Em, ich schaffe das nicht allein.«

»Das brauchst du auch nicht«, verspreche ich.

Wenn Sie wissen möchten,
wie es weitergeht, lesen Sie

GENEVA LEE
GAME OF
Destiny

Erscheint im April 2018
Auch als E-Book erhältlich

blanvalet